自宅二階奥の書斎で執筆中の大江氏。目の前には渡辺一夫氏の書と水彩画が。

書斎に置かれた、エドワード・サイード氏からの手紙と、氏の遺影。

渡辺一夫氏手製の「大江城」。（本文 p52 参照）

中原中也生誕百年祭のために依頼された、自身の最新作を弾く光さんと、
口ずさむ大江さん。見守るゆかり夫人。＝東京・成城の自宅で。

2012年3月にパリで開催されたサロン・デュ・リーヴル「日本年」の会場で、
日本の現代文学、原発事故などに対する意見を訊かれる。

愛媛県内子町。中央に小田川が流れ、右手に大瀬中学校、
左手に生家のある町並みが広がる。

新　潮　文　庫

大江健三郎　作家自身を語る

大江健三郎著

聞き手・構成　尾崎真理子

新　潮　社　版

9636

大江健三郎　作家自身を語る　目次

第1章　詩

第3章

第4章

第5章　『懐かしい年への手紙』『燃えあがる緑の木』三部作『宙返り』

第6章 『二百年の子供』

「おかしな二人組《スウード・カップル》」三部作

第7章 『美しいアナベル・リイ』『水死』『晩年様式集《イン・レイト・スタイル》』

大江健三郎　作家自身を語る

聞き手・構成　尾崎真理子

口絵写真　広瀬達郎（新潮社写真部）
　　　　　尾崎真理子（口絵4頁上）

第1章

詩

初めての小説作品

卒業論文

作家生活五十年を目前にして

私はいま、七十一歳です。昨年（二〇〇五年）の初め、七十歳になって、自分の人生の区切り目じゃないかな、と思った。そこで七十歳を境目にして、最後のひと区切りということを考えていこう、と思いました。

実際に毎日毎日、それを頭に浮かべたのではない。それでいて一年経《た》ってみると、やはり七十歳から七十一歳までの一年間は、肉体的にも心理的にも変わってきている。端的に老年の人間になっているということを、しみじみ感じました。そういうわけで、自分が生きてきた七十年ということ、それに二十二歳で小説を書く仕事を始めましたから、五十年近くになるわけで、文学生活についても振り返ってみる良い機会だと思います。

――どうぞ、よろしくお願いします。これまで語るということについて、大江さんはとても慎重でいらしたと思うんです。ご講演ではすべて原稿用紙に書かれた上で、何度も推敲《すいこう》されて。対談や座談会でも活字になる際は、丁寧に直されますね。それだけ語り言葉にも、書き言葉とは違った意味での厳密さを保ってこられたので、こちらも思いつきの質問はできません。年譜と作品を読み込んで、質問を組み立てた上で、できるかぎり意外な展開も期待しつつ、お話をうかがって参りたいと思います。映像も同時に撮影させていただきますので、それも一つの装置として、効果を発揮すればよいのですが。

私の方にも、思いがけない発見がありそうです。小説やエッセイは、いったん書いたものを書き直し続けて内容も文体も固めていく、それが私の「小説家の習慣」になっています。それに対して、この機会に、もう小説家以外のものではない自分という人間に、自由に話をさせてみたいという気持ちがあります。それは私の弱さも、いつまでも成熟しないところも示すでしょう。映像と一緒ということは、つまり書き直せないわけで、私の意識ではよく制御できない「私」が出てくるのじゃないかとも思いますから……それでも、七十代になったわけですし、インタヴューを受ける訓練は十分にしてきたし、自分の意見をある程度、まとめて話すころあいになっていることはあきらかです。私の人生の、一応は確定的な、結論に向けてもお話しができるんじゃないか、自分として期待もあります。

子供時代に発見した言葉の世界

私が大学でフランス文学科に進んですぐ、フランス語では話し言葉、語り言葉と文章の言葉とは違うということを教わりました。私が生まれたころ、一九三〇年代半ばに活躍を始めた作家に、ルイ゠フェルディナン・セリーヌがいますが、かれが話し言葉に近い文体をフランス文学の世界に持ち込んだのだと習った。有名な、三点を打つ、日本の活字だと、……となりますが、文章を切らないでいつまでも続けるような形で進めていく、そういう語りに近い文章を作ったのがかれだと。

その時、私が思ったのは、こうです。日本語だと話し言葉と書き言葉はそんなに違わないのじゃないか？　わが国では明治時代にできた言文一致体が、つまり書き言葉と話し言葉を一緒にした文体が現代文学までつながっているんじゃないか、ということですね。それと、私の生まれ育った四国山脈の中央部に近い村——愛媛県喜多《きた》郡大瀬《おおせ》村（現在は内子町《うちこちょう》大瀬）ですが、この小さい村で、子供の私は二つの言葉があると感じたことを思い出します。ひとつは毎日話す言葉で、そのような言葉は、権力を持っていない弱い人間の言葉として作られている、という印象があったのです。偉い人が話しかけてくる。それに答える村の大人の言葉が、本当に卑屈な感じのものだった。自分の論理を通すという感じがしない。こういう言葉で生きている人間は進歩しないんじゃないかと、子供ながら私は思ったことがあるんですよ。

戦争中でした。私の家は、紙幣の原料にする三椏《みつまた》という植物の繊維を精製して内閣印刷局へ納めるのが家業です。三椏を真皮、真っ白な皮にしたものを印刷局に送るんですが、送り出すために、ある重さ、ある大きさの梱包《こんぽう》にする。そのための機械を私の父が工夫して作って、それで梱包していた。その作業の様子を、愛媛県の「銃後」の民間産業の、小さな実例として示すことになった。県知事が視察に来ました。知事の部下が私の父に、その機械で梱包をやってみるように命じたんです。その機械は二人が両側から圧力のバランスをとりながら動かすものなのに、戦争で家で働いていた人たちは召集されて、父がただ一人なんです。そこで、「できない」と父がいったんですよ。一緒に来た警察署長が「おまえやって見せろ！」だったか「やってお見せしろ」だったか、そういう言葉で命令した。父がむっとしたのはわかりました。しかし、父が立ち上って、機械の両側を行き来しながら、なんとか作業を始める……　私は、話し言葉にはこういう権力を持った人間が押しつける言葉、弱い者には抵抗できない言葉がある、自分の父親は、抵抗できないほうなんだと、強い印象を受けたのを覚えています。

弱い側の言葉といえば、私の母に「これはどうでしょうか」と聞くと、「それは、いいことですが！」といって、それで終わってしまう。「いいことですが」には二つの意味がある。「それはいいことです」といって、「が」はその強調である場合、そして「いいことですが、問題もあるんじゃないか」という留保、否定を含む場合があって、母親の判断はよくわからない。それが一般に村での話し言葉でした。私はこれじゃいけない、と思っていました。

――そもそも大江さんにとっての「物語」とは、ご自宅の離れで、お祖母《ばあ》様とお母様から、歌うような、しかも妙にそっけない調子で語って聞かせられたという「オコフク」の昔話が最初だったそうですね。『私という小説家の作り方』の中で書かれていました。

そうです。そしてその「物語」の話し方が私に特に印象的だったのは、ふだんはあいまいな話し言葉を使っている母やおばあさんが、別の話しぶりになるからなんです。村の伝承を話してくれる。村の小さな歴史のような話。すると、それを話す話しぶりが、聞き手を面白がらせようという気持ちもあって、とてもはっきりしてくるんです。ふつうに事実や情報を語る、というのじゃなくて、仕組んである。聞き手の私はこう思った。このように物語を語る話し言葉と、日常会話の話し言葉とがある。そして大切なのは、何度も何度も話したことを、話し方に気をつけながら話していくという、物語を語る方法なんじゃないか。それで、母や祖母の話すことをそのまま覚えておくことにした。紙に書いたりもしました。

——聞き逃せない、書き残すべき話がこの世の中にはある……。それを自覚されたのがやはり、とても早かったのですね。その「オコフク」の物語の方も、ただならぬ面白さだった。聞かされるたびにドキドキして、断片ごとに聞いたのでかえって想像が膨らんだ、と。

ええ。断片的なものなんです。祖母の話は、オペラでいえば劇のさわりをやる、という演出ですから。話されるところは面白い場面だけですが、続けて聞いていると大きな軸というものはある。軸をなしている流れが。それは私らの地方に維新の前後に起こった二度の一揆《いっき》、「奥福騒動」（一八六六年）と大洲《おおず》騒動（一八七一年）です。とくに最初の一揆がすべての背景をなしている。大きいオコフクの物語として祖母はすべての小さな面白い場面を統一していたわけです。

オコフクは百姓一揆の指導者で、先ほどいった私らの村に権力を及ぼすあらゆる人間に対して、それらの全体をひっくり返すことを企てた。村の弱い人間を集めて大きい力にして、川下の町に乗り込んで、そこの人たちも味方にして、さらに大きい力になるという話。その指導者であるオコフクは、滑稽《こっけい》な失敗もするんだけれども魅力のある人で、私はそのオコフクという人格をずっと考えづめで少年時を過しましたよ。

――「オコフク」は、その後の『同時代ゲーム』や『M／Tと森のフシギの物語』などの作品の中にさまざまに形を変えて生き直している人物ですね。大江家では物語の語り聞かせ、耳からの言い伝えが生活の一部として行われていたわけですが、士族であったという大江家のルーツについては、どのような話をお聞きになったのでしょうか。

私が祖母から聞いたのは、曾祖父《そうそふ》が川下の大洲藩で学問を教えていた、という話だけです。漢学者の末端で、なによりも伊藤仁斎《じんさい》の系譜ということでしょう、父も『論語古義《ろんごこぎ》』とか『孟子古義《もうしこぎ》』とかいう本を大切にしていましたから。私はその「古義」という言葉がなんとなく好きでした。それが「おかしな二人組《スウード・カップル》」三部作のコギー、古義人《こぎと》という、作者の私に重なる人物の名前にアトを残しています。

――一方、大江少年もいつしか柿《かき》の木の枝に光るしずくを見て、〈自分の生き方の様式がすっかり変ってしまうほどの影響を受けた。〉つまり、〈あきらかに私は、小さざみに揺れる柿の葉を手がかりにして、谷間を囲む森全体を発見していた。それは、こちらがいつもよく見ていなければ、すべてがなんでもないもの、つまりは死んだものだった。そうである以上、いまや私は樹木を草を注視しないではいられなかった。そこで私は、いつもボンヤリと周囲に気をとられている子供として、国民学校の校長に目をつけられ、毎日のように殴りつけられることになった。それでも私は自分の生き方の新しい習慣を変える気はなく、そしてこれはもう戦後になってのことだが、雨のしずくを見つめてすごしたある時間の後、自分にとって生涯はじめての「詩」を書くことになったのだった。〉（『私という小説家の作り方』）

その「詩」が今では有名なこの四行です。

〈雨のしずくに
　景色が映っている
　しずくのなかに
　別の世界がある〉

目でよく世界を見る人という「大江健三郎」が、十歳を迎えるころには、すでに存在していた……。

そうですね。先生に叱《しか》られたのがきっかけで、「よく見なければ、何も見ないのと同じ」ということを身にしみて自覚したということがあった。それは自分で発見した、私の少年時の知恵でした。それに続いて、見る、または考えることは、言葉にすることだ、ということも早くから意識していました。この「詩」を書いたきっかけの出来事は、よく覚えていて、いま引用されたとおりです。国民学校四年の時、私に大切な、一連の変化があったように思います。

ひとつは「考える」とはどういうことか、自分で発見した。電子計算機のボタンを押すと、三次方程式でも何でも、一挙に答えが出るように、人間も考えれば、一瞬間で答えが出る、それが考えるということだと思っていた。そのように答えを即座に出す人を、尊敬していたんです。考えるというのは、天から降り注いでくるような力で答えをあたえられることなのに、自分はのろのろ考えないと結論が出てこない、だめな人間だと。それが、言葉で一つひとつ積み重ねて、固めていくのこそ、考えるということらしいぞ、と気が付いたんです。何となく夢が破れたような気もしたんですが。

同じころ、自分はものをよく見ない人間だってことに気がついた。私らは、歩いて一時間ぐらいかかる海のそばの町に遠足に行ったんですが、帰ってきて、海についての作文を書くようにいわれた。私は、「自分は山の中に暮らしていてよかったと思う。海岸に家があったとしたらば、目の前でいつも波が動いている、波の音がしている、あれでは静かに暮らすことができないから」（笑）と書いたんですよ。そしたら先生が、「あなたは海のそばに住んでる人に対して、失礼なことを書いた」といわれた。「私はこの村に来て暮らすのは初めてだけど、山のなかの村こそガサガサ、ガヤガヤしたものですよ」といわれた。

それが不満で、私は家に帰ってずっと考えていた。夕ご飯も食べられないほど腹を立てていた。朝起きて、おなかがすいているものですから、私の家の裏の、セダワという、石を敷いた小道を下りていって、柿の木の熟している実を取って食べた。食べながら、川向こうの山を見たんです。あまり風が吹いていないようなのに、木の枝が揺れている、梢《こずえ》が揺れている。私は静かな山だと思っていたものが、こんなに動いているものかと思った。それから、目の前の柿の葉っぱと小さな枝を見ると、露に濡《ぬ》れている。そしてその露に自分が映っている。それを見て、これまで自分はちゃんと見るということをしないでいたから、あるいはちゃんと聞くということをしなかったから、山の中は静かだと思いこんでいたんだと、気が付いたわけです。

それで、私はこれからはよくものを見ようと思った。音をよく聞こうと思った。それからあと、「大江と歩いていると、すぐ立ち止まって、見たり聞いたりし始める。滑稽なやつだ」とみんなにいわれたくらい、ものを観察するということに関心を持ったんですね。

――お母様からマーク・トウェインの『ハックルベリィ・フィンの冒険』や『ニルス・ホーゲルソンの不思議な旅』を手渡されたのも、その頃でしたか。

本をもらったのは、しばらく前ですが、それらをよく読むようになっていました。「見た」もの、「聞いた」ことがバラバラにあるのをつなぐ。つなぐこととして「物語る」ことがある。そのことをあらためてよく納得するのに、あれらの本は役に立ちました。

――小学四年生の頃というのは、一九四四年。太平洋戦争末期で、しかもその年にお祖母様が亡《な》くなられたのに次いで、お父様も突然、亡くされています。村には大洪水も起きて。現実社会というものも、急速に視界の中に開けてきた時期ではなかったのですか。

そのとおりでした。父と祖母が死んだのが一九四四年です。私は一九三五年生まれですから、九歳の時です。

祖母はもう老年で、病気がちでした。不思議な人で、死んだふりをして私らを脅かしたり、笑わせたりしていた。そして死んでいったから、あまりショックはなかったんですよ。

ところが父は……立冬の前の日、子供らが藁《わら》で作った棒で地面を叩《たた》いて廻《まわ》る、それにお祝儀《しゅうぎ》を渡すために、店の広間で遅くまで父が酒を飲んでいる。家の子供の私はその脇《わき》に座っている。ふだんあまり私に話しかけない人だったんですが、その夜はいろいろ私に話しかけてくれた。私が話すことは、なかなか面白い、と母にいったそうです。その夜遅く、亡くなりました。心臓麻痺《まひ》だと思うんですが。朝早く、母が起きてきて、私ら子供に、「お父さんが亡くなられたので、西の方に向かってつばを吐いてはいけない、男の子は立小便をしてもいけない」といった。それからお葬式を手伝いに家の周りの人が来て、その人たちに父が着ていた洋服などを差し上げている。形見分けした服を着込んだ人が、葬式の準備をしていて、あ、こういうふうに「世の中」は変わっていくものだ、と私は思った。

私自身はというと、あまり村の子供たち仲間から尊重されない子供だったですけど、父親が亡くなったものだから、その日はある特別な身分を与えられて、ちょうど竹馬が流行《はや》っていたんですけど、年長の子供の作ったそれに優先的に乗らせてもらえたりした。家の二階の窓が覗《のぞ》き込めるくらい、高い竹馬なんですよ。それに乗って歩いていると、村がまったく新しい眺めに見えた、というようなことも覚えています。

嵐《あらし》が多い年、とくに秋の台風の季節には毎週のように大雨が降り、大風が吹いた。家の裏の小田川《おだ》がすぐにも氾濫《はんらん》しそうになってくる。その頃は、雨が降るとすぐに停電ですからね。真っ暗な中で母親を中心に、私ら子供らが座っている。暗い蠟燭《ろうそく》をつけて。外では風が吹いて、森の全体が風に鳴っている。川が大きい音を立てて流れている。昭和十九年で、国のやってる戦争が恐しい状勢になってるのは、子供らにも伝わってくるんです。母はそのころよく、ひとり帳簿をつける部屋で「どうしようぞのう？」と嘆いていましたが、私は「どうしようもない！」と心の中でそれに答えていました。父が亡くなって、自分らの生活はどうなるかわからない、国がどういうふうになるのかもわからない。そういう不安な、恐ろしい、こちらの抵抗などすぐにもはねつけてしまいそうな、暴力的な「現実」。そういうことを知ったのが、昭和十九年と二十年の二年間でした。

――ごきょうだいの様子はどうだったのですか。お母様は、健三郎少年をどんなふうに励まされたのですか。

私らは七人きょうだいで、一番上に姉がいるんですが、その姉は、骨董《こっとう》商だった叔父が当時の満州《まんしゅう》の新京《しんきょう》、中国東北部の大きい都市で商売をしていましたから、そこへ手伝いに行っていました。一番上の兄は、海軍予科練習生ということで、まだ十六、七歳なのに海軍航空隊に入るための訓練を受けていた。二番目の兄は松山の商業学校。あとは私よりちょっと年上の姉、妹、弟。それに私。そこで頼りになる男というのは、家に私だけしかいない。そういう状態でした。

母には、誰も頼りになる人間はいないわけです。食糧難でもあるし、家と川との間に畠《はたけ》をつくって、野菜を育てたり、暗い顔をして働きづめでしたよ。

――大変な時期だったのですね……。一九三五年生まれの作家の方々は多くて、それぞれ十歳ぐらいの敗戦時の記憶を書かれていますが、やはり強烈な時代の刺激というのがあったのでしょうか。

学齢でいえば同じ学年の人として、劇作家の井上ひさしさんがいます。かれは教育のあるお父さんの子供ですが、そのお父さんが亡くなられてお母さんに育ててもらった。いろいろな生活の変動があったということで、かれは都会、私は山村の生活ですが、似ている少年時を送った人、という親近感があります。あきらかに知識人ですが、大学の教師になったり、会社や官庁に勤めたりすることはなしに、波風のたつ青年期を過ごして劇作家になられたのが井上さんですね。私より二つ年下だけれど子供の時に大きい空襲を横浜だったかで経験された古井由吉《ふるいよしきち》さん、この人はドイツ文学の専門家ですが大学の教師をよして、作家の道を歩まれた。

戦争があった、それが敗戦で終わった。進駐軍、占領軍がやってくる、新しい国家の体制が始まる、大きい変動の中で十歳から十四歳までを過ごした。それで、私らは社会は動くものだということを知った。不安定なものだという気持ちを持った。安定した未来や社会の繁栄など、考えたこともなかったですよ。戦争、敗戦前後の大きい変化が、私ら小説家や劇作家をつくった。「物事は変わる」ということを子供の頃に知る、それは想像力の成長には有効なことだと思いますね。

パレスチナ人だけれども、エジプトで育ち、アメリカで大学教育を受けて、ニューヨークで終生、大学教授をしたエドワード・W・サイード、かれも一九三五年生まれで、二〇〇三年に亡くなりましたが、パレスチナ人として社会的に発言し行動して、まさに波風が立つ人生を送りました。非常にいい家の息子で、選ばれた教育を受けた人ですが、かれもまさに同年代、同じ世代の感覚を持っていた友人でした。

――日本では、戦後の学制の移行期に中学、高校時代を過ごされた世代でもありましたね。

そうですね。六歳で入学したのが大瀬国民学校といって、ドイツの学制に従ったものでしたが、それが戦後も二年間続いたわけで、私と井上ひさしさんは、国民学校に入学して国民学校を出た唯一《ゆいいつ》の子供グループに属しています。一九四五年に戦争が終わって、四六年に新憲法が公布され、翌四七年施行された。同時に教育基本法が作られ新制中学ができた。私はその中学校が村にできなければ、進学はできなかった。私の村から通える地域に旧制中学はありませんでしたから、松山に下宿しなければならない。それができるのは、まあ、エリートの子供ですね。父が亡くなったことで、私はあきらめていました。ところが村に新制中学ができて、全員進めるようになった。喜び勇んでそこに通った。教育基本法が子供らのこれからの教育の根本にあるものだといって、先生に見せてもらった。私は紙に写して、子供のためにいい法律だと思いました。あの法律が向けられている宛先《あてさき》は国であって、私ら子供に向けられているのではなかったわけですが（笑）。

先生方も新しい民主主義体制を勉強しようとしてとても熱心で、「おまえたち、自主的にやれ」とか「民主的にやれ」とかつねづねいわれた。私は子供農業組合の組合長というのに選ばれて、ちょっとした事業もした。職業科の先生と二人でやったのですが、その頃のお金で十万円、大人の農協から借りてきて、にわとりの雛《ひな》を育てる大きいむろのある小屋を作り、二百羽くらい育てて農家に売りました。

それから野球部ができたものですから、ショート・ストップをやった。本も読んだし、自由で、いきいきしていて、充実した生活だった。その連続として、自然に隣町の新制高校に進学もしました。

——高校入学が一九五〇年四月です。まだ占領下であり、戦後の混乱、荒々しい空気が、地方の隅々にもそれぞれ渦巻いていたのだと想像します。翌年、地元の県立内子高校から松山東高校の二年生へ転入されていますが、何か理由があったのですか?

愛媛県内の学区制によって、それまで松山や宇和島、大洲に行っていた近郊の学生が戻ってきて同じ高校に通うようになりました。上級生には、予科練に行ってたというような人もいて、そういう人たちが暴力的な支配のネットを拡《ひろ》げていて、上級生とか野球部員の不良少年のグループににらまれると、もう実に苦しい目に遭いました。私にはノンビリしたところがあって、新制中学での自由な気分のまま、野球部がハバをきかせすぎていることを作文に書いたりした。そこで私もにらまれる部類に入ってしまい、少し抵抗もしましたが、この学校にいる必要はないと思った。母に相談しますと、それもようございますな、ということでしたが、どうもいま考えると母が校長先生に相談に行ったんじゃないかと思うんですけど。一年の三学期に、「君は松山に転校することになった」と担任の先生にいわれた。町の不良ともつながっているようなグループに迫害を受けている生徒を一人、救ってやろうということじゃなかったかと思います。先生が下宿も見つけてくださり、母がお金を工面しまして、松山に移って行ったんです。

伊丹十三との出会い

——その転校先の松山東高校で、伊丹十三《いたみじゅうぞう》さん、その妹のゆかりさんと大江さんは後に結婚されますから、義理のお兄さんにもなられる生涯のご友人に出会われたのですね。非常に都会的でハンサムな少年の伊丹さんと。

そうです。それは私の人生の、もっとも幸福な出会いだったと思います。伊丹十三の戸籍名は池内義弘《いけうちよしひろ》ですが、家庭では岳彦《たけひこ》と呼ばれていた。とくにお母さんは古い家柄の人ですから、いわゆる字《あざな》でしょう。

それまで私は旧制高校の理科に通った人にもらった理科系の本がおもでしたが、本はよく読む子供だった。そのなかに文学的なものがあって、それにひかれてたのも事実です。母から小学生の時にもらった『ハックルベリィ・フィンの冒険』の原書を見たいと思って、転校してすぐ行ってみた松山のアメリカ文化センターで大きい立派な本を見つけたので、そこの大きな机で読むことにした。学校の仲間にも、「あそこで勉強できる」

と教えて、毎日のように通った。仲間は受験勉強をする人たちでしたが、私はマーク・トウェインをもっぱら読んでいた。翻訳をすっかり覚えているほどだったので、英文がなんとなく読めたわけです。

ところが、そこに勉強に行くグループのようなタイプじゃなくて、とても自由な――、私らは学生服を着ているんだけれども、その少年だけ紺の半コートを着た、本当にきれいな少年がいて、皆から特別視されている。やや疎外《そがい》されてもいたでしょう。その少年が、私が転校してすぐひとりで教室を掃除させられているところにやってきて、「君が大江君か」、「そうだ」。「君が書いた文章を読んだ」と。前の高校の自治会誌に書いた小さな文章を読んでいたんですね。かれは文芸部にいて、自分は文章を書かないんだけれど、きれいなカットを描いたりする。そして文章の才能がありそうな者を見つけて、励まして書かせるという、不思議な人物だったんです。その少年が「君の文章は面白い」といって、そして私たちは友達になったんです。それが、のちの伊丹十三。

――伊丹さんとの出会いとやはり同じ頃、「生涯の師」渡辺一夫《かずお》先生の名著と出会われるということもあったのですね。岩波新書の『フランスルネサンス断章』、現在は『フランス・ルネサンスの人々』と題されて復刊されている本。

そうです。いま、私が持っているのもその岩波新書の初版です。私の本はボロボロになってたので、先生の奥様に遺品としていただいたもの。昭和二十五年九月の発行で、まだ岩波新書ができて四十三番目に発行されたものですね。私はそれが発行された翌年、松山に転校していったわけです。十六歳だった。松山には大街道《おおかいどう》という繁華街があるんです。そのころはお金がないものですから、そこの本屋に行っては、毎日、新しい本を見るんです。そしてよく選んでから、一冊買う。たとえば、大岡昇平《しょうへい》さんが編集された『中原中也《ちゅうや》詩集』を見つけた、富永太郎の詩集も読んだ。同じ創元選書です。やはりその版の『ポオ詩集』も読んだ。伊丹さんとつきあうようになって、文学に急速に引きつけられていくんです。古本屋に行って、三好達治《みよしたつじ》の『測量船』の初版のきれいな本を、安く買ったりもした。そのうちこの『フランスルネサンス断章』という本に出会ったんですよ。渡辺一夫という名前も、全然知らなかったんですよ。フランス文学、フランス思想にとくに興味があったわけでもないんです。それでいてなぜ、この本との、それこそ生涯で最良の本との出会いがありえたか、いまになってこの幸運が信じられないくらいですけれども……

たとえば「寛容と不寛容」ということをずっとヨーロッパの人間は考えてきた、十六世紀のフランスでこうだった、と渡辺先生が書いていられる。——それを読んだのは、自分がどうしても我慢できなかった高校一年の、あの非常に不寛容で、意地悪で残酷なもの、暴力的なもの、そういうものに苦しんでいた、やわらかな心に触れることなどできなかった、そういう経験の後でしたからね……

こんなすばらしいことを考える人たちがいたのか、それをこのように日本人に伝えてくれる人がいるのか、と情念的に夢中になりました。それをもっと理性的にいうならば、「自由検討の精神」という、この本の中で繰り返される言葉が、私に将来への道を指し示すようだった。これは自分に向いている、と考えた。新制中学では、自由に調べる、自由に考えるを中心とする方向付けでしたから。この新書の、旧仮名遣いだった原文をその頃ノートに写したまま引用しますと、《ルネサンスは、中世のキリスト教神学の絶対制度から人間を解放し人間性を確立したと言はれる。それはそれで結構であるが、これを別な言葉で言つてみると、古代から人間に与へられてゐた自由検討 libre examen 精神の再認知・復位・復権・前進が行はれたことになると思ふのであり、この精神の持つ逞《たくま》しい力の故《ゆえ》に、ルネサンスは近代の開幕と言はれるのであらう。》こういうような、高校生には難しいはずの、とにかく初めて出会う文体だったわけです。それからこの本には、弱い人間が何とか抵抗して自分の考え方を広めようとする、その戦いに敗れて殺されたりもする、しかし、そういう人間の大切さということも書いてあって、フランス・ルネサンスを勉強したら、幾人もの自分が好きなタイプの人間に出会うことができる、という感じがしたわけなんです。

それで、この本を買って帰ってそのまま読み続けまして、翌日は学校を休みました。じつはそれまで、私には、あまり大学に行く気はなかったのです。何を勉強していいかわからなかったですからね。母親が早く森の中に帰ってくるようにいい続けていたし。しかし私は、これを勉強しようと決心したんです。それで翌々日、学校に行って伊丹君を探した。遅刻ギリギリの時間にやってきたかれを校門で待ち受けて教室まで歩きながら、「渡辺一夫の『フランスルネサンス断章』を読んだ」といった。そうしたらかれが、「ああ、そうかい」といった。それで私は、「この著者が、自分がいままで読んだ本で一番偉い人だと思うんだ」といったら、「その人は東京大学のフランス文学科で教えてられる」とかれがいったんです。それで私は自分の将来の道は開けたと思いまして、伊丹君の教室の前で別れて自分の教室に帰る間もずっと考えていて、放課後にまたかれに会って、「東大のフランス文学科に行く。そこでこれから勉強を始める。君と毎日話してたんじゃ大学に受からないから、もうつきあわない！」といいましてね。かれも「それがいいだろう」と、いってくれて、私は受験勉強を始めたんです。

とにかく高校二年生の終りに受験勉強を始めて、高校三年、それから一年浪人して、十九歳の時、東京大学の、当時でそういった文科二類に入ったんです。

――そして初めて本物の渡辺先生と対面されたのは、二十歳の時でしたか？

二十歳の終りか、二十一歳の始めか、とにかく駒場《こまば》の教養学部を終えるまでに、渡辺先生のエッセイ集、翻訳のすべてを読んで、本郷のフランス文学科に進む、その前の駒場でのオリエンテーションか本郷《ほんごう》の十八番教室での最初の授業かでした。私らが待ち構えていると、入ってこられて外套《がいとう》をバッと脱いで、それを丸めて教壇の横の床に置いて、授業を始められた。そのやり方全体がじつに格好がいいと思った(笑)。非常に立派な顔の方でしたし、声もやや高くて、張りがあって。江戸弁の喜劇俳優の、エノケンに似ている感じだった。私は、粋《いき》な話し方ってこういうことかと思いました。すべて完成している俳優が目の前で演技をしている、しかもそのパフォーマンス全体が渡辺一夫そのものだ、と感銘した。いま、この時間から新しい人生が始まる、そう思いましたよ。

――当時、フランス文学科に入学された同級生にはどんな方々がいらしたのですか。

駒場でフランス語未修と既修のクラスの者たちに分けられて、授業が始まってるんですから、既修クラスの人たちが研究者になることは確かなんです。私らが学部に入った時の助手の清水徹《とおる》さんとか。仏文に進学して友人になった石井晴一《せいいち》君はいま、バルザックの『艶笑滑稽譚《えんしょうこっけいたん》』という面白い大きい本の翻訳を出そうとしていますが、かれも既修だったでしょう。研究者になるかわりに編集者になって「海」で一時代を作った塙嘉彦《はなわよしひこ》君とか……　私が未修のクラスで友人になって、いまも敬愛しているのは、将来英文科に進学しようとしていて第二外国語でフランス語を習っていた、山内久明《やまのうちひさあき》君です。一歩一歩確実に積み重ねてまっすぐ進んでいく秀才というタイプを初めて見ました。私は、あ、こういう人が学者になるんだと納得した。

私はもう最初の授業で、こんなすばらしい学者に習えるのは幸運だが、自分には研究者になる実力はない、と断念もしていたんです。それで、一応フランス文学科に進んではいるが英文学も読める力をつけたい、と思った。駒場の生活協同組合の書店で、深瀬基寛《もとひろ》訳の『オーデン詩集』と、『エリオット』という本を見つけて読んだりしていました。そこで、学者への道をまっすぐ進む、という学生では最初からなかったんです。そういうアキラメは早い性格です。

――その傍ら、大学一年の頃から、すでに下宿で熱心に学生演劇のための脚本を書いていらしたようですね。

私らがまだ駒場にいる頃、本郷の安田講堂に学生課があって、そこで「学生演劇脚本」というのを募集していた。一幕ものの芝居、一位になると五千円下さるんじゃなかったかな。五千円というと、ひと月の本代なら十分のお金です。私はフランスの戯曲の翻訳が好きで、よく読んでいたんです。たとえばアヌイとかね。それで自分も面白い芝居を書いてみよう、と応募して、一年、二年の時、続けて五千円もらった。

同時に、上京して、かれの親戚《しんせき》の商業美術の事務所に勤めていた伊丹君を面白がらせる、ということだけを目的に、小説を書いていました。かれも大学を受けたんですよ、阪大の理学部を。しかし受験勉強はしない人でしたからね、落っこちて東京に来て、絵がうまいですから、ポスターの下絵を描く仕事をしていたんです。宇都宮徳馬《うつのみやとくま》さんという、自民党の代議士だけれども平和問題についてしっかりした発言をされた方がいたでしょう？　あの方はミノファーゲン製薬という会社の経営者で、伊丹君はそのポスターを作る事務所にいたんです。小さな絵筆で、「ミノファーゲン」という書き文字をきれいに書いたりしていた。同僚はみんな画家になろうとしている人でしたが、伊丹君が茫然《ぼうぜん》とするほど無教養な人たちで、かれは退屈していてね、私は時々、話しに行く。行かないと電報が来たりするけれど、行ってみるとかれはただヴァイオリンを弾いてたりした。

そういう伊丹君を面白がらせようとして、冗談だけでできあがってるような探偵小説を、教養学部の理科系の授業で計算をするザラ紙に鉛筆で長々と書き続けました。それが私が小説を書いた最初の作品です。

――未公開のままですね？　いったいどういう小説だったのですか。

何か猛烈に太った女性――私は太っている女性に関心を持っていた（笑）――彼女が上野から新潟に向かい、そこから漁船で密航する。なんとかウラジオストックに漂着して、そこから苦心してソヴィエト圏を突っ切ってヨーロッパに行くという小説なんです。ずっと後になってから、『カチアートを追跡して』という、アメリカの作家ティム・オブライエンが書いた小説が出ました――ヴェトナム戦争で戦っていた兵隊が逃げ出して、八千六百マイルも離れたパリを目指して脱走する、とてもいい小説でしたが、それと同じ着想でした。とにかく一人の日本人が、もう訳のわからない苦心惨憺《さんたん》のあげく、パリまでたどり着くという小説を書いてたんです。駒場の二年間、伊丹君に会うたびにできた分を渡してました。

――その原稿は残っていないんですか？　出てくるといいですね。ぜひとも読んでみたいです。長さはどのくらいだったのでしょう。タイトルは覚えていらっしゃいますか？

タイトルはユーゴーの『エルナニ』の台詞《せりふ》として渡辺さんのエッセイにあった『行く力 Force qui Va』。半ペラのザラ紙に小さな字で三百枚は越えました。伊丹君は面白がって読んでくれたけれど、保存するような人じゃありませんからね（笑）。私自身は、伊丹君のお父さんの伊丹万作《まんさく》氏の遺《のこ》された原稿を、かれが東京の下宿を転々とする間、散逸しないようにミカン箱に入れて、保存する役割を果たしていましたが……

小説家を志す

――さて、卒業論文の準備などもはじまるわけですが、パスカルとサルトル、どちらにするか迷われたそうですね。

大学の三年で主題を選択するんですが、はじめ私はパスカルのことを書きたい、と思っていました。最初にフランス語の文典を教えてくださった前田陽一先生が、世界的なパスカルの専門家でした。そのうち、自分には宗教的な関心が弱いのだから、パスカルなど、とうてい何もわからない、と反省して、ジャン＝ポール・サルトルを選びました。論文のテーマは、「サルトルの想像力について」。サルトルには、想像力をめぐっての哲学の論文が二つあって、最初のが想像力についてのまさに哲学的な短いもの、二番目が有名な『イマジネール』、想像力的なもの、と訳すのかな、雄弁な本。この本は非常に熱心に読みました。私自身も当時、想像力には人間が認識する力と、直観で神に向かってゆく力と、もっと実際的に何かここにないものを作り出すように考える、現実を作り変えるようにして考える想像力と様ざまにあって、それがどうも人間に一番大切なものなんじゃないか、というふうなことを考えていました。そしてサルトルの『イマジネール』の哲学と、『分別《ふんべつ》ざかり』という「自由への道」の第一部のイメージ群とを分析して結びつける、ということをやってみたんですね。

――学者の道を志されるということは、やはり一度もなかったのですか。

さきにいったとおり、早くから学者にはなれないと、断念していました。周りは優秀な学生たちばかりですしね、先生方がもう圧倒的に優れたひとたちですから、自分には及びもつかない、とわかります。渡辺一夫さんはもとより、杉捷夫《としお》、小林正《ただし》、井上究一郎《きゅういちろう》、川口篤《あつし》、山田𣝣《じゃく》、朝倉季雄《すえお》……私は全部の授業に出て、みんな優れた先生たちだと思った。どの方にも自分を比較することはできない、と……

私は、自分が本気で学問を志したことは生涯ずっとなかったと、いまになってははっきり自覚しています。それはこの際、明言しておきたいことのひとつです。私は、渡辺一夫先生の著作に出会って、「渡辺一夫」という大きい人間を仰ぐようにして生きてゆこうと決めた。しかし、先生の学問の方向に自分も初歩の学者として進んでゆくということはできない、その能力も忍耐力もない。そこで自分は「大江健三郎」という人間を実現したい。それが私を小説家の道へ急いで入り込ませた理由です。しかし小説家として自分を作っていきながら、つねにあの大きい山を仰いでいよう、と考えた。もっと正直にいえば、「だめだ、自分はあのような学者のミニアチュアにだってなれる人間じゃない！」と知る、そのような二年間でもありました。しかしそのじつ未練があって、大学院に行くかどうか、グズグズしていた。そのうち、ひそかに、もう遊びじゃなく小説を書き始めていました。その小説の「文体」は、ピエール・ガスカールの渡辺先生訳と原書とを丹念に読み比べて、自分の日本語を作ったというものだったんですが。

もともと子供の時から、私は自分にその能力があるかどうかわからないのに進路を決めてしまうところがあって、しかもそういうことを積み重ねてきた人間なんです。その上で、自分が別の選択をしなければならなくなったら、それも思い切ってやる。いたし方ない、ということだけれど、勇気リンリンとやる（笑）。母にもらって読んだ『ハックルベリィ・フィンの冒険』の中で、ハックが友人を裏切るまいと、「ぢやあ、よろしい、僕は地獄に行かう！」と決心するところがありますが、それが私の心の中の、一種の決まり文句で、何か難しい選択を迫られると、難しいほうを選んで、あとは後悔しない、振り返らない。「よろしい、僕は地獄に行こう！」と考えることにしていました。とにかく私は小説家になろうと決心した。そして、小説を書くことに専念しよう、はっきり学問の方へ行くことを断念しよう、と決めて、大学院への願書を取りさげることを渡辺先生にいいに行きました。

——それはどの時期でしたか？　先生はなんとおっしゃったのですか？

それは一年留年した、二十四歳の時です。もう芥川《あくたがわ》賞はもらっていたんですが、文学で身を立てる、というような積極的な気持ちではないんです。小説を書いていくということは、いままで学生としてやってきたアルバイトなんかと同じレベルの、いまでいえばフリーターの仕事っていう感じがある。学者の道から脱落しての、という思いがある。それがとうとう、さしせまった選択の所に来ている、ということになって、渡辺先生のところに行って、「大学院に行くことをやめます、そして友達の妹と結婚したいと思います」と報告した。先生は不機嫌な顔をして考えていられたのですが、そのうち、「その方はおきれいな方でしょうね」といわれた。

——奥様とはすでに、ご結婚の約束をされていたのでしょうか。いったいどのような経緯で？

大学を受験した年に伊丹君に紹介されて、それから手紙のやりとりをする、年に二、三回デートする、ということはありましたが、そのうち結婚には伊丹君が反対だと表明する、というようなことも生じました。

私自身、芥川賞はもらっていたけれども、どうもまともな将来の選択という気持だとはなかなか思えない。大学を出てそのまま小説家として生きていくというようなことは、しっかりした生活の手段の獲得とは違うという気がした。しかも、いったん始めた以上、ひとつ誰もやらないような小説を書いてやろうじゃないかという冒険心はあるんです。そして伊丹君が結婚に反対するのも当然だ、と思ったりしていた。しかし先生には、「小説を書いて生きる」といってしまっていました。

渡辺一夫先生との交流

――渡辺先生から、小説家になることへの励ましはなかったのですか？

そういう、はっきりしない気持のまま、しかしいったん始めてみると小説家としての生活が自分の生活のすべてになった。そのなかで結婚もした。先生に御仲人《おなこうど》になってもらいもしました。それから十数年たったころ、先生があきらかな冗談の文体で「大江君たちが文壇に出た時……」というような軽い文章を書かれた。ところが、ずいぶん永い時がたって、大西巨人氏が若い批評家たちとの座談会の終りに、付け足されたんでしょうが、それを引き合いに出して渡辺先生を貶《おとし》めることをのべられた。私は、それを掲載した文芸誌と、かなりの間、関係を絶つことにした。大西氏の発言はまったく間違っている言いがかりでした。先生は、自分の学生たちが文学を学んでいろんな方向に行くことへ助言してくださったけれども、やはり学者を育てることがその教育の中心でした。それを望みながら、自分で脱落してゆくことになった者らのうち、小説を選んでやっていこうとする人間がいれば、その若者を励ましてやろうというお気持ちだったと思います。先生は、私が小説家となることをとくに喜んでくださったことはなく、しかし私をつねに励ましてくださった、まず根本的な教育者でした。そして私のほうからいえば、渡辺一夫という著者、先生に会わなければ、自分が文学に向かうことはなかった、と確実にいえるのです。

先生から、直接、私の小説が全体としていいとか悪いとかいわれたことはない。私に対して、いちいちの小説の話をされたことはなかった。一度だけ、私たちの先輩でやはり小説を書かれた、しかも学問と両立させていられた辻邦生《つじくにお》さんに、渡辺先生が、「大江君は森の中の生まれらしく、森の泉のように小説を書いて、もう何もないのかと思っていると、また新しい水を汲《く》むように書きますな」といわれたことがあるそうです。それが先生の、小説家としての私に対する唯一《ゆいいつ》の評価の言葉でした。

——渡辺先生の『フランスルネサンス断章』や『狂気について』、『敗戦日記』などの著作と、後に大江さんがお書きになった『日本現代のユマニスト　渡辺一夫を読む』、またエッセイ「渡辺一夫架空聴講記」などから、渡辺先生についてイメージが膨らみます。大変な碩学《せきがく》であったと同時に、非常に芸術家的、小説家的な関心をもって人間を眺める方であったのだろうか、と想像するのですが。

小説家として生きるための条件は、二つあると思います。ひとつは自分の文体を作ることができるかどうか。そしてもうひとつは物語を作る才能があるかどうか。渡辺先生の翻訳、とくに「ガルガンチュワとパンタグリュエル物語」という大きい作品の翻訳を見ますと、まだ四十代初めですでに完全な文体を作っていられる。ガスカールなどの現代小説の翻訳でも、つねにしっかりした文体を作る翻訳者であって、それに私は猛烈に影響を受けた。その点、先生が小説家になられたら立派な文体を作られたと思いますね。

先生は晩年、『戦国明暗二人妃』という作品を中心に、アンリ四世をめぐる女性たち――正妻のマルゴ公妃や、ガブリエル・デストレという、戦場にも連れて行くほどだったが暗殺されてしまう情人、それに祖母で、「エプタメロン」を書いたマルグリット公妃――、そういう独特な女性たちのことをくっきりした人間像を作って見事な評伝にされました。人物像を書くことについては、もう名手でした。人物と人物を対比させてひとつのシーンを作ることもうまい。その点で劇作家の才能を持っていられた人だと思います。

しかしですね、先生は物語を作ることには関心がなかったんじゃないかな。私にね、書きたい小説はあるんだといわれたことはあるんです。それは「東遊記」というタイトルで、日本でフランス文学を学び始めてからパリに留学し、三十代前半までフランス文化の中にのみ生きてきたような特殊な日本人が、ちょうど中国へ侵略を始める時代の日本に帰って来て、戦争、敗戦を体験する。そこでかれはどんな日本人となるか、という話だとも聞いています。しかし、書かれなかった。ですからそのかわりに晩年、『戦国明暗二人妃』というような評伝の連作で女性たちを描くことによって、小説を書こうという意欲を満たされたのじゃないかな。考証が大きい柱をなしている、まさに学者としてのお仕事でもありますが。戦後、評伝をお書きになった学者で、渡辺一夫さんと中野好夫《よしお》さんのお二人が、傑出した外国文学者だと思います。

——大江さんの短篇「マルゴ公妃のかくしつきスカート」のような作品を読みますと、渡辺先生の『戦国明暗二人妃』から与えられた関心事への、変奏曲のような、強いつながりを感じます。そして渡辺先生は、戦争前後に抱え込まれてしまったのでしょうか、「何をやってももうだめだ」と感じる、ある暗い側面とともに生きていらした方ではなかったのか、という気もするのです。しかしその上で、「自分たちはペシミストであるにしても、断乎《だんこ》として進むペシミストでなければならない」、人類はいずれ滅びるに違いないとしても、抵抗を尽くして滅んでいこうではないか、と呼びかけの言葉も残されていますね。大江さんご自身も、精神の継承者という自覚を強く持たれてきたのではないですか。

渡辺一夫の精神の継承者は、広い範囲で、年代も奥行きのある仕方で多くいられるように思います。フランソワ・ラブレー研究では、第一に二宮敬《にのみやたかし》さんでした。あのフランス・ルネサンスの専門家が誰より先生の晩年の研究を支えられた。先生の著作集の編集には私も加わりましたが、学問的な世界は二宮さんあってこそでした。もっと上の世代では、加藤周一さんという思想家こそが、渡辺さんの思想をはっきり継承されていると思います。学者でも思想家でもない私は、いろいろ不安をかかえながら、先にいったように友達の妹と結婚して、それから光《ひかり》が障害を持って生まれて来る、というようなこともあり、とにかくその光がこのように生きている、ということを小説の中心にすえる進み行きとなって……七十歳を越えるまでその連続でやって来た。私は、もう心底小説家ですからね、渡辺さんからの受け止めもまるっきり、小説家のものです。たとえば私の「マルゴ公妃のかくしつきスカート」は、死んだ恋人たちの心臓をいつも自分の大きいスカートの幾つものポケットに入れておいたといわれる人物からタイトルをとった。まずそういう人物を歴史の資料から持ち出して面白く伝記に書かれるのが渡辺先生だったし、私もそういうふうにグロテスクなものはとても好きで（笑）、先生の学問的な研究の一部分を自分の小説に取り入れるということはあったと思います。

渡辺さんは、強い立場で自分の意見を述べられるのではないし、この国の将来の見通しについては暗い気持ちもお持ちだけれど、しかしそれでも自分として現在の仕事をしっかり果たして行こう、という態度——それこそフランス・ユマニスムの人間らしい思想を持った人間として、生きられたことは確実です。われわれは滅びるかもしれない、しかし滅ぼす側が正しく、自分たち滅びる人間が間違っているわけではない。そこをはっきりさせながら、歴史の中で抵抗して滅びていこう——そのような考え方を持った、たとえばトーマス・マンとか、あるいは共産主義者として一生をまっとうされた、実践的な強い人間であった小説家の中野重治《しげはる》さんのような人とは、「戦闘的ユマニスト」同士として、強い信頼関係、友情で結ばれていられた。中野さんの『国会演説集』などの本の装丁の文字は渡辺さんでした。他にも装丁をされた。お二人の間に公開の書簡の往復が行なわれたこともあります。

東京の良い家庭に育った渡辺さんの書き方は、根本で悲観的なところもある、自分を卑下したようなことをボソボソと書かれるスタイル、特に晩年はそうでした。北陸の小地主の家に育った中野さんは、作物を手で作り上げるように自分の比喩《ひゆ》や表現をうまく作り上げる、あわせてドイツ文学の影響を受けたモダンな文章家でもありましたが、その中野さんが往復書簡で渡辺さんにこう書くのです。《わたしはあなたの手にわたしの手を重ねます。そこでわたしは、あなたの文章のなかの仮定法について書きたいと思います。あなたのなかで、ペシミスムスが仮定法に結びついていはせぬかということについてです。わたしは、それならばそれは文法的でなかろうと考えるのです。》この中野さんらしいユーモアのなんという上等さかと思いますよ。その上での結論がこうです。《わたしは、あなたの文章の力点が、文法的にあのへん、ペシミスティックなあたりへ行くことを恐れたのです。（中略）しかしくどくもいえば、最も浅はかなオプティミストたちが戦争をしかけたがっている以上、わたしたちペシミストは断乎として進まねばならぬと思います。》じつに美しい文章です。

渡辺さんは文章に確信を込めて戦車が進むような感じで書く人ではなかった。同じくそうじゃないヨーロッパの思想家に、光を当てる人でした。しかし、時代のクライシスにはつねに注意深くしていられた。そして警告する文章を書かれた。それとはまた別ですが、私には、感受性の上でとても暗いところが先生にあったんじゃないかという気持があります。先生の形見にもらった本のひとつ、永井荷風《かふう》の『珊瑚《さんご》集』に訳されているシャルル・ボードレールのとても暗い詩「死のよろこび」——死んだ自分の肉体を虫が食い尽くす状態を夢見るというような、そういう詩のところに、まだ少年の渡辺さんが紙を挟んでいられるんですよ。《おお蛆蟲《うじむし》よ。眼《め》なく耳《みゝ》なき暗黒《あんこく》の友《とも》／君が爲《た》めに腐敗《ふはい》の子《こ》、放蕩《はうたう》の哲學者《てつがくしや》／よろこべる無頼《ぶらい》の死人《しにん》は來《きた》る。／わが亡骸《なきがら》にためらふ事《こと》なく食入《くひい》りて／死《し》の中《うち》に死《し》し、魂《たましひ》失《う》せし古《ふる》びし肉《にく》に、／蛆蟲《うじむし》よわれに問《と》へ。猶《なほ》も惱《なや》みのありやなしやと。》という詩。

結局、私にも渡辺一夫という人の全体がわかっているとはいえない。それでいて、もう先生が亡くなられた年齢にちかづいている。先生は一九〇一年に生まれて七五年の五月に、七十三歳で亡くなられた。私にはあと二年しかないわけです。そこで二年間しっかり生きて、先生が書かれたものが全部わかるところに出られればいいと願っています。暗い暗い渡辺一夫も含めて。

――渡辺先生と大江さんは三十四歳違いでしたね。先ほど挙げました「架空聴講記」には、七十歳になられた渡辺先生に向けて、三十五歳の大江さんが書かれている文章「さりし日の我等が悩みに、今さいなまるる者、いずこにありや？」が見つかります。時の流れを感じますね。

ああ、これが、先生からいただかれたという「架空の城館」（口絵参照）ですか？〈ぼくが先生からいただいた有形ノモノのひとつには彫塑《ちょうそ》用の石板でつくられた架空の城館がある。この建造物の背後には「脱出口」と指示された小さな穴がうがたれていて、ぼくはまったく行き暮れた思いのする時には、その「脱出口」を眺めるのである。〉と「架空聴講記」に書かれていた……。なんて小さい「脱出口」でしょう！

亡くなられる直前、入院される少し前に、先生はご自分の日記のようなノート類を密《ひそ》かに整理されていたようなんですね。その中の一冊が、あの『敗戦日記』です。二宮敬さんが渡辺先生のラブレー研究と深く関わっている本やノートをすべて引き取られて、その中に戦争中にフランス語で書かれた日記を発見した。私もうかがいましたが、奥様の許可を得に行って岩波書店の雑誌「世界」に発表することになった。二宮さんと先生の御長男の翻訳で出ました。それとは別に、私には、先生がフランスの戦前の装丁のきれいなノートをくださっていました。若い時の日記で、公表するのは適当でない個人的なことが書かれているページがあって、その次に「自分は中途半端《はんぱ》で止《や》める人間だ」と、フランス語で書いてありました。そこにエクスクラメーション・マークをつけて、日記の全体が終わっているんです。

私は、「きみはいつまで中途半端な人間として生きているんだ！」っていうお気持ちから私に手渡されたのかな、と思いました。私は四十歳も間近になっていましたが。とにかく、あのように完璧《かんぺき》に自分らしさを実現された学者が、四十代の始まりに、太平洋戦争が始まった頃ですね、一九〇一年生まれで一九四一年ですから、その頃に先生が、「自分は中途半端で止める人間だ」と深く絶望していられたことを発見して、それは本当にショックでした。

私は小説を書き始めた頃、やがて自分の小説を、フランスのガリマール書店で出版して、それも一番いい翻訳だと思うものを先生に贈ろうと思っていた。そう思いながら自分で小説についていろいろと実験して、そのとき持っている力よりもひとつ上のところへ自分の小説を押し上げようとしてきた。ずっとそうやってきて、それはそれでいいけれど、そういう強迫観念から自由な、安定している、よくできた小説を書いたことはついになかったんじゃないかっていう気持ちを片方でもっています。これが一番いい作品ですと、先生に向かって差し出すことができるものが、いまもないような気がする……ともかくもいま、健康も衰え始めた年齢になって、あの日記をもう一度取り出して、そこを見てみようと思っているんですよ。私は中途半端で止める“s'arrêter à mi-chemin”人間だ、というところを……

第2章

「奇妙な仕事」
初期短篇
『叫び声』
『ヒロシマ・ノート』
『個人的な体験』

芥川賞受賞のころ

――一九五八年、「文學界《ぶんがくかい》」一月号に掲載された「飼育」によって、その年上半期の第三十九回芥川賞を受賞されました。三月には最初の短篇集『死者の奢《おご》り』が文藝《ぶんげい》春秋《しゅんじゅう》新社から、六月には、初めての長篇『芽むしり仔撃《こう》ち』を講談社から刊行。十月には短篇集『見るまえに跳べ』を新潮社から出されます。輝かしい、本格的な文壇デビューの年でしたが、「この年、突然の作家生活のため強度の睡眠薬中毒にかかる」と、自編年譜（小学館『群像　日本の作家23　大江健三郎』）には記されています。

当時の新聞、雑誌の記事を調べますと、みずみずしい感受性、斬新《ざんしん》な文体を激賞する批評と、そうした評価によっていきなりマスコミの前に押し出され、生真面目《きまじめ》に取材に応じていらっしゃる学生服姿の大江さんの写真とが大量にありまして、さぞ渦中《かちゅう》のご本人は大変だったろうな、と半世紀近く前の状況を想像してみるのですけれど。

自分の人生を振り返って、あの時をよく生き延びたな、とぞっとする時期がいくつかあります。それが一番はっきりしているのが、小説を書くようになってからの四年ないし五年だったと思います。

去年の夏、軽井沢の山荘で、雨漏りにやられたフランス語の本を、全部暖炉で燃しているうちに、「奇妙な仕事」が載った「東大新聞」を発見して、当時のことをしみじみ思い返しました。一九五七年の東大の五月祭賞で、荒正人《あらまさひと》さんが選考されて受賞作に決まった。「東大新聞」に掲載されると、まず平野謙《けん》さんが毎日新聞の「文芸時評」で褒めてくださり、編集者の方が関心を持たれて「小説を書くように」といわれた。そこから私は、すぐに小説家の生活を始めることになった。ほんの二十二、三歳で……しかし一所懸命の青二才でしたよ。

大学三年から四年にかけての春休みに、ピエール・ガスカールの『けものたち・死者の時』の原書と、渡辺一夫《かずお》さんの翻訳を合わせて読み、小説を書いてみようと思い立って、すぐに三十枚ほど書けたので、五月祭賞に応募したんです。いま読んでみると、もうガスカールそのもので、よくこんなものを自分のオリジナルな小説と自信を持っていたと不思議に思うほどですが。そのかわり、当時意識していなかったけれどいまに続いているオリジナルなところも見出《みいだ》します。

その頃、友人が東大病院に入院して——いまから考えると、かれは自殺し損なったんだと思うんですが、「どういうふうだい?」って聞いたら、「毎日午後の六時になると、東大病院が飼っている実験用の犬が鳴き始めるんだよ」と。その友達が生き残って、病院で犬の声を聞いているという実生活上の出来事と、『けものたち・死者の時』を読んだのが偶然、同じ時期だった。それであの小説が出来たと思うんですね。犬を殺すアルバイトに加わった青年が、その仕事を通じて自分が穴ぼこに落ち込んでるってことを自覚する、という主題の小説です。

――この作品もそうですが、「犬」に代表される小動物が、社会に対する、ある悲痛な寓意《ぐうい》を含むということが、大江作品の特徴の一つとして初めから強烈に現われています。

〈それらの犬は互いにひどく似かよっていた。大型の犬や小型の愛玩《あいがん》用の犬、それにたいていは中型の赤犬が杭《くい》につながれていたが、それらは互いに似かよっていた。どこが似ているのだろうな、と僕は思った。全部、けちな雑種で痩《や》せているというところか。杭につながれて敵意をすっかりなくしているというところか。きっとそうだろうな。僕らだってそういうことになるかもしれないぞ。すっかり敵意をなくして無気力につながれている、互いに似かよって、個性をなくした、あいまいな僕ら、僕ら日本の学生。しかし僕はあまり政治的な興味を持ってはいなかった。僕は政治をふくめてほとんどあらゆることに熱中するには若すぎるか年をとりすぎていた。僕は廿歳《にじっさい》だった。〉（「奇妙な仕事」）

そうですね。作品の大きい骨格をなしている、というレヴェルよりも、こまごました比喩《ひゆ》として小動物がよく出て来ます。むしろそうしたところに、ガスカールの文章の特質からの影響があきらかです。ガスカールには、本当に優れた小動物の表現があります。

――二〇〇七年五月が、ちょうど五月祭賞から五十年の節目となるわけですが、一九五五年九月、東京大学の駒場《こまば》の学内誌「学園」に掲載された「火山」が、活字になった最初の小説だったのですね。

そうでした。私はまだ二十歳くらいでしたが、大学に入ってすぐ、詩人の岸田衿子《えりこ》さんと知り合いました。岸田さんに妹の家に一緒に行こうといわれた。まだ、東京の地理もなにも知らない頃です。とにかく六本木の交差点の辺りから坂道を下がっていくと、その途中に家があって、衿子さんの妹というのが誰かわかりませんでしたけれど、ドアを開けるとそこに女優の岸田今日子《きょうこ》さんがいられた。玄関の向こうに四畳半くらいの和室があり、そこに四角の低いトーチカみたいなものがあって、四人が向かい合っていた。その後、私がこのようにして東京の若い芸術家たちは議論するのか、と感心すると、衿子さんだったか今日子さんだったか、——これは麻雀《マージャン》、ということでした（笑）。その中の一人が、「君は『火山』という小説を書いた人？」って尋ねてくれて、「あれはすごくいい」といわれたんですよ。それが武満徹《たけみつとおる》さんだった。

武満さんのお仕事の方も、レコードになっていたのは、「弦楽のためのレクイエム」だけだった。しかし普通の人じゃない、とはしみじみわかった。その人が、「君は小説家だと思う」といってくれたんです。つまり武満さんが私に会おうとして今日子さんに頼み、今日子さんがお姉さんに伝えた。そして衿子さんが私を誘いに来た。武満さんは五十一年前の私の作品を読んだ人です。それからずっと敬愛する友達でした。

——そんなに早く、武満さんは大江さんを発見されていたのですか。「火山」と「奇妙な仕事」の間にも、「黒いトラック」という短篇を発表されています。他にも「優しい人たち」「火葬のあと」という短篇を書かれたことが、篠原茂氏の『大江健三郎文学事典』に記載されています。そして戯曲が、在学中に記録に残っているものだけでも三年間に四作——「天《そら》の嘆き」「夏の休暇」「死人に口なし」「獣たちの声」。そのペースで創作されていたから、「奇妙な仕事」を機にいきなり出版社から依頼を受けられても、次々に応《こた》えることが可能だったのですね。

いや、やはりはっきりした分節点はありました。自分で、「奇妙な仕事」はこれまでの遊びのような習作とは違うという思いがありました。新人作家にはそういう「跳びこえ」の分節点が誰にもあると思います。ところが、「奇妙な仕事」を東大新聞で読んだ文芸誌の人から注文があって、いまいったようにひとつ「跳びこえ」をした、という思いがあるから、すぐ作品を書いて、編集者に渡したんです。すると、幸いなことに慧眼《けいがん》の編集者で、「これはよくない」といわれた。それを返してもらって読み返して、私にもよくわかりました、よくないということが。その原稿は破いて捨てたんですが、同時に「それじゃ、やり直してみよう」という気持がムクムクと湧《わ》いた。この「やり直してみよう」と考えた時が、私が意識的に小説家になった最初の一歩じゃなかったかと思いますね。作品を書いてから、それがどういうものか検討する。海外の新しい小説の読み手としてはすでに経験がありますからね、一応の批評力はあるんです。そこで自分でうまくいってないとわかると、すぐやり直してみようと試みる。現在まで続く私のやり方を始めた、その最初なんです。

そうやってやり直して、短い「他人の足」(三十八枚)と「死者の奢り」(七十六枚)とを書いた。「他人の足」もあきらかにサルトルの小説を読んでの空想、というところがあります。「死者の奢り」は、アルバイトでムダ働きをした青年が、それを通じて自分が穴ぼこに落ち込んでいることを自覚するという小説で、主題においても進行においてもも、まったく「奇妙な仕事」をいわば変奏したに過ぎない。平野謙さんが「同工異曲である」というふうにいわれたんですが（笑）、その通りです。「他人の足」は、これらとはもうちょっと別の小説でしたが。

ともかく、最初に思いつきのように書いた小説が「東大新聞」に載る、それで小説を書けといわれて、勢い込んで書く。「これはよくない」といわれて、初めて本気になってやり直してみようと思う、そのようにして始めて、一年の間に二冊の短篇集と、三百枚くらいの、私としては長篇と考えていた「芽むしり仔撃ち」を書いた。

――「芽むしり仔撃ち」については、大変愛読者が多いですね。それも、あの文章そのものを好きだという人が多い。

〈人殺しの時代だった。永い洪水のように戦争が集団的な狂気を、人間の情念の襞《ひだ》ひだ、躰《からだ》のあらゆる隅ずみ、森、街路、空に氾濫《はんらん》させていた。僕らの収容されていた古めかしい煉瓦《れんが》造りの建物、その中庭をさえ、突然空から降りてきた兵隊、飛行機の半透明な胴体のなかで猥雑《わいざつ》な形に尻《しり》をつき出した若い金髪の兵隊があわてふためいた機銃掃射をしたり、朝早く作業のために整列して門を出ようとすると、悪意にみちた有刺鉄線のからむ門の外側に餓死したばかりの女がよりかかっていて、たちまち引率の教官の鼻先へ倒れてきたりした。殆《ほとん》どの夜、時には真昼まで空爆による火災が町をおおう空を明るませあるいは黒っぽく煙で汚した。

町を気の狂った大人たちが狂奔していたあの時代に、躰じゅうの皮膚がなめらかで栗色《くりいろ》に光る生毛《うぶげ》しかもっていない者ら、取るにたりない悪事をおかした者ら、なかには非行少年的傾向を持っていると判定されただけの者らを監禁しつづける奇妙な情熱があったということは記録しておくに足りるだろう。〉

暗い、汚れた描写が続いているのに、どうしようもなく明るい。弾むようでもある。このような表現が可能だったのは、やはり作者も、時代そのものも、こわいもの知らず、というか、恐しいほど若くて勢いがあったからだ、と想像するんです。

そのあたりまでは、いま読んでもかなり面白いと思う作品がありますけど、その後の二、三年、自分が書いた小説はよくない。よくない、と自分でわかってるんだけど、文芸誌というものは、いったん顔を水面に出した新人には寛大でね——いまもその傾向はありますが——、受け入れてくれるから、それを発表する、という感じで文壇での生活を始めていたわけです。芥川賞をもらっていた、ということもあります。「遅れてきた青年」という、戦後青年のフィクショナルな自伝とでもいうか、いまでもタイトルだけはよく記憶されている長篇小説もそのような調子で書いた。

一方で、こういうことではだめだ、行き詰まっている、と、暗い暗い感じにも取りつかれていました。しかし少し名前が知られていますからね、またもとの学生に戻って勉強するなり、発表する予定のない小説を書いていく仕方で勉強するってことはできない。宙ぶらりんの苦しい時期でした。

――一九九六年に六十一歳で刊行された『大江健三郎小説』全十巻には、「遅れてきた青年」や「日常生活の冒険」という、初期からこれまで、よく読まれてきた作品が収録されませんでした。いわゆる〝若書き〟の作品が入らなかったのは、読者としては意外でしたが、やはり厳しい自己批評の結果でしたか。たしかに現在とまるで違う「大江健三郎」を探してみたければ、「遅れてきた青年」や「日常生活の冒険」を読むのが有効かもしれないとは思いますが。

たとえば、「日常生活の冒険」の主人公の青年、斎木犀吉《さいきち》についてのこんな描写。

〈このときすでに一メートル七十五センチもあった大柄な少年は、ヴェルレエヌのスケッチのランボオと、そのころ地方の映画館や東京の場末の三流館で公開されていたフランス映画《肉体の悪魔》のジェラール・フィリップに似ていた。これは、その後かれと会うたびに感じたことだが、かれの大きい顔のなかの、とくに異常ではないが、どのような群衆のなかでもめだつにちがいない目鼻立ちは、その時どきに、じつに様々な人間の、それもきわめて個性的なタイプの容貌《ようぼう》だというのが通説の、他人の顔に似た。ジェームス・ディーンが自動車事故で死んだ前後、かれはこの近視の若いアメリカ人を思いださせるやり方で憂《うれ》わしげに眼をほそめ、額は髪でみじかく限って歩いていた。そして誰かれがかれのことを東洋人のなかでもっともジェームス・ディーンに似た顔だと批評した。〕

ここに、伊丹十三《いたみじゅうぞう》氏の面影が重なってきて、よくぞ小説の中に書き留めてもらった、としみじみ感じるひともいるでしょう。このような読み方はよくありませんか？

伊丹十三が亡《な》くなってしまうと、かれのマスコミ世界での友人たちと私とでは違う記憶がありますからね、あれはあれでいいかとも思いますよ。しかし、さっきいったように、書く人間としてよりも読む人間としての方が、目は確かでしたからね、作品としてしっかり書けていない、と当時活字になったものを読み返しては感じていました。そうしたものについては、全集版からのぞきました。「日常生活の冒険」など、愛好してくださる読者はいまもあるようなのですが、技法、人物のとらえ方など、小説の基本レヴェルを満たしていない。

私は早くから小説を書き始めて、若いうちに沢山《たくさん》書きましたが、地方の小さな村で家族に庇護《ひご》されて育ったオクテの人間ですし。子役上がりの俳優が、早熟のようでいていつまでも成熟しない欠点をいわれることがありますが、私にもそういうところがある。

まさにオクテの作家なんですよ。ただ、オクテの作家としては、いつまでも小説技法の完成を目指し続ける生き方になる。その点は、自分でも肯定しています。それがレイト・ワーク、「後期の仕事」にこだわる理由でもあります。

三島由紀夫氏などは最初から、完成した作家としての自分を信じていて、「私はこういう者です」と世間に表明する力があった。最初から完成度のあるスタイルを示す人。そういう人が早熟な作家だと思います。私の場合は、文学は、こういう方向に掘り進んで行けば面白くなる、そういうことはわかってるんです。しかしそれは必要条件でね、だから自分にはこのように進んで行く必要があるとわかって書いていることは確かですが、そのように自分が手探りする企ての成果を、読者からあるいは世間から十分に受け止めてもらえるという確信はない。十分条件が自分に備わっているという自覚はないんです。球を受けてもらえるかわからない相手に向かってボールを投げてるような出発だった。三島由紀夫氏は当時、もう見上げるような大家で、私より十歳年上にすぎないのに、二十五歳も三十歳も上の感じがした。そして、自分がやる文学的行為、社会的行為がどのように受け止められるかについての確信が、三島氏にはあった。世間に受け止められなくて暴投になっても、それは自分の責任ではなく、日本の読者にその能力がないせいだ、という確信がかれにはあったんですね。

小説はこのように書き始める

――ご本人には自覚がなかったにもかかわらず、戦後十五年余り経《た》って、ようやく日本人の青年の内面をみごとに作品化して引き受けてくれる、「われらの時代」の作家が出てきたと人気は高まっていきました。その頃の作品には、屈辱的な立場に置かれ、人間性を疎外《そがい》された、または軟禁状態に置かれた日本人の若者がさまざまに登場して、かれらは海外へ旅立つことを強く願うにもかかわらず、実現することはない。やがて破滅して、「敗北の確認」といった形で小説は終わります。そうした姿が、「アメリカに追従する日本の戦後への批判が込められている」というように受けとめられた。風変わりな人物と設定が際立《きわだ》つ作品が多いのですけれど、当時はどのように小説を発想されていたのですか？

私にはね、小説を書く前に、こういう小説をひとつ書いてやろう、あるいはこうした人物を作り出してやろう、という目的意識はなかったように思います。フランスの小説を読んでは、言葉づかいの面白さというようなものにまず印象を受けることから、自分の小説を書きたくなる。たとえばピエール・ガスカールの短篇から「非常に宏大《こうだい》な共生感」というような言葉を渡辺一夫さんの翻訳で読み取る。すぐに原語でも確かめてみる。戦争が始まった日、暗闇《くらやみ》の中で馬の番をしながら、青年が宏大な、ヴァストなそれを感じているという、そのじつに的確な文節から、あらためて青年の共生感を実感する。そこから私に同じ方向のイメージが展開してくる。子供の時の、戦争へのやはり宏大な感じ、そしてそれとの食い違いの思い……そこから、いつの間にか自分の小説を書いている。そのように小説を作るというのが、私のやり方だった。いまもある作品について、思い出せるものと、そうでないものがありますが、一つの面白いフランス語に、あるいは英語に出会って、それを日本語に訳してみているうちに、その言葉が持っている感覚の世界、あるいは思想の芽のようなものを、小説で展開してみようという意欲が湧く。そこから物語を作っていく。それも寓話《ぐうわ》のようにして、現実とは無関係な物語を作るのなら、いくらも方向はあり得るだろう、しかし自分はそのなかで育って来た日本の地方のリアルなものと結びつけたい、そう考えていたんです。

その頃、安部公房《こうぼう》が好きでした。安部さんやフランツ・カフカを読んでいた。そういう寓話として小説を作る人がいて、面白い。しかし私は、寓話を作ることはやめよう、できるだけ現実生活に引きつけて書いていこう、と思った。そうやって、日本で同時代の安部公房とは違う、自分のオリジナリティーを作ろう、と思った。しかもですね、リアルな現実生活と密着して独特な小説を作る人たちには、「第三の新人」という作家グループがいた。かれらは人生を、あるいは社会をよく知っている人たちです。私は地方からのポッと出の若者で何も知らない。そこで僕の小説は、リアルな現実をとらえることをめざすんだけど、観念的な、ある言葉から始める、という書き方をやろうと考えた。毎日、外国語と日本語をつき合わせて読む、ということをしてるんです。そこで、私が興味を持つ言葉はいくらもありましたよ。たとえば「不意の啞《おし》」という小説も、まず「啞」という言葉から始まっている。不意に何かが起こって社会が、自分が変わってしまうということは敗戦の時からずっと感じていた。「不意の啞」という言葉を自分で作って、そうなる人々のことから考え始めるわけです。詩人だったら、その初めの言葉から詩を書いていく。私はそこから物語を作っていくということをやった。社会を観察して、ひとつのモラル、理念を引き出して書くというのじゃなくて、初めに観念的なものを頭の中に作り上げて、それを現実のふさわしい場面に当てはめてみる、そうすることによって小説を書く。その方法で、幾らでも書くことはできたんです、短かい物語を……

ところがそうしたものを次つぎ書いていくうちに、これから作家として生きていこうとする人間にしては、自分は何も将来に向けて足場を構築していないと感じてきました。ちょっと上を見ると、いまいった「第三の新人」のように自分の経験に即して小説を書き始めた人たちが何人もいる。同年輩の若い作家にもそのような人がいる。たとえば阿部昭《あきら》さんは、仏文科の卒業面接で同じテーブルに座った人です。ところが自分だけ、まったく観念的だと思えて、満足できなくなった。自分の小説の弱点だけが目立ってくるという日々が始まって、不安でした。

——その感覚は作中の登場人物に反映され、そして方向性をつかめぬまま経済的好調が始まっていた六〇年代初頭の時代感覚と、しっかり繋《つな》がっていたのではないでしょうか。まるで時代から何かを負託されたかのように。小学生になった頃、六〇年代半ばに父から聞いた話を、なぜかはっきり覚えています。「大江健三郎という、とてつもない才能を持つ作家が現れて、同世代の作家志望の青年たちは、筆を折ってしまったんだ」と。

今年になってね、私の一番初期の仕事がフランスのガリマール社から翻訳されて、それに対する批評も、いくつか、積極的な評価としてあったんです。たとえば「死者の奢《おご》り」とか「鳩《はと》」とかの短篇、「セヴンティーン」のような中篇に対してなのですが、これらの作品は本当に戦争が終わって十年経ったくらいの時期の、日本の地方出の青年が、東京でどういう暮らしをしているか、どういうふうに鬱屈《うっくつ》した気持ちを抱いているか、疎外された感情を持っているか……そうしたことがよく表現されている、という批評を集めました。

それは、書いている青年がどんなに観念的だと思っていても、かれが若いだけに子供の時からの記憶が小説の中に入り込んでくる。東京の見なれない環境で暮らし始めて観察したものも入り込んでくる。自分では意識していなかったけれども、やはり読むに値する具体的な姿が描けていたんですね。それが小説の力というもので、それなりに同時代の現実、日本人を反映していた。仏訳のために相談を受けたのをきっかけに初期の作品を読み直してみて、ようやく自分でも気づいたことなんです。

とくに「人間の羊」は、自分と等身大の青年像を描き、想像的に膨らませもすることで、ある程度成功した作品だと思います。物語を作るということには、書いている自分を超えて……私自身は幼い、すぐ挫《くじ》けて壊れそうな青二才ですが(笑)、その表現と表現者としての私をしっかりしたものにさせてくれる、ということがあるんですよ。小説を書かなかったら、私は心理的に危なかったと思います、あの二十五、六歳当時。結局、小説を書くことで生き延びられた。いまではそう考えています。そのようにして生きているところへ長男、光《ひかり》の誕生で、心理的な危機などとはいっておれないところへドスンと突き落とされた……というかグッと押し上げられるかして、自分の現実生活と向かい合うことになったのですが。

「戦後派」への畏れと違和感

――いまではこれらの初期作品は、すでに現代の古典でしょう。フランス実存主義と同時代の刺激、両方の影響を読者も先入観なしに作品から読み取ることができると思います。けれども当時の文壇においては、平野謙、荒正人、野間宏《ひろし》さんといった「近代文学」の仲間、「戦後派」の作家たちから、自分たちの正統な後継者と目され、強力に世間に推し出されたわけです。違和感はありませんでしたか。

「戦後派」は実際に戦争を体験した知識人の文学者たちでした。戦場での暗い体験も抱えて帰ってきて、戦後の解放された社会の中でどのように生きて行くか、それを文学をつうじて実践した人たちです。「戦後派」の作家はまず知識人であり、戦争体験を持ち、文学的にはドストエフスキーからシンボリズムを通過した、そして社会主義的なリアリズムの理念を気にかけてもいる人たちでした。私はそれらすべてと無関係な、ただ小説的才能だけで短篇を作っていた若者でした。だからそのように本質的に社会的なかれらと、私とを結ぶ評価には、畏《おそ》れのこもった違和感を持っていました。もっとも、同じ見方での、評価と等量か、それ以上の批判があり、私はその書き手たちのものも注意深く読んでいた。「こういう批評家たちに対抗して生き続けよう！」と覚悟して。それはいまに続いています。

それでも当時の日本の文壇は、若い作家に対して寛容だった。軍隊において犯罪者のような扱いを受けた野間宏さんとか、労働者出身で、しかも非合法の左翼運動に足を突っ込んで苦しい人生を歩んだ椎名麟三《しいなりんぞう》さん、それから中国文学の専門家でありながら、中国に行って、中国人と戦わなきゃならなかった武田泰淳《たいじゅん》さん……かれらはその頃三十代後半から四十代くらいで、私より十歳から二十五歳年上。戦後派の一番最後に安部公房さんがいて、三島さんとほぼ同年でしたが、かれらにしても私より十歳年上です。私はこうした明治維新以来の日本の近代化が、戦争に突き進んで敗戦する、そういう一番劇的な時代を意識的に生きた人々の文学として、戦後派文学をとらえていました。私の先生、渡辺一夫は野間さんよりいくらか年上ですが、そのお弟子さんの、たとえば加藤周一さんは戦後派です。渡辺先生は戦後派の師匠格にあたります。

そういうわけで、かれらを私がそのまま継承するなんてとてもできないし、かれらに比べれば私がいう政治とか社会とかいうことがヤワな感じがするってことはよく知っていました。向こうががっちりとした石の上に立っている、こちらはグラグラしたものの上に立っていて、すぐにもブッ倒れるだろうという予感を持っている。そういう感じの、不安な状態で小説を書いてる若い小説家に対して、戦後派たちは寛大だった。むしろ、戦後派と私たちの中間にいた「第三の新人」といわれていた人たちが、私らに対して批判的なんです。かれらはいい作家たちですよ、安岡章太郎《しょうたろう》や小島信夫《のぶお》、島尾敏雄《としお》とか吉《よし》行淳之介《ゆきじゅんのすけ》、そして遠藤周作《しゅうさく》……かれらは結局、私らの世代にとって教養も経験もある意地悪な兄貴って感じの世代だった。しかし、その上の世代の戦後派には、おじいさんが孫の世代に対して親近感を示してくれるような感じがあった。それでずいぶん助けられた。しかしかれらに直接会ってみると、自分には戦後派の経験も思想もないということを痛感して、自分は中途半端《はんぱ》な人間だと落ち込むことがありました。

――その、ブッ倒れるだろう、というような前のめりの心情に後押しされたものでもあったのでしょうか、あの性的なイメージの強烈な表現は。同性愛者、性的不能者、娼婦《しょうふ》、ニンフォマニア、痴漢……多くの登場人物たちは何とも毒々しいタブーを抱えている。清純で美しく、肯定的に書かれた女子大生なんて一人も出てきません。しかも表現自体がスキャンダラスなまでにストレートで。この点で大江作品の影響が顕著な新人作家は、いまでも非常に多いのですが。

そういう過程を生きぬくなかで、独特な作品を作ってゆけばいい。書いて生きる生活を通じて、自己修正してゆけばいい……私は、経験から、そういいたいんです。私自身

について いえば、何も知らない二十代前半の青年で、性関係のある恋人なども ない、その代わりただ本を読んでるだけの人間です。たとえば同時代のアメリカ、フランスの小説は、よく読んでいた。私が考えたのはそれを経由しての観念的な性の問題、女性像に過ぎなかった。ただ、それまで日本の文壇で書かれてきた美しい情緒とか柔らかい気分、人間の温かくてしっとりした肉体というような女性像——たとえば谷崎潤一郎《じゅんいちろう》、川端康《やす》成《なり》が書いたようなものでないものを私は書いてやろうと考えた。現に自分を強く拒絶するものとしての女性像とか、理性的に武装している青年を打ち倒してしまうような肉体の魔力としての、理性と対立するものとしての性を書いていこうと。

私は「性的人間」という中篇で、いわばある情景をスケッチするようにとらえるかたちで、痴漢になろうとしている青年を書きました。そういう人間が電車に乗っているということの強い緊張感。その結果、劇的な破局にいたるということで、その限りでは作品として成立しているものです。しかしその青年がたとえば三、四年の間、そうやって過ごしているうちに、人間として次の段階に至る——崩れていってしまうか、あるいは成長していくか。そんな仕方でスケッチの段階のものがその青年の人生の物語になる、それが小説だと思うんですね。中篇でも長篇でも、こうしたものとして小説はある。私の場合は、性的な状況をスケッチする短篇はいくつも書いたけれども、一人の人間がはっきり成長していく過程として、それをとらえることはできなかった。現に自分がまだ成長をしていないわけですから。その点でも自分の書く青年たちはこれからどうなっていくのだろう、その不安は強くありました。当の小説を書きながら、さらに自分で理論付けしたりもしながら。

——「性的人間」と「政治的人間」。政治的に牝《めす》になった国の青年は、性的な人間として滑稽《こっけい》に、悲劇的に生きるしかない、政治的人間は他者と対立し、抗争し続けるだけだ——この言葉が印象に残っているのですが、どちらにしろ、否定的な、閉塞《へいそく》状態にある時代の中にいる人間を、そうしながら描き出そうとされたのでしょうか。かれらはたしかにもの凄《すご》く反道徳的であり魅力的であり。このあたりについては、後に『「雨の木《レイン・ツリー》」を聴く女たち』から始まる一九八〇年代の作品で、大転換がなされるわけですが。

ええ。私の若いころの性的人間、政治的人間というような構図はそれこそ観念的です。マッチ棒で作る細工みたいな理論を構築して、それに小説の肉をかぶせることに、かなりの才能があっただけでした。それが一時期、ジャーナリズムで「性的な側面で衝撃的な表現をする新しい作家」と受け取られた。それは、そのように受け取られようと、私が努めていたってことでもあったと思います。しかし、それはいまいったマッチ棒で作る家、といったものでした。

性について、あるいは女性について、私が少しまともに考えることができるようになったのは、もう五十代に入っていた『懐《なつ》かしい年への手紙』以後でしょうね。そのあたりから、実作品として見てゆくと、すでにレイト・ワークが始まっていると思います。まったくオクテの作家なんです。とくに女性を描くことにおいて……

「安保批判の会」「若い日本の会」

――さて一九六〇年当時、日米安保条約に反対する「安保批判の会」に加わられています。「若い日本の会」の結成に関わったりもされました。『厳粛な綱渡り』と『持続する志』の二冊のエッセイ集には、安保反対の決意表明は繰り返し出てきます。たとえば、「政治的想像力と殺人者の想像力」では、〈たとえひとつの小説においていかなる荒唐無稽《むけい》の空想が繰りひろげられるにしても、その創作のさなかにおける作家の意識は、かれのぬきさしならぬ現実生活に根ざして se dépasser する作業をおこなっているのだ、ということである。すなわち作家にとって想像力の行使とは夢幻をつくりあげることではない。逆に現実的な、この日本の一九六〇年代に関わり、それを囲みこんで容赦なく浸蝕《しんしょく》してくる、世界の現実すべてに関わる生き方の根にむかって、みずから掘りすすめることである。そのようにして現実の自分自身を超えてゆくことである。〉と。

なんだか偉そうな文体で（笑）、確信にみちたようなことをいってるんですが、さきにいった戦後派の文学者から見れば、たわいないものだったでしょうね。私はフランス文学科でサルトルの想像力、イマジナシオンについての考え方を主題にして卒論を書いて卒業しました。しかし、サルトルの想像力は、どうも自分が小説を書きながら考えてきた想像力とは違うという感じを持っていた。それが、卒業の直前にガストン・バシュラールを読んだんです。「想像力というのは、自分が認識しているもの、知っているものを作り変えていく、変形していく力が想像力であって、そこから文学も現実のすべての活動も始まる」。こうした基本の構図に始まるバシュラールを読んで、サルトルからバシュラール的な想像力の方へと、いわば「転向」することを考え、ノートやカードを取り始めました。同時に、サルトルがずっとやっている仕事――もともと観念的な哲学者ですが、それを政治活動の中でどのように生かすかということを考え続けている、それに学びたい、という気持ちは持ち続けていたわけです。

そして一九六〇年、私は二十五歳でしたが、日米安保条約を改定して続ける、いや廃棄せよという、政府の意向とそれへの反対運動が起きた。まあ、国民的に大きい運動だった。戦後派の野間さんたち文学者も、理論家としての丸山眞男《まさお》さんのような学者も、実際のデモに毎日加わるという年齢ではない。「第三の新人」たちはもともと興味を持たない。で、その下の年代として、デモがあればデモに行くということをしたい。そういう思いを持つ文学や演劇、音楽といった仕事をしている若い者らは沢山いた。そして「安保批判の会」というものが作られて、そこでは私より五、六歳年上の、信頼できる人たちが力を持っていたんです。そこからの呼びかけがあって、自分の周りにいる若い人たちと、政治活動の党派に加わるのじゃないが、しかし政治的な現実に参加する、ということをしたいと思っていた私には渡りに舟だった。そこで、文学の仕事を放り出してデモに出かける。またそのことを自分に納得させるために、いま引用されたようなことを書いたりした。デモに行くことで、とにかく自分は想像力の仕事をしているのだと。それはこれまで現実から受け止めていたイメージを作り変えることなんだと。それを作り変えることで小説も書くし、それによって自分自身も作り変えていく。現実の中で自分が変わっていく条件をととのえよう、と考えたわけです。

いままでみたいに理論だけで、一種の子供の遊びのような感じで小説を書いてる人間から、もっと現実に深く触れることができる人間になれるかもしれない——そういう望みを持ったのでした。

──もちろん「大人」たちからの批判も受けられたと思います。それでもなお、一九六〇年代を通じて投げかけられたご自身と社会への問いは、普遍的な青年の問いであると、いま読んでも思いますね。同じ時期の小説と併読される意義は大きい、と。

自分の想像力と現実社会の動きとを、常に結びつけながら生きていこうということでした。そうしますとね、同じように考えている人たちがいたんです。たとえばさきに友人となったきっかけをお話しした作曲家の武満徹さん。本当に繊細な人で、私なんかも線が細かったけれど、もう比較にならない。機動隊が遮断してるところをデモ隊が通っていく、女の人も参加してる。それに向けて強い水圧で放水するってことがよくあったんですが、武満さんは私の肩越しにその水が当っただけで吹っ飛んでしまう、本当に繊細な、子供のような肉体を持った人だったんです。しかし、水を掛ける機動隊員に対して、肺腑《はいふ》に突き刺さるような、じつに相手を傷つけずにはおかないような叫び声を発したりもできる、不思議な人でした。そういう人と一緒にデモに行って、ホースの水をかけられる。そして体を乾かす場所を探してうろうろ歩き回る。疲れきって借間に帰って来ると、本を読むことでやっと自分を取り戻す──そんな程度の現実参加だったんです。

結局、私の人生でまるごと政治に参加した日々はいまに至るまでなかった。そのころ「若い日本の会」というものも作られていた。政治に関心はなくて、日本とアメリカの関係がこれからどうなるかについて、ほとんど学習しようとしないタイプもいましたけど、ともかくマスコミに顔を出している若い人間が発言を求められれば一緒にやる、というようなかたちで、社会的なアピールをしたわけです。その連続として、私は安保反対の運動をしていた側の若い者らのなかから開高健《かいこうたけし》と二人選ばれて、中国に行きましたけど、帰って来ると安保に反対する側は負けてしまっていた。ところが「若い日本の会」は、芸術の側面に関するかぎり、その後も会って話したりすることがあったわけです。

――「若い日本の会」では、たとえば江藤淳《えとうじゅん》、浅利慶太さん、石原慎太郎さんもご一緒でした。いまとなっては非常に不思議なメンバー構成ですが。皆さん、その後そろって活躍されました。

そうですね。同じ年代で、少し早めに仕事を始めていた若い者たちが、あいつの顔知ってる、名前も知ってるという感じで集まったわけですから。一緒の仲間ではあったけれども、私や武満さんのように自分の仕事はまっすぐやっていく、現実政治に対しては批判的な立場に居続ける、現実を動かしていく中心の力になるよりは周縁、はみ出したところにいる人間として表現し続けていくという仲間と、そうでない人たちとに、はっきり分かれて行ったと思います。

「安保批判の会」から三十年たっていた一九九〇年頃には、保守政党の指導者たちにとって都合のいい、しかも頼りになる理論家として、たとえば江藤淳という評論家がしっかりした足場を得ていた。商業演劇の分野には、やはり日本の指導層が喜んで受け入れる浅利慶太の活動があって、この人は演劇ばかりでなく、中曾根《なかそね》康弘《やすひろ》氏がレーガン大統領と会見する場所の演出をするということもした。いうまでもなく石原慎太郎は政治家になって、日本という国家の中心を担《にな》う人間の一群として自己実現した。かれらに対して、私や武満さんは中心に向かって進まず、周縁的な場所から、エスタブリッシュメントの社会からは異端視される場所で、批判的な立場の想像力を原動力にする仕事をしてきた。もちろん、音楽の世界でいえば武満さんは中心的人物ですし、私などもいわゆる純文学を書く人間として働く場所を与えられていた。いろんな文学賞を受けてもいました。しかし、中心に向かう人間と周縁的な場所で批判する人間という違いは一生残ったのであって、それは出発点からそうだったと思います。

私がいま、エドワード・サイードのような、パレスチナの問題に熱中した文学理論家、文化理論家に親近感を持つのは、かれが「エグザイル」と自分を規定しているからです。かれはパレスチナ人として故郷を失った、故郷から追放された亡命者のような立場にいた。「故郷を失ったエグザイルは、いつまでも安住しないで中心に向かって批判する力

なども、故郷には帰らないエグザイルとして、中心を批判する場所で仕事をしたいとい
う態度を、安保の頃から次第に固めてきた人間です。

――いま、いわれた「中心」というのは、政治的権力ということですね？　そして
エグザイル＝故郷喪失者の感覚ということで思い当たるのが、一九六一年の秋から書
き始められ、それを完成されることで〈最初の難所を乗り切った〉と文庫版の解説で
振り返っていらっしゃる『叫び声』という長篇です。一九五八年に起きた、朝鮮人の
少年が高校の屋上で女子高校生を絞め殺した「小松川事件」が、この作品には取り込
まれていた。大岡昇平さんものちに『事件』という小説にされましたが。『叫び声』
は全体としては政治も、性も暴力の問題も、それぞれに掘り進められている暗い青春
小説です。でもいま読みますと、やはり一九六〇年初頭という段階ですでにエグザイ
ルの苦しみと悲しみ、その問題の重さは、どこかで『叫び声』の、十八歳の少年、呉《クレ》
鷹男に現れていると感じたのです。

鷹男はこんなことを言いますね。〈おれが属しているのは朝鮮というような地図の
上に存在している国ではなくて、この世界でない、別の世界なんだ、いわばこの世界
の反対の世界なんだと感じるんだよ。この世界ときたら、それは他人のもので、おれ

の本来住む所じゃないと感じる。現にいまだっておれは、他人の国の他人の夜更《よふ》けに、他人の言葉でしゃべっている。明日の朝おれは他人の国の他人の朝を歩くだろう。そんな感じは欲求不満にすぎないと思うこともあるんだが、とにかく実感ということをいえば、おれにはこの世界にぴったりして生きているという実感がないんだよ。〉サイード氏にお会いになるずっと以前から、もともと大江さん自身がエグザイルの感覚を持っていらしたということが、非常によく分かった気がしたんです。

そうです。十八歳の鷹男の思いは、私の思いでした。四国の森の中から出てきた私は、東京に迷い込んだエグザイルとして青春を生き始めました。そして、人生を長く生きて来て面白く思うことは、自分が偶然のように受け止め続けた人生の出来事が――まあ、すべてではありませんが、かなり大きいあらすじとしては、生涯ひとつの線を描いていることですね。

エドワード・サイードと一緒に仕事をしたのは六十代、出会ったのは五十代、一九八〇年代後半でした。そしてその時に、「あ、この人とは出会うだろうとずっと思っていた、知っていた」と私は思ったんですよ。話しているうちにかれも、「君とは出会うだろうと思っていた」と私に、面白がって何度かいったことがあるくらいです。私らは同い年でもありましたしね。

私は自分は森の中にいて、戦争中だったけれども森の中の子供であることには幸福感を抱いていた。戦争がこのまま進めば、自分たち子供も殺されてしまうんだろうと思いながら、それは天皇の子供らという「宏大《こうだい》な共生感」においてだ、という感情があって……それが戦争が終わって、村に中学校ができ隣町に高校ができて、やる気なら外へ出て行って勉強できるってことになった。そこで東京に勉強しに出て来たわけですが、その時点でもう、「この谷間から出て行けば自分が安住することのできる場所はない」って気持ちは持っていたんです。将来、田舎《いなか》に帰っても、私の家は農家ではありませんから、もう一度そこで暮らすことはできない。しかも東京では、店に行って何か注文しても、最初の二年間ぐらい私の言葉がはっきり受け止められたことはなかったくらいで……

一年浪人して二度目に受験した年から、東大は台湾からの受験生を受け入れていました。入試の最中に私が床に落とした答案用紙を横の学生が踏んでしまったものですから、私は手を挙げて監督の先生に質《たず》ねました。「事故で答案用紙を汚してしまったんですが、取り替えてくださいませんか?」。先生は――あとから考えれば、それはフランス語文法の専門家の朝倉季雄《すえお》先生でした――ゆっくりと「あ・な・た・は、台・湾・か・ら、き・た・ひ・と・で・す・か?」。私は「そうです」とこそいいませんでしたが(笑)、言葉がわからない外国からきた青年のように、弱々しく微笑《ほほえ》んでいました。先生は新しい答案用紙を下さった。

入学すると、その朝倉先生が、フランス語の未修クラスの担任だったものですから、いつも、「おはよう。食べ物は・合いますか」とかいわれて、困りましたが（笑）。そういう具合でね、一種エグザイルの感じでしたよ。そういう自分を勇気づけるために、想像力によって、現実にあるものを壊して作り直していく、という方向で生きることにしたんです（笑）。とにかく中心的なところに居着いて、権力を持つ人々と共同するという事はしないで行こう、と私はきめた。そのようにして生きてゆく手がかりが私には文学であり、武満さんにとっては音楽だったということです。

――『叫び声』を発想されたのは、一九六一年の初めての西欧から東欧、ソ連をめぐるご旅行からの帰りの飛行機の中だったそうですね。

そうです。あの二十六歳での社会主義圏への長い旅行は、私が小説を書いていなければ与えられないチャンスにめぐりあったことでした。海外に出るためには外貨の持ち出しを許可してもらうための、複雑な手続きが必要だった時代ですからね。旅の途中、私がフランスに着いたら、伊丹十三は「東和映画」という、フランス映画輸入会社の社長のお嬢さんと結婚してパリに住んでいた。アメリカ映画『北京《ペキン》の55日』で、エヴァ・ガードナーを救うという役をした出演料をすべてあてたジャギュアに乗っていました（笑）。私の方はブルガリア政府とポーランド政府にもらった切符と、わずかなお金で細々と暮らす旅だった。それでも東京では、新人作家としてある程度顔を知られて、それが神経症の理由でしたから、誰からも知られずヨーロッパのホテルで本を読み、街角を歩くのはすばらしい体験でした。インタヴューしたサルトルとその周囲の人々の親切も忘れられない。たまたまパリ滞在の時期が重なった開高健氏に、娼婦《しょうふ》を買いに行かないかと誘われ、「そうしたことより本を読んでいる方がどんなにいいか！」と答えたと、エッセイそのほかでさんざんからかわれることになりましたが（笑）。じつにありがたい、再出発のきっかけとなった旅行でしたよ。

文壇に出たことで、私はチヤホヤされてましたが、その背後には軽視も軽侮もあからさまでした。いわば表層の才能で小説を書き続けていた青年が、しだいに行きづまってゆく、そして「セヴンティーン」事件が起り、少しできていた文壇の知り合いからは交際を切られてしまい穴ぼこに落ち込んでゆく。それを自覚していて、前の年に結婚した家内と、孤独に暮らしていたわけですからね。

——そうでしたか。何しろいろんなことが起こりましたね。一九五九年には江藤淳氏の司会によるシンポジウム「発言」に出席され、論文「現実の停滞と文学」を「三田文学」に寄稿されています。

すでにあのシンポジウムで江藤さんは安保反対のグループから脱《ぬ》け出す意思をかためていたでしょう。もともとかれは中心にあるべき資質の人で、反・安保の言動をした一時期が、まったく例外的なものでしたから。私の小説を江藤淳が強く支持してくれたのは、私の出発時から六ヶ月のことでしたが、その間私はかれの書くものはすべてよくわかると考え、しかしすぐにもこういう良い関係は終る、とも予感していました。

そしてそのとおりになり、かれの死の数年前に私が出た野間賞の選考会で、妙に酒の弱くなっている江藤淳と少しの時間話し、同席の、私ら二人にずっと批評的だった川村二郎氏に、——仲直りしたようだね、といわれましたが、そうではない。私と江藤淳が理解関係を持っていたのは、本当に最初の六ヶ月だけでした。

「セヴンティーン」を読んだ三島由紀夫の手紙

——六一年の前半、すなわちヨーロッパ旅行の直前には「セヴンティーン」第一部、第二部が「文學界」に発表されます。第二部の「政治少年死す」が発表されると右翼団体からの脅迫を受けて、作者と無関係な判断のもとに「文學界」には謝罪広告が掲載されます。

この小説は、前年に社会党の浅沼稲次郎《いねじろう》委員長が十七歳の少年に刺殺され、その少年も自殺してしまった、あの事件に刺戟《しげき》されて書いたものです。浅沼さんは、対立する政府与党の首相に対抗できる人気と実力がある人でしたがね。「セヴンティーン」は、発表当時、天皇制と安保闘争、超国家主義と民主主義の対比において読まれたわけですが、これも最近、フランス語になったものへの批評ではね、そういう二項対立の政治状況を小説にした、という受けとめじゃないんです。いまでいえば引きこもりのニートというタイプの若者が、右翼的なアジテーターの単純な論理を受けとめて、若者なりに使うことのできる暴力を全面展開して生きて行く。そして、作者の私自身をこの若者に心底重ねている小説なんです。したがって、少年の自殺は私自身の、なしえないことの造型なんです。第二部はいまも発行されないままでいますけど、「これは右翼青年が書いたんだ」といわれれば通ったかもしれない小説でした。

三島由紀夫氏が強い関心を持たれて、「大江っていう小説家は、じつは国家主義的なものに情念的に引きつけられている人間じゃないだろうか」と、いろんな人にいわれたそうですし、直接、三島氏からの手紙を、両者を担当する「新潮」の編集者をつうじていただいた。そして三島氏の読みとりは正しかったろうと思いますね。一方では安保闘争の運動に心から入っていきながら、その反対側の、国家主義的な、ファッショ的な、天皇崇拝の右翼青年にも共感を感じているような、そういう人間として小説を書いていたことが、自分にもいまははっきり分かります。

——その左右に色分け出来ない、説明のつかない不条理な感受性こそ、大江さんの文学的才能のはかりしれない一側面ですね。ただ、ご自身ではしきりに中途半端《はんぱ》だと懐疑的に語られる政治的な活動、とくに「核時代」を常に念頭に置いて続けられている発言も、大江作品全体の中では間違いなく大きな位置を占めている。光さんが誕生された直後のお仕事になりますが、一九六五年の『ヒロシマ・ノート』。「世界」に発表された後、岩波新書に収録され、累計《るいけい》百万部以上読まれています。七〇年には『沖縄ノート』で〈日本人とはなにか、このような日本人ではないところの日本人へと自分をかえることはできないか〉という問いのもとに、沖縄の本土復帰問題を現地にリポートされてもいます。その中の記述をめぐって、いまも民事裁判が進行している……。先ほど言われたエグザイルの感覚をもとに、大江さんの基本的な姿勢は、やはり一貫していたと思うのですが。

私がこの五十年近くを振りかえって、あなたのいわゆる「一貫していた」ということとはですね、政治的なというより社会的なといった方がいいでしょうが、そのような自分の関心について、私もそうだった、と思いますよ。しかしそれは、私に倫理的な強さがあってそこで一貫していた……たとえば中野重治《しげはる》のように……というのじゃありません。五十年からさらにさかのぼって、少年、青年時からの戦後民主主義について、そして安保闘争の際の態度について、というふうに考えて行って、私は最初ほとんどなにも知らない。まったくオクテなんです。ただ、ある感覚がある。自分はこの方向に行こうと決める。それは子供の時に読んだ『ハックルベリィ・フィンの冒険』の影響があるけれど、そのようにこの方向に行こうと考えると、そこから方向転換はしない。オクテの、素人《しろうと》として自分のやっていることにそくして本を読む。そしてその勉強は自立してやる。決して党派には属さない。その仕方でひとり続けて来た。そのようにして深めてもきた、ということなんです。

一九六〇年の日米安保改定をめぐる反対運動、それに自分は参加したが、それはどういう意味を持ったものだったか、アメリカが広島と長崎に原爆を落としたこと、いまも日本に米軍の基地があるということ、さらに沖縄に最大の基地があり続けていることで、現実に日本人は社会的な安定感を持ち、経済は発展していく、この状況はどういうことなんだろうか。これらの問題についてずっと勉強をしてきた、ということなんです。私は本当に一緒にやる人たちから遅れていて、安保の最中にはまだ多くのことがよく分かっていなかった。それでいてあの時、ほとんど感覚的に自分がこの方向に行こうと決めた運動は正しかったか、それをずっと確かめてきたということなんです。それに重ねて、六三年に生まれた長男の光が、脳に障害を持っていた。その若い父親として広島に行く。そこでじつに人間として立派な方に会うことができた。重藤文夫《しげとうふみお》さんという原爆病院の院長先生でしたが、その方が寛容に私を受け止めてくださって、どんな質問にも答えてくださるし、多くの被爆者の方に紹介していただいた。そして私にプラスの側のというか本当に正しい――私は正統的なという言葉を使っていますが――はっきり人間らしい人間がいる、ということを教えた。そういう人に学びたい、そういう人の側にいたい、という気持ちがあって、『ヒロシマ・ノート』を書いた。「この人は原爆という大きい試練を経て、ここにいて仕事をしている、その見事さというものを自分は忘れないでいよう」という気持ちが、なによりも根本的なものとして私の胸に刻まれたのです。

これは偶然の出来事ですが、先日、私らのやっている「九条の会」でさいたま市に行って、集会を組織してくださる方たちにお会いした。その中に、「あ、この人は特別な人だ」と、その方の顔を、態度を見るだけで電流が伝わるように感じる人がいられたのです。その方に十数年前、一度か二度お会いしている。しかしその顔かたちは忘れていた。お互いに年をとっているのでもあります。それでも分かった。凄《すご》い人だと、すぐわかった。お話をして、その人は肥田舜太郎《ひだしゅんたろう》氏だと、あらためて確認したのですが。原爆の時に軍医として傷ついた兵士を救うことをされ、それからずっと原爆と医療との接点で努力を続けてこられた方なんです。その人がそこに立っていられる、そしてその存在そのものが四十年以上前に出会った重藤さんと重なる。このような人間のタイプがあるんです。そういう出会いを、二十代の終わりに経験した。しかも自分の息子が重い障害を持って生まれてきたという、人生のかつてない大きい困難に出会っているなかで、広島へ行ってそういう人たちに寛大に受け入れられたということがあったのです。それは自分の人生の、最大の幸運だったと思います。

——いま、言われた「九条の会」、二〇〇四年に鶴見俊輔《つるみしゅんすけ》さんや小田実《まこと》さん、井上ひさしさんたちと結成されて、二〇〇五年には、東京湾岸の有明《ありあけ》コロシアムに一万人近い人が参集するなど、大きな運動になりました。大江さんの社会への発言と行動についてサイード氏は往復書簡の中で、〈大江さんがノーベル賞受賞という計り知れない信望の力を、名声や追従《ついしょう》をかき集めるためでなく、人間存在の複雑さとしがらみの泥沼に分け入るために動員している〉と書かれていました。

もう十年以上経ちましたから、日常的にはノーベル賞を意識しませんが。サイード自身は、長期にわたって一貫してコロンビア大学の代表的な教授だった、ハイブロウでかつ広く知られた文学理論家です。しかもニューヨークにやってきて国連で演説するアラファトのために演説原稿を完全な英語に直す手助けをする——そうしたことから、中年でパレスチナ問題に直接参加した人です。しかしアラファト路線に違和感を抱いて離れていく。オスロー合意にはもっとも強い批判者でした。以降も、独立した文筆活動をする人間として、パレスチナ問題にかかわり続けました。サイードは、現実の中で泥まみれになって活動する人物ではなかった。私も——かれと比較はできませんが——反権力の立場でずっと生きてきたけれど、先ほどから話している通り、デモに加わることはあっても、それを小説家としての生活の上位に置くことはなかった。つねに小説家の人生を続けてきました。現実的な政治活動に深入りしたという経験はありません。私を政治的同志だと思っている人はないでしょう。ところが小田実さんはね、いい作家であり優れた評論家ですが、それと同時にかれは現実的な活動家です。私は同じ運動に加わっているけれども、重心を文学においている。実際活動より論理の筋を通す、という側に立っている。それだから現実の運動で自分たちの主張はいつも負け続ける側にいながら——広島の問題、沖縄、核兵器の問題、そして近い将来の憲法の危機について、みな——自分の主張はほとんど実現されたことはないですけど、大きい行き詰まりにぶつかっても、転向を考えるほど打ちのめされることもなかった。それが自分は中途半端だと感じる理由です。

井上ひさしさんの芸術的なお仕事と実際活動もそうではないかな。かれは本当に面白く新しい演劇を作られます。たとえば広島の人たちがどのような経験をして生き続けているかを表現する美しい芝居を作って、それが映画になって外国人にも理解されている。この間、フランスで講演した時も、井上さんの芝居の話が質問に出ました。そのようにかれは、演劇、あるいは文学に人生の重心をおいている。その上で市民として「九条の会」で活動されるところに、親近感と敬意を持ちます。

——そういう生きていく上での姿勢というか、魂の共鳴を、サイード氏と大江さん、双方のご発言から感じることがありますね。同じ年に生まれたサイード氏は二〇〇三年九月に白血病のために亡くなられましたが、最後まで奮闘を続け、「知性においては悲観主義だが、意志においては楽観主義だ」という言葉を信じて逝《ゆ》かれた。かれはアラファトに代わる選択肢も別の道もないけれど、ついには事態は改善するはずだ——そう信じる意志においては楽観主義であった、と友人たちがいう。人間が争いをいつまでも続けていけるはずはない、と信じる必要がサイード氏には切実にあったのだと、誰もがいっている。この間上映された佐藤真《まこと》監督の映画『OUT OF PLACE』を見て、大江さんがこの核の傘に覆《おお》われた状況下であえて楽観主義を貫くと発言される真意を、私もようやく理解したわけですが。同時にサイード氏も、大江さんの作品に表れた「悲嘆」(grief)の感情から、「後期の仕事」にむけて大きく触発された、ということがあった、と。

実際、そのように書いた手紙をもらったことがあります。私が五十歳過ぎで書いた『懐かしい年への手紙』には、かなり早くフランス語訳が出まして、サイードは、私と知り合った時、その批評を送ってくれました。長いノートを取ったんだ、と。それもね、『懐かしい年への手紙』に出てくる、私と重なる主人公をいつも導いてきた、少し年上のギー兄さんという登場人物に共感をよせてくれた。そのギー兄さんが、私に近い作家の主人公に対して、批判の手紙を寄せる部分があります。

《きみのいう「悲嘆《グリーフ》」の感情が、ある年齢を越えた者を繰りかえしとらえるという観察には、経験に立つ言葉として自分も賛成します。われわれをとらえる「悲嘆《グリーフ》」の感情といいたいほど、じつは共感してもいる。しかしきみより少し年をとっているこちらの、やはり経験にそくしての言葉をのべれば、きみのいうこととちがうところもあるわけなのだ。若いときも、ある悲嘆の感情を持ったけれど、それは荒あらしかった。この観察にはまったく賛成。(中略)さて、つづいてきみのいう、年をとってきて、気がついてみると、非常に静かな悲嘆ともいうものになってきている。その考えにも、いうならば段階的・過程的に賛成なのだ。自分も、ついこの間まで、そのように自覚していたことを思い出すからね。ところが、きみより五歳年長の自分は、次の一節に、決して賛成するわけにまいらぬ。これからも年をとるにつれて、（非常に静かな悲嘆ともいうものとしての）この感情は深まってゆくのではないかと思います。年をとる、そして突然ある逆行が起る。非常に荒あらしい悲嘆《グリーフ》というものが自分を待ちかまえているかも知れぬと、Kちゃんよ、きみは思うことがないか？》

そこについて、かれはノートに取ったというんですよ。サイードが死ぬ前の十年間考えて書き続けたものをまとめて作った著作集『On Late Style』がニューヨークで刊行されて、裏表紙に私の推薦文だけ、長くついていますが、これは芸術家の晩年の仕事のスタイルについての本です。晩年に至っては悲しみにしても怒りにしても、人生や世界に対する疑いとかについても、激しい勢いでそれをとらえ直し、それに立ち向かっていく仕事をするのが芸術家である、と。ベートーヴェンはそれをした。演奏家でいえばグレン・グールドも。作家のトーマス・マンもそれをしている。というものです。晩年のサイードが考えることになる主題を、私は自覚しないで、自分の小説の中に、主人公への批判的な呼びかけとして二十年近くも前に書いていた。それを読み取ってくれていたのがエドワード・サイードだった！

文学には、その作者の詩人、作家の意識を超えたところに到達してしまうことがある……これは私が若い頃から持っている信条です。それが自分にもいつか起るのかどうか、そうしたことが起るといい、と夢見たりもしながら、とにかく小説を書くしか能のない人間の私は生きてきた。さらに私の場合、障害を持った子供が生まれてきたってことで、大きい時間を息子の光と一緒に生きることにあてねばならないと考えた。しかし文学は続ける。それをやる以上、自分の文学は、息子と共に生きることの表現ってことにしよう。文学をやることと息子と共に生きることを重ねて、双方が深めあう関係にするほかない。それが自分の想像力の形になるだろうと考えたわけです。そしてそのとおりに四十年、生きてきた。そしてその過程において自分が自覚しなかったものを、作品の翻訳を通じて読み取ってしまうサイードのような読者が現れる。そして私たちは友人になった。本当に不思議でしょう？　それが文学ってものの、最上の面白さですよ！

一九六三年　長男・光誕生

――読者の一人ひとりも皆、読者の実人生と作品世界の不思議な呼応というのを体験しているとも思いますね。文学というものは、本当に読む側の現実とつながって、広がっていくものですね。私自身も、大江作品の中と自分の出来事がつながる不思議な経験が何度もあります。ここで、光《ひかり》さんがお生まれになった当時のことをうかがってよろしいですか。

一九六三年六月に光は生まれました。頭部に大きいコブがあって、手術をしないとならない、とお医者様からいわれました。手術を生き延びうるかどうかわからない、生き延びても障害が残る、と。「植物的な人間になるだろう」とすら、若いお医者さんがわざわざ私のところへ来ていわれた。そういうことに始まり、生まれてから毎日病院に息子を見舞いに行く、家内の病院も見舞う、という生活を続けていました。赤ん坊に名前を付ける、そして戸籍登録をしなきゃいけない、そういうことには、まったく気が回らなかった。そのうち世田谷《せたがや》区役所に勤めてる人から連絡が来たんです。お子さんが生まれたって聞いた、入院中らしいけどそれでも戸籍登録しなきゃいけない。期限まで、あと三日しかない、と。そこで家内に話しましたら、名前は私が付け、手続きしてもらいたい、という。

成城《せいじょう》に間借りしている家には、私の母親が四国から出てきていました。身の回りの世話をしに。その頃、私はシモーヌ・ヴェイユを読んでいた。母は隣の部屋に寝泊まりしているのに私は憂鬱《ゆううつ》で、二つの病院の間を行き来するほかは家に帰っても母とほとんど口をきかないで、それを読んでいた。その中に寓話《ぐうわ》が一つ載っていた。イヌイットの寓話ですが、世界がまだ始まったばかりの頃、地上にはカラスがいて、地面に落ちてる豆をついばんで食べている。でも真っ暗なのでなかなか餌《えさ》が見つからない。カラスは、

「この世に光があったら、どんなに餌を拾うのが易しいだろう」と思う。そう思った瞬間に世界に光が満ち満ちた、と。それが本当に望む、期待する、願うということだし、希望を持つということで、人間が本当にそれを持てば、叶《かな》えられるとヴェイユは書いていました。僕には信仰はないけれど、神が存在するなら、そういう希望、真っ暗闇《くらやみ》のなかでの光に向けての希望と関わっているんじゃないか？　そんなことを子供が生まれてからずっと考えていました。

それで、私はヴェイユに共感した話を母にしたんです。そして、「僕はヴェイユの本から、子供の名前を取りたいと思う」と伝えた。母は、「それはようございますな」といった。そういう時、素直じゃないことをいうのが、私のクセです。「カラスという名前にすることにした。大江カラスというのがあなたの孫の名前です」と私がいったら母はムッとして、自分の部屋に下がってしまった。私は後悔しましたけど（笑）、しょうがない。翌朝戸籍届けをしに出かける私に、母は、「カラスは、なかなかようございますな」というんです。とうとう私が謝って、「どうもすみませんでした。光という名前にします」といったんですね。まあ冗談みたいな話ですが。妻が「ゆかり」ですから、光《ひかり》は韻を踏んでいるのではあるんですけど。

――いまではこう、冗談のように話されますが、その段階では冗談どころではない実際の話で、若い父親としてそれくらい混乱と当惑の中にあった、というわけですね。

そうです。しかもどこかに私には楽観的なところがある、よしこういう困難に出くわした以上、行きつくところまで行ってやろうじゃないか、という……いつも悲観的でいながら、実際困難に出くわすと、開きなおる。それが私のもうひとつの性格です。お医者さんから「生きていけるかどうか、それもわからない」といわれても、新生児室の中の私の息子は、大きい瘤《こぶ》が頭についていましたが、内臓に疾患があって青ざめている子供たちとは違って、真っ赤な顔をして、どんどん大きくなってゆく。まるでムクドリかなにかの巣に産み付けられたホトトギスの雛《ひな》だけが大きくなってゆくように元気そうで、「憎たらしい」と横のベッドの赤ちゃんのお母さんにいわれるほどでした。私はね、そのうちなんとか明るい方向に行くんじゃないか、って気持ちを持つようになっていました。光という名前を付けて正しかった、と。

また、サイードの話に戻るんですが、佐藤真監督の映画『OUT OF PLACE』で、亡くなる直前のサイードを病院に見舞った友人が証言している場面は重要です。マイケル・ウッドというかれの友人が、こういうんです。サイードは、怒り狂っていた。自分の言論活動が体力の衰弱のためにうまくできないことに。けれどもパレスチナの状態がきわめて悪いってことは承知で、しかも絶望していなかった、明るい見通しを持っていた、というんです。さきにもいいましたが、《アラファトに代わる選択肢もないし別の道もありませんでした。……別の道が見えていたからではなく、事態は改善するはずだと信じる必要を痛感していたからです。人間がこんなことを続けていけるはずがないし、いつかは変わるはずだから。》

サイードは、自分が白血病で死んでいくことを知っていました。しかし病気と闘いながら、死ぬ前にしっかりとした仕事をする、パレスチナ問題への言論活動もやめない、それが芸術家である、それを書くことが、自分にとってのLate Styleであると考えていた。そのようにして死んでいったんです。

そして若い私もね、いろいろ苦しむうち同じような考えを持つようになったことを思い出します。光が障害を持っている、赤ん坊として大きな困難を持っている。しかしかれはそれから少しずつ回復して行ってくれた。いまもてんかんはじめ大きい障害を持っています。そして知的な遅れはあいかわらずだけれど、ちゃんと音楽の勉強をして、作曲の仕事をしている。光が生まれた時、私がいまの言葉でいえば、「かれの困難は人間の問題だ。生きている以上、何らかの解決の方向へ向かうに違いない」と……サイードと同じ方向づけのことを……考えたのは正しかったと思うんですよ。

もっと社会に向けてひろげてですね、政治の問題として言えば、核兵器を持っている米軍の基地の存在によって、日本の安全が保障されるという日本人の通念は作りかえたいと私は考えてきた。しかしそれはもう、私が生きている間には達成できないです。沖縄の米軍基地に依存する日本、そして中国、韓国、北朝鮮、アメリカがあって世界があるわけだけど、しかし人間の問題なんだから、やはり時が経てば解決すると、希望を持っている。サイードのついに到達した希望と同じですよ。

——社会的弱者、いえ、すべての人間にとって、もっとも困難な状況とは何か、その認識でも、サイード氏と一致されるところが大きかったと思いますが。

ええ、その通りです。それがエグザイルの課題です。自分の国、自分らの土地を奪われて、家財も国籍も全部取り上げられて、辱《はずかし》められて生きている人間がいる。食料や住居の問題をふくめ、いろいろあるけれども、一番苦しいのは社会的立場をえていた人間がそれを完全に打ち壊されて、社会的にゼロである状態になることなんだ、とサイードはいっています。私の場合を考えますと、日本の社会は、しだいに知的障害を持つ人に対して情況を改善してきました。それでもね、光と一緒に町を歩いていて、侮辱されてるって感じを私が持つ場合があるんです。それを光自身が感じとることもあります。たとえばレコード店に行ってCDを選んだり、レストランで食事しているときに、突然、かれが暗く暗く不機嫌になってしまうことがあるんですよ。どうも軽蔑《けいべつ》された、ないがしろにされていると感じる時、かれはなにより不愉快に感じるんですね。反対に、光がもっとも晴れやかな感じになるのは、自分が作曲して、そのCDが作られ、演奏会が行われて、実際にお客様から拍手していただき、アンコールされて呼び出されて舞台の上に行く、そしてちょっと挨拶《あいさつ》する。そのようにして、「こういう音楽を作る人間だ」と認められる瞬間ですよ。社会から一個の人間として認知されている、と自覚できたことで明るい。光が自分で達成したことですが、私たちの家庭は、そこへ向けて光を後ろから押すようにして生きてきたし、それは私と家内にもなにより幸福な瞬間です。

——サイード氏が音楽批評においても卓抜な仕事をされ、晩年は指揮者のダニエル・バレンボイム氏と共に音楽教育の活動を実現し、自身もピアノを弾く人であった、そのことが光さんへの理解へとつながっているのでしょうね。

こうやってお話を伺っていると、同時代の困難、現代人の窮地を知覚するという大江さんにおける精神の活動は、抽象的な論理からではなく、目の前で成長していく光さんの存在の絶対的な影響のもとにあったとつくづく感じます。

いまから考えると、本当にその通りです。障害をもった子供のいる家庭の人間であること、つねにそれを前提とした私の小説の書き方に、批判があって当然ですし、私だって、自分の生活と無関係なところにイマジネーションを広げていく仕事をしてきたら、いまとは別の作家であり得たのじゃないか、という気持ちはあります。

さきに私は自分の観念を展開していくことでのみ、小説を書き始めたといいましたでしょう？　現実生活の反映ということはなしに小説を始めた、と。ところがそう思っていたけれど、自分の小説を読み返してみると、やはり一九五〇年代後半に、戦争中は地方の子供だった青年が東京に出て、不安な気持ちと共に生きているという、時代の方から射《さ》してくる光ってものが、小説の登場人物を照らしているところはある。

日本には私小説という、もっぱら私の小説を書くというジャンルがあります。私はそれとはすっかり違ったものを作り出して、世界文学に日本人が参加できる仕事としたい――それは外国文学を勉強している学生ならだれもが持っていそうな野心ですが、私もそういう気持ちを最初から持っていました。

そして仕事を始めた。ところが観念的な、イマジネーションだけの小説を書いていて、行き詰まっている。そこに子供が生まれて異常が告げられた。その瞬間、若者の私は以前の生活と全く切れた、一種の限界状況を生き始めた。その状況のいちいちと対抗してゆく実生活と、純文学書下ろし特別作品を書かないかという依頼を受けていたことと結んで、その自分の苦況を生きることと、それを小説に書くのとが一緒に進行し始めた。

小説の書き終わりが現実にもひとつのしめくくりをつけた……もちろん現実生活は光と共になお続いていますけれど。光の誕生からの一年は、自分の七十一年間で、もっとも特別な一年間だったかもしれません。

『個人的な体験』刊行当時の評

――そのお気持ちから、個人的な生活が反映した小説であるけれども私小説ではない、『個人的な体験』が書かれたのですね。それは小説家としての大江さんの本当の出発だったかもしれないし、日本の現代文学の、新たな始まりでもあった……。その直前には、「空の怪物アグイー」という、後頭部に大きな瘤を持って生まれてきた赤ん坊を、医師と共謀して殺してしまう夫婦が出てきます。二作の関係は？

それまでの私の短篇を書く技術で、この主題をとらえる。まず、ひとつそれでやってみる。そうやって「アグイー」ができた。その上で、そうじゃない、全く新しいものをやってみようと思った。山口瞳《ひとみ》というジャーナリスト・小説家から、「体験ってのは全部個人的なものじゃないか。これは同義語反復のタイトルだ」と批判されましたけどね、私はむしろ、体験というものには共同のものがある、人間一般としての体験がある。人類共通の体験を通じて作り出されたのが人間の歴史だと考えました。そこに個人としてしか経験できない、まったく孤立した体験が出てくる。それを考えて、あの作品を書いた。一般的なものでありうる体験を、一度まったく特殊な形で個人にべったりくっついたものとして見つめ直してみよう。それが、この小説を書く動機でした。そこで鳥《バード》という人物を作って、自分から切り離そうともしたんですが。

知恵遅れの、障害をもった子供と共に生きていく、それがこれからの自分の人生だと、この小説を書くことで確認しようという気持ちを私はもっていた。そして、主人公が決意をするそのシーンを書いた。そうしたらすらすらっと、その後の三ページくらいが書けたんです。つまりその子は何とか自分で食事したり、お手洗いに行ったりは出来るくらいに成長するだろう、そのようにして、生き延びることはできるだろう、と医者から聞いたことを鳥《バード》は義父母にいう、そこで小説は終わっているんですね。

出版すると三島由紀夫氏から、「小説はハッピーエンドにしなければならないと思ってるたぐいの小説だ」という批判も被《こうむ》ったんですが、私はその時、あの部分は自然にそうなった、という感じを持っていました。子供と一緒に生きていこう。その決心が一番大事で、主人公にその決意をさせた、その後自然に水が湧《わ》いてくるように書いたのだから書き直さない、と反論して、今度はその反論を江藤淳に批判された。またアメリカの出版社から英語版が出るときも、そこを書き直してもらいたいと申し出があったのを私は断りました。そして現在に至っている。

――そのわだかまりの気持ちは、『懐かしい年への手紙』の中にも詳しく叙述されていますね。語り手で作家の「Kちゃん」が敬愛するギー兄さんからも、〈削除してもいいと思う部分〉をわざわざ線で消した本のページが送られてくるという強烈な印象を残す場面がありました。

〈秋のおわりだった。鳥《バード》が、脳外科の主任に退院の挨拶をして戻ってくると、赤んぼうを抱いた妻を囲んで、特児室の前に鳥《バード》の義父と義母が微笑しながら待ちうけていた。

「おめでとう、鳥《バード》、きみに似ているね」と義父が声をかけた。

「そうですね」と鳥《バード》はひかえめにいった。赤んぼうは手術して一週間たつと人間に近づき、次の一週間で、鳥《バード》に似てきた。「頭のレントゲン写真を借りてきましたから、帰ってからおみせしますが、頭蓋骨の欠損は、ほんの数ミリ程度の直径のもので、いま現にふさがりつつあるそうです。脳の実質が外に出てしまっていたのではなくて、したがって脳ヘルニアではなくて、単なる肉瘤だったんですね。切りとった瘤のなかにはピンポン球みたいに白く硬いものが二箇はいっていたそうです」

「手術が成功して本当によかった」と饒舌な鳥《バード》の言葉の切れめを狙って義父はいった。

「手術が永くかかって輸血をくりかえしたとき、鳥《バード》は幾度も自分の血を提供したので、とうとうドラキュラに咬まれたお姫様みたいに青ざめましたよ」と上機嫌でめずらしくユーモラスに義母がいった。「鳥《バード》は獅子奮迅の活躍でした」

赤んぼうは環境の急変におびえてじっと竦《すく》んだように口をつぐみ、まだほとんど視力のない筈《はず》の眼で大人たちの様子をうかがっていた。〉

日本の古典にある「見せ消ち」の手法をもじってやりました。もちろん小説のできとしていまも最後の部分に問題点があるなって感じは持つんですよ。しかしね、もしあの時生きていくこと自体困難な状況に子供を置いて、横に絶望してる青年を置いて小説を終わっていたとしますね、そしていま現在、その小説を私が読み返すとすると、どんなに自分を、子供との実際の共同生活への内面の希望——なんとか子供と家内と私で生き延びようとする、憐《あわ》れなような希求——を裏切っている作家と感じただろうか、と思うんです。現実に生きている子供に対して、まともに向き合うことをしない人間として、いま自分を発見してるんじゃないか。亀井《かめい》勝一郎《かついちろう》という戦中はナショナリスト、戦後は仏教に深く入った批評家に、この作家の倫理性の不徹底がある、ともいわれたけれど、おれの倫理はこの子供と生きてゆくことだと思ってね。

そういう時サイードがいったように、「人間の問題だから、これはある時を置けば明るい方向に解決の兆《きざ》しは見えるものだと信じる」というのがね、どうも一番苦しい状態にある人間の物の考え方、感じ方なんじゃないか。それがあるから人類ってものは存在し続けてきたんじゃないか、という気持ちをずっと持ってるんです。

障害を持つ子供と生きていくという現実がある。それを文学にとりあげて、小説にして自分が提出する。するとその小説そのものが、その後の自分自身の生き方に対する支えを、こちらに送り返してくれた。現にそのようにして、いまの光と私らの共同生活があります。それが小説の不思議ってことだと思うんです。

そこで、こうもいえますね。やはり私は、予定調和的というのでもないけれど、最後には明るい光が射《さ》してくるということを無理にでも信じて小説を書いて生きてきたらしい、と。そして、自分の文学観としてはそれでいいんだけど、今度は自分自身の死という決定的なものが近づいてきます。もう七十一歳ですからね、仕事を続けられる時間というものも限られている。そうなると今度はついに、いままでの不思議な楽観主義というものとも違って、もっと決定的な困難の前に立つんだろうという気持ちはあるんです。そしてそれに対しても、やはり自分の文学を通じて私は立ち向かってやろうと思っている。私という作家には、老境に至っても、読者との広く長いつながりが達成されているとは思いませんし、むしろ徹底的な孤立感を伴って死に向かっているはずとも思う。そうするとサイードが『On Late Style』において論じているような、あるいは私の『懐かしい年への手紙』の中でギー兄さんがすでにいっていたような、一番荒々しい悲しみ、苦しみというものが現れてくるかもしれない、とは思う。いや、大いに現れてくるでしょう。

どのようにその状況を、理念としても、感情としても、正面からとらえる仕事ができるか。それが出来た時、私は二十二歳の学生の時に偶然のように小説を書き始めた、そして人生が決まってしまった、その人生を最終的に見渡すことが出来る。それがいいものであったか、あるいはそうでなかったかということを（笑）、自分で判断することが出来る、と。その作品をあと二年間のうちに達成したいと考えている。その意志の力がいまの自分を支えているのかもしれません。

――やはり大江さんは特別な意志の人。その特別な意志の力を与えたのが光さん。小説も不思議ですが、実人生も不思議なものですね。

ええ、実生活というものこそ、不思議です。いまでもね、いったん眠った光が毎夜十二時過ぎにお手洗いに起きるんですよ。夏は問題ないけれど、冬の場合、かれは自分で毛布をうまく掛けられないものですから、風邪《かぜ》を引くことが多い。気管支が弱いこともあって、危ないんです。それでとにかく私は、外国旅行にいっている時以外、この真夜中の時間まで、一階の光の部屋に近い食堂で仕事をしてるんです。そしてかれがトイレに起きてくると、ベッドまで付き添って行って、毛布でくるむということをやっている。毎晩毎晩、私は四十年以上、息子を毛布にくるむことを一日の最後の日課にして生きてきたわけなんです。その時、チラリと感じることは、――これがおれの「永遠」か？　ということなんですが（笑）。二十代では、想像もつかなかった人生です、そういうことを四十年以上やる人間になるということは。ところが四十年経ってみると、毎晩、その短い二分か三分間、真夜中に光とちょっと話すことが、どれだけ自分を元気づけてきたかってことを感じます。光のことを小説に書いていつも新しい仕事に向かうことができたし、毎日の生活でもこういう仕方で積極的な要素としてかれがいるわけです。その点がね、かれが生まれた時、母親に叱《しか》られて私が認めた、「光って名前の方が、カラスという名前より正しい！」（笑）ということなんですが、あれは本当にその通りでした。

第3章

『万延元年のフットボール』
『みずから我が涙をぬぐいたまう日』
『洪水はわが魂に及び』
『同時代ゲーム』
『M／Tと森のフシギの物語』

故郷の中学校にて

——今回は大江さんの故郷、愛媛県喜多《きた》郡内子町《うちこちよう》の母校、大瀬《おおせ》中学校でお話を聞かせていただきます。校舎の建つ高台から、小田《お》川《だ》越しに、ご生家のある集落まで見渡すことができますね。あとで村全体を俯瞰《ふかん》できる森の中や神社のほうも、少し案内していただけますか。あまり日が暮れないうちに。

そうしましょう。私がゆっくりこのあたりを眺めるのは、新しい校舎が完成してから初めてです。広い道路ができているし、川の堤防もまた新たに整備されたようです。しかし森の眺めは、むしろ戦争の間の、私が子供の頃に戻りつつあるように感じます。敗戦前後の森の乱伐の傷あとが、六十年経《た》ってもとに戻ったという感じで……　でも、子供の姿を見ませんね。このごろの子供は家の外で遊ばないのかな。

——大瀬中学の校舎は、ご友人の建築家・原広司《ひろし》さんが設計され、一九九二年に完成しました。いまここから望むことのできる、百五十戸ほどの家、四百人ほどの規模の谷間の集落の中で、ここだけ別世界のようなモダンさですが、原さんは大江作品のイメージを随所に引用しながら設計され、校舎自体が大江小説のメタファーになっているそうですね。卒業されたのは一九五〇年。その後半世紀のうちに、大瀬という「谷間の村」は、大江作品によって神話と伝承の受け継がれてきた魂の再生の場所、しかも未来へ向かう力としてのノスタルジーを湛《たた》えた普遍的な場所として、世界的にイメージを共有される場所になりました。

原さんは、私の小説を、それこそ世界中でいちばん丹念に読んでくれる人、そして教わることの多い大切な友人です。かれは芸術的な感受性の鋭い人だけれど、なによりも数学の人ですからね、たとえば集合論を軸に私の小説を分析して、大江の小説全体が地形的にどのような場所としての特徴をもっているかという論文を書かれました。私の小説の様ざまなエピソードを総合すると、この村全体の風景と重なる、というんです。その理論を延ばしていって、この校舎の構想が出来たんだとかれはいいました。私の側からいうと、あの校舎のいろんな部分を歩きながら、村の全体を眺めている、そのような子供の姿がくっきり思い浮かびます。

この音楽室の中に入ったのも十数年ぶりですが、きれいに使われて、最初よりも、実在感にあふれてきている、というか……　この大きい円筒形をなしているコンクリートの表面がとてもなめらかでしょう？　この建物を造る時期に、コンクリートを高圧で吹き付ける技術が開発されたのを、原さんが取り入れた。その後、大きな仏像を建造するのに応用されて、ここで働いた人が重用されたそうですよ。コンクリート打ちっぱなしの工法が戦後一時代を画しましたが、その代表的な建築家が丹下健三《たんげけんぞう》さんで、この愛媛県出身です。そのお弟子さんの世代が磯崎新《いそざきあらた》さん、そして磯崎さんよりいくらか下の学生だったのが原さん。その建築家が、表面の滑らかなコンクリートの工法を実現してゆく、という新工法のつながりですね。

——まず、ここを訪れて思い出すのが、『万延《まんえん》元年のフットボール』の前の方にあるディテールです。森の斜面の小さな湧《わ》き水を発見した蜜三郎《みつさぶろう》が、放心したように見入る場面。

〈水たまりに屈《かが》みこみ、じかに湧き水を啜《すす》ろうとして僕は、ひとつの感覚にとらえられた。その小さな水たまりの、そこだけ真昼の光を保管していたようにも明るい水の底の、灰青色や朱色や白の丸っこい小粒の石のひとつひとつ、わずかに水をにごしてまきあがる微細な砂、かすかな水面の震えのすべてが、二十年前に僕がここで見たものの、そのものであるという確実な感覚。たえまなく湧いて流れる水も、あのとき湧きだしては流れていった、あの水とまったく同じものだという、撞着《どうちゃく》にみちたしかし僕自身にとっては絶対に説得力をもった感覚。そしてそれは直接に、いま現にここに屈みこんでいる僕が、かつてそこに剝《む》きだしの膝《ひざ》をついて蹲《しゃが》みこんでいた子供の僕と同一ではなく、そのふたつの僕のあいだに持続的な一貫性はなくて、現にここに屈みこんでいる僕は真の僕自身とは異質の他人だ、という感覚に発展した。現在の僕は、真の僕自身へのidentityを喪《うしな》っている。僕の内側にも外側にも回復の手がかりはない。水たまりの透明で微小な漣《さざなみ》がリン、リン声を発して、おまえはネズミそっくりだ、と告発するのが聞こえる。〉

そう、あそこに書いた湧水《ゆうすい》の記憶は、私にとって特別なものなんです。これは新制中学に入った頃ですが、「時間」についていつも考えていました。時間は繰り返すことがない。流れる川の水は同じ水でない。この水は次の瞬間、同じ水ではないんだけれども、流れは同じに見える、同じに感じられる。それは、どういうことだろう。時間も同じようなものだろうか、と。森に入っていて、山もみじの紅葉した葉っぱが溜《た》まっているところに湧き水が流れていて、それがいまの水。それは次の瞬間にいまの水じゃないのに、やはり同じように見えるというのも不思議だった。こういうことから時間とか生命とかということをつくづく考えた。その後も、村に帰るたびにそこへ行ってみて、同じように感じ、また新しい場所でやはりそう感じることがありました。バークレイの森で、またドイツの湖で。森の湧き水が原型になってるんです、私の時間の感じ方の。

――小説の記述によって、読者も初めて自分の体験を認識するんですね。ああ、私も同じように川の水を眺めた時間がたしかにあったな、と。

いまものどかな、「村」の雰囲気が保たれているのを、実際にここに来て感じていますが、どうしても、『みずから我が涙をぬぐいたまう日』の文芸文庫版の、あとがきに書かれている故郷への記述が、私の印象では強いんですね。あとがき自体は一九九一年になって書かれたものです。

〈戦中の森のなかの谷間の村の雰囲気から、戦後隣町にできた新制高校、自転車をめぐる挿話、牛の尾の料理、木車、ヴィクターの赤盤のレコード……　そしてそれら具体的な細部の思い出の中心に、一九四五年八月十五日があり、その日の全体が子供である自分個人から家族、学校、村社会、そして国家へとひろがる悲劇的な緊張の構造体をなしているのです。さらにその緊張の構造体は、個人の内面から国家の全体にいたる全過程で、旧憲法における天皇の巨大な影のもとにあります。

僕がさきに引用した、主人公の母親の言葉は、そのまま作者である僕の少年期において、魂にきざみこまれた傷のことをさしている、ともいわねばなりません。〉

大江さんにとって、この村は魂に傷をきざみこまれた場所でもあった、〈そしてその傷から自分自身を治療する作業として、僕はこの作品にいたる小説の仕事を始めたのだ、ともいうことができるように思います。〉と書いていらっしゃるのですが、このお気持ちはいまも変わらないですか。

変わりません。よく詩人や小説家、作曲家の幼年時について、牧歌的ということがいわれますね。私などこういう森のなかの子供ですから、さらにといわれそうだけれど、確かに牧歌的なものにひたるようだったのはほんの一時期で、国民学校に入ると国家像――つまり天皇を頂点とする大人たちの構造体の脅威を感じていた。先生からモロにそれを押しつけられた、と思います。

それを思いだす、ある時期の自分の心の働きとも関係しますが……『みずから我が涙をぬぐいたまう日』という小説を書いた頃は、私自身の、東京で小説家をしている生活自体、危機感のあるものだった。そういう状態で少年時代を振り返ると、悲劇的な側面がはっきり表面に出てくる。それを小説に書くということになりました。

たとえば「牛の尾の料理」にまつわる記憶――戦争中にこのあたりで牛を密殺する人がいて、うちの父なども、何らかの伝手《つて》を頼って買いに出かける。しかし、たいしたお客じゃないから、牛の尻尾《しっぽ》が割り当てられる。その皮を剝《は》いで、関節ごと切って、まあフランス料理にも韓国料理にもあるようなものを作ってくれました。血まみれの牛の肉を新聞紙にくるんで、それを抱えた人が夜中に届けに来た。

それから犬にまつわる話。戦争の末期に、突然村に男が現われて……自転車に乗ってやってきたんですが、「この村の犬を全部集めてくれ、明日までに」といった。上からの命令だ、という。子供たちも協力して、私は隣の家のタマという大きい赤犬を連れて行った。この下を流れる小田川の、ここから少し上流の淵《ふち》のへりに小さな窪地《くぼち》がありましたが、そこで男は、集められた犬をどんどん殴り殺していったんです。そして皮を剝ぐ。その皮をぐるぐる巻きにしましてね、毛布をたたむように。それを自転車に積んで、「いま、北の方で戦っている兵隊さんのために、この皮を寄付する」と言い残して去って行った。それからあと、村には犬が一匹もいないというような状態になってしまった。

これはまた別方向の緊張についての話ですが、自転車をめぐって。隣町に自転車で行く途中に、ずっと年齢も上の子供がいましてね、どうしてもその子の家の前を通らなきゃならない。つかまると、いつでも暴力的なことをやられる。その緊張感があった。村の周り、国の周りでは戦争が行われていたわけです。戦場に出ていた村の青年が亡《な》くなる。学校で校長先生が、「かれは『天皇陛下、万歳』といって死んだ」といわれる。「君たちも天皇陛下のために死ぬ覚悟をしなければならない」。そうしよう！　と自分でも思う。戦争中の子供としての私にも、柔らかい、穏やかな、それこそ牧歌的な思い出はありますけど、その底には暗いものが穴を開けている、そこに吸い込まれそうになるという気持ちはいつもありました。それを思い出しながら、いま現在都会で暮らしている村出身の青年が、小説を書いている……そういう意識で作品を作っている時期があったわけです。

——実験用に大学病院で飼われていた百五十四の犬を殺すアルバイトに応募する大学生の「僕」が登場する「奇妙な仕事」、その原型となる「仕事」が実在していたとは！　あれはまったく架空の設定だと受け止めてきた読者もいると思いますが。

かなりは、現実に根を下ろしているんです。犬についての小さな出来事を聞く、それを受けとめる私には、村でのことが暗い土台をなしていますからね。それが、いま現在の風景に暗い翳《かげ》りをつける、ということがある。書くときの感情的側面を反映して、暗さ、明るさがそれぞれ誇張される。そういうことはあるにしろ、やはりこの村での生活の記憶に根ざしてるんです。

一九六〇年の安保闘争

——そうでしたか。さて、「谷間の森」、すなわち村＝国家＝小宇宙という場所が、大江作品の前面に登場するのは、一九六七年の長篇『万延元年のフットボール』からだと思います。爽快《そうかい》なタイトルとは裏腹に、ここで扱われているのは一九六〇年の安保闘争の総括と、そこからどう先へ蹴《け》り出すかという、当時の日本の青年たちにとって深刻な問題が、作品の底を流れていると思います。着手されるまでの苦しみは、解説などにもお書きになられていますが、七転八倒という感じだったのでしょうか。

『万延元年のフットボール』は、それを書き始める前にもっとも苦しい手さぐりの時期がありました。長い時間がかかって、根本の骨組にたどりついた。実際に書き始めてからも、難しいところを切り開いてゆくという思いは続いたのですが。ともかくそれは、百年を往復する、百年をへだてて過去に引き返して、そこからあらためて前へ進む、その繰り返しでやってゆこう、と決心して始めたものです。万延元年＝一八六〇年の一揆《いっき》と、村の若者らのサッカーの練習として準備される一九六〇年の暴動。百年を隔てたこの両者をつなぐ、というかたちで出発しました。一八六〇年には「桜田門外の変」というテロが起こり、安政《あんせい》から万延に改元された。また新時代を作る勝海舟《かつかいしゅう》たちが渡米しました。書き始めるまでが大変で、連載を始めるとわりとスイスイ書き進めて、それがラストの新発見につながったんです。

たしかに私としては青年時代に経験した一番大きい社会的な出来事、すなわち日米安保条約を改定するかどうかで、東京中がデモの群衆で満ちた一九六〇年の、そこに自分も加わっていたという経験から来ています。それと同時に、この出来事を小説に書こうとして苦しんでいる青年としての、自分がいたわけです。考えてみれば、両方ともあまり年の変らない若者なんだけれども、行動するやつと、それを見まもっているやつ（やがてはそれを書くこともするやつ）、そのように、自分を二つに分けた。実際にデモに行くという行動に出る、そこで傷つく人物と、もう一人、いつも考えているだけで行動しない人物、かれは鬱屈《うつくつ》して家で本を読んでいるのだけれども、しかしやはり傷を負っている。そのような片割れということを考えて、二人組、根所蜜三郎《ねどころみつさぶろう》と鷹四《たかし》という兄弟を作り出した。それがその後の自分の小説の原型をなすことにもなりました。私の最近の三部作を、いま一冊の特装版にまとめているところですが、その全体の題名にも選んだ「おかしな二人組《スウード・カップル》」というのが私の小説の基本的な要素になっています。そのように私の中にある二つの人物として分けてとらえようと、意識的につとめたその最初です。

安保闘争の後で、市民に謝罪する集団を作ってアメリカに行き、帰ってきた弟鷹四が、兄の蜜三郎の東京の家に寄って、自分たちの故郷の谷間の村に帰ることにします。蜜三郎は妻とバスに乗って森の中を突っ切って帰ってくる。私はね、そのとき初めて、あの森を意識的に見つめ直したんです。主人公二人が森の中にいる自分を発見するのと同時に、私も自分の中の森をこのとき発見したという印象があります。

——それは、「森の力」の章のこの部分ですか。

〈バスが森のただなかで事故のように不意にとまる。（中略）

暗く茂った常緑樹群の壁にかこまれて深い溝の底を走っているような林道の一点に停止したわれわれの頭上には、冬空の狭いつながりがある。午後の空は流れの色が変るように褪《あ》せながら緩慢に下降してくる。夜、空はアワビの殻が肉を覆《おお》うように広大な森を閉ざすだろう。それを想像すると閉所恐怖の感覚がめざめる。この森の深みに育った人間でありながら、僕は森を横切って自分の谷間に戻ってゆくたびに、胸苦しいその感覚から自由であることができない。窒息する感覚の中軸に、死滅した先祖たちの感情の髄がつまっている。かれらは強大なチョウソカベに永く追いたてられつづけて、森の深みへ、深みへと入りこんでゆき、わずかに森の侵蝕《しんしょく》力に抵抗している紡錘形の窪地を発見して、定住した。窪地には良質の水が湧いていた。逃走する小集団の統率者たる、われわれの家系の「最初の男」が、想像力による窪地をめざして森の奥深く闇雲《やみくも》に入りこんだ時の感情の髄が、僕の窒息する感覚のパイプにつまっているのである。チョウソカベはあらゆる時間と空間に遍在している、恐しく巨大な他者だ。僕が反抗すると、祖母はチョウソカベが森からやってくる！　と威嚇《いかく》したが、その声の響きは、幼児の僕のみならず八十歳の祖母自身にも、われわれと同時代に生きている恐しく巨大なチョウソカベの気配を実感させた……
バスは地方都市の起点からすでに五時間走りつづけている。〉

ええ、森を発見した、その上で、自由に森の中の人々のことをさまざまに想像したんですが、そのようにして作り出した人物たちの中に、日本の社会の、それから後の進み行きで実際に出会った人物もいるということを、読み直すたび発見します。

――あの、「〝大食病〟の農婦」、ジンとか思い浮かびますね。大江作品には、オシコメとか太った大きい女の人がよく出てきますけれど、一時間ごとに「即席めん」などを食べて太り続けている、兄弟の育った旧家の昔からの使用人。いまでいう過食症、あるいはメタボリック・シンドロームに陥った中年女性は、もはや小説の中の架空の滑稽譚《こっけいたん》ではありませんね。

ところで、先ほど言われた〝ラストの新発見〟ですが……。

私が蜜三郎、鷹四の二人組と四国の森の中へ帰る、それは、私が自分と自分につながる家の過去の中に入ろうとし始めるということです。大して栄えた家でもなかったのですが、一族のひとりが乱暴者の弟を殺して家族を守ることができた。そういう語り伝えがあったのです、百姓一揆の混乱のなかで。それがなんとなく私らの世代にも見える仕方で、父親や母親の生き方に影響を与えているように感じてきた。それが小説の草稿を書くうち、次第にリアルなものとして浮かび上がってくるということもありました。

何度も書き直して——三年ほど掛かったんですが、私の小説の原型をなす物語のひとつに、祖父の日記もありますが、それを見てるうち、小説のなかに出てくると同じく古い屋敷を壊そうとして、そこから曾祖父《そうそふ》の弟が十八歳から六十歳近くまで隠れて暮らしていた地下蔵が見つかる……その話に近い記述があったんです。曾祖父の弟の心の中には、何かわけのわからないものがあってそれに一生支配されて、ずっと隠れて生きたらしい。それはどういうことだったろう、と考えていって、私は地下蔵で生き延びて、ずっと非転向の地下生活者として、自由民権思想に共鳴する通信文を書き送っていたという話を考えついた。そして小説を終える方法が見えてきたんです。

そのように自分の過去の、故郷の森にあった出来事を素材にして小説に書いてみると、山の中で焚《た》き火をしていて、その周りに思いがけない焼け焦《こ》げの空間ができてしまったように、いろんなものが発見されてきた感じでした。自分もよく知らなかった、自分につながる家の過去が起きあがってきたようでした。よく、鎮魂するというけれども、自分がそのようにして呼び起こした荒魂《あらたま》を鎮《しず》めるためには、まずその正体をはっきり呼び出して、その正体をあきらかにしなきゃならないと感じ始める。それで自分の中の神話的世界を……個人的な世界ですが……どんどん肥大させることになり、それが次第に文学の内容になっていった。構造主義に関心を持った時期でもあって、やがては『同時代ゲーム』へと展開していくことになりました。

——とにかく、文学的な影響力の大きさからみれば、おそらく戦後のベストワンがこの作品ではないでしょうか。村上春樹《はるき》氏の『1973年のピンボール』へタイトルをはじめとして影響を与えたともいわれますし、最近ではライトノベルの作品にも兄弟と蔵のミステリーが、周知の古典的エピソードとして援用されたり。歴史の反復による現在の踏み越えが試みられた『万延元年のフットボール』、この作品自体がいまでは繰り返し読み、引用され、乗り越えるべき目標になっている。

最近の若い人がどう読んでくれているのか、知る機会がないので、私はなにも知りません。小説をうまく書ける人は、小説を読み取るのがうまい人でもあるんです、たいてい。いい小説家はいい読み手。ですから、才能のある若い作家が私の小説をなにかのはずみで読んで、喚起されるものをひとつ摑《つか》んで、そこから自分の言葉で自由にふくらませるってことは常にあるでしょう。私自身そういうやり方の最たるものです。フランス、イギリス、ラテンアメリカの詩人や作家から呼び起こされたものはいくらもあります。

私の小説も、そうやって次の世代か、次の次の世代の新しい小説に組み直されるってことはあると思います。そういうことが文学の伝統の、それも生きたつながりだろうと思いますね。

——この作品が生まれた一九六〇年代半ばは、高度成長期が一段落して、日本の近代化がある程度の物質的豊かさを獲得して、現在に続く消費生活というものの形ができあがりつつあった時代だと思います。「スーパー・マーケットの天皇」という人物が出てきますけれど、大型量販店の出現に象徴されるような、食生活をはじめとする地方の暮らし方の変化、全国を均一化した風景にならしていく郊外化——そういった戦後の経済的発展にともなう異変が、この大瀬村にも実際に押し寄せていたと思うんですが。東京に住まわれながら、それらの変化をどうごらんになっていましたか。

私が大学に入ることではっきり村を離れて二十歳になった頃、戦後十年が経っていたわけですが、確かに村にも少しずつ変化が生じていました。その頃、村に残って農家を継ごうとしている優秀な同級生が私に、「大江君、帰ってこないか。帰ってきて二人で『主婦の店』をやろう！」といった。当時、「主婦の店」という、いまのスーパーマーケットの原型みたいなものができていました。「あれを僕と君とがやったら、この県で一番の金持ちになれるよ」と誘いましたよ（笑）。まず小さなスーパーができて個人商店の客を取ってしまう、そしていつの間にか巨大化する、そんな経済体制に変わりつつあった。私は友達のいったことをヒントに、「スーパー・マーケットの天皇」を作った。実際そうした新しい経済的指導者が現われ始めていたのかも知れない。それは都会の文化と村の文化が等質化していく過程でもあったのです。

村の文化の変容ということでは、テレビの普及が大きかった。テレビをつうじて都会から発信されることがどんな地域にも入り込んだけれども、村の人がこちらから声をかけてもテレビとの相互のコミュニケーションは開けない。地方の文化は受身で影響を受ける一方のものになって、文化の発信源は東京あるいは大阪に集中していきました。戦争直後には、一時期、こちらから声を発すれば向こうからの声が返ってくる、向こうからの声にこちらがまた答える、という文化の動きが、たとえばラジオの街頭録音にあったように思うんですが……この点、いまのインターネット文化に興味を持ちますよ。

さて、村に久しぶりに帰って見出《みいだ》した大きい変化は、さきにもいいましたが、村の路上に子供が見つからないということです。私たちが子供の頃、子供たちは皆、路上にいたんです。道を歩いていた。野原で遊んでいた。学校のグラウンドで野球をやっていた。ところが、いまこちらに帰ってみると、野外に見つからないんです、子供たちが。

——それは東京でも同じです。四国のこの村と、東京。大江さんが暮らしてこられた場所はいわば周縁と中心で、その中間の、いま、均質化はされたものの平板化し、崩壊や荒廃の進行が問題となっているような郊外という場所はあまりご縁がなかったのですね。

そうなんですよ。私の言葉の範囲に郊外というものはなかった。そのことに気がついたのは、一九六八年にオーストラリアに行った時です。安部公房《こうぼう》さんが招かれていたのですが、「僕はいやになったから、大江、行け、ファースト・クラスの切符だ！」と（笑）。それで代わりに行ったんです。空港で買った本で……シドニーからキャンベラ行きに乗り替える時に……オーストラリアには「郊外主義」というものがあるんだと読みました。suburbanism というものが、オーストラリアで独自の展開を示したのだ、と……オーストラリアでは大都市の周辺に広大な郊外が広がっていて、その郊外が文化の根拠地になっている、と。上下関係ではなく、運転する人に対して、客が助手席に座るのが普通だというような、互いを仲間として扱う「メイトシップ」がオーストラリアの文化の特徴である、とも。私は日本でも、都会でも農村でもない「郊外」が、これから文化的に重要な場所になるのか、と思いました。島田雅彦《まさひこ》さんが郊外という言葉を小説にいきいきと使った。けれども私には実感のない場所なんです。私は村と東京という大都市に引き裂かれて人生をおくってきた。東京にいながら森の中のことを書く。森に帰ってくると、今度は外国に行くことを考えたりしはじめる……それが実際、私の人生でした。

――二つの場所の往還、ヴァシレーションの力が小説に向けて働いたのですね。再び、『万延元年のフットボール』の話に戻りますが、作品の中で、兄の蜜三郎が蔵屋敷の中で本を読み続けるのに対し、弟の鷹四は村の青年たちを集めてサッカーチームを作りさかんに練習します。一九六〇年代であるならば、ベースボールのほうが一般的であったかとも思うのですが、フットボールを現代のお祭騒ぎのゲームとして選ばれた、その理由とはどういうものだったのでしょうか。

そこが問題なんです（笑）。私があの作品を書き進める力になった中心のイメージは百姓一揆です。それも残酷なもので、相手方の指導者の首を切り取って、それを布にくるんで農民たちの出迎える自分の村に帰ってくる男というのを、私はまず思い描いていた。その人間の頭の包みをボールのように胸に抱えて夜道を走る青年の姿をいつも思い描いていた。ずっと後になって、ロンドンでやったセミナーの学生に、それならラグビーじゃないか、といわれましたがね（笑）。しかし私は、なんとなくフットボールという言葉が好きでした。

高校二年の時に渡辺一夫《かずお》の本と出会って東京大学に行こうと決めた頃に、中野重治《しげはる》の「東京帝国大学生」という詩を読んだんですよ。そこで、《――『苦悶《くもん》の象徴』はちょっと読ませるね》などといってる学生への風刺がある。そして最後にね、《ふっとぼおるばかり蹴《け》っているのもいる》と、この詩は終わる。私は、東大の学生になって、一日中ボールを蹴ってることができたらどんなにいいだろうと思った。それ以来、「フットボール」という言葉が私の中に入ってたんです。

――そうでしたか。とにかく全編がいきいきと動きのある、光と影が切り替わっていくような文章。どんなに歴史を経てもつねに新しくあり続けるような文体。鷹四が雪の上を気がふれたように転げ回るシーンは、小説の中で「見た」場面として忘れられません。

〈雪はなおも降りしきっている。この一秒間のすべての雪片のえがく線条が、谷間の空間に雪の降りしきるあいだそのままずっと維持されるのであって、他に雪の動きはありえないという不思議な固定観念が生れる。一秒間の実質が無限にひきのばされる。雪の層に音が吸収されつくしているように、時の方向性もまた降りしきる雪に吸いこまれて失われた。遍在する「時」。素裸で駈《か》けている鷹四は、曾祖父の弟であり、僕の弟だ。百年間のすべての瞬間がこの一瞬間にびっしり重なっている。素裸の鷹四が駈《か》けるのを止めてしばらく歩き、それから雪に膝《ひざ》をついて、両手で雪を撫《な》でまわした。僕は鷹四の痩《や》せて角ばった尻《しり》と無数に関節をそなえた虫の背みたいに柔軟に折り曲っている長い背を見た。つづいて鷹四は、あっ、あっ、あっ、と強い力のこもった声を発して、雪の上を横転した。〉

『芽むしり仔撃《こう》ち』でも『二百年の子供』でも、雪の情景に立ち会う若者たちの描写に、とりわけ大江さんの筆は力を発揮しますね。なぜでしょう？

確かにね……　実際に私は、朝、雪が世界を覆《おお》ってると、昂奮《こうふん》しますね、いまも。夜じゅうシンシンと雪が降ってるなかで、ひとり起きている、という情況にも。『万延元年のフットボール』の、鷹四が大雪の夜、素裸になって庭を転げ廻《まわ》るシーンは、ちょうど私の家族が家内の実家に帰ってた夜、雪が降り積って、私は自分でそのまま実験してみた、おむかいの若奥さんが窓からそれを見ていられて、しばらく私には挨拶《あいさつ》を返されなかった（笑）、というようなこともありました。

――もう一つ、詩の言葉でいいますと、この中に「本当のことを云《い》おうか」という章があります。これは谷川俊太郎《たにかわしゅんたろう》さんの「鳥羽《とば》」という長い詩に出てきます。両方の作品によって、「本当のことを云おうか」は、現代に生まれた重要な、文学的決まり文句としていまもよく使われますね。だいたいこの世界に本当のことはあるのか、言葉によって本当のことを言えるのかと、ここから無限の問いかけを私たちも手渡されるわけです。二〇〇二年の『憂い顔《うれ》の童子』では、主人公の古義人《こぎと》が晩年を迎えた母親から、谷間の村について、どこまでウソの山を築くつもりですか！　と責められる場面が印象的でしたが、この作品から大江作品の大きな特徴である「ずらし」と「反復」も、意識的に始められたのではないでしょうか。

そうです。この作品がいわば意識的に作家になることを決意した私の、その後のすべての起点になったと思います。いま、できれば私としてのレイト・ワークを、いくつかの短めの長篇の、二部作か三部作を書くことにしようか、とも考えていますが、その一つのタイトルのプランが、「本当のことは云わない」ですよ。いまもあの谷川さんの詩を引きずっています。そして、私は本当に、母親の目から見ればウソの山を築くようにして、「反復」と「ズレ」を重ねて、森のなかの思い出を書く、そういうことで、あるいはただ「ひとつの小説」を書き続けてきたのじゃないかとさえ思いますね。

あの「本当のことを云おうか」ですが、『万延元年のフットボール』で私が、傍観者の兄の蜜三郎を脅《おびや》かすように、弟の鷹四に「本当の事をいおうか」といわせたのは、むしろかれ自身の苦しみを表現するためでした。「おまえは何もしないじゃないか、俺は間違っているかもしれないけど、こういうことを経験している」と鷹四は自分の暗い個人生活を語るんですが、それが本当に暗いものである。その暗さの内容を暗示はできる、幾様にも暗示しながら、しかし言葉にだして実態をそのままいうことはできない。いまにもそれをいうぞ、という身振りをしながら、「本当の事をいおうか」としかいえない。そういう本当の深い苦しみを持った若者を書くために引用した詩なんです。ところがいま、自分が老人になって、「私はこのようにして生きてきた、これが人間ってものだ」と人生の終わりに考えつめたことを、生き続けていく若い人に渡す小説を書こうとしてみると、まず頭にのぼるタイトルは「本当のことは云わない」ですからね（笑）。

言葉で何かを表現すると、どうしても現実にある「本当のこと」からはズレてしまう。しかしわれわれは言葉によって、何とか「本当のこと」に向けて肉薄していかなきゃならない。それが若い頃からの私のジレンマです。そこで、小説を書きながらいろいろ工夫をした。言葉と、人間が経験したり心に思い描いたりするものとのズレを、言葉で表現していく。何度も絵を塗り重ねるように言葉を書き直して、本当のことに迫っていく。どうもそれが小説で表現するということではないかと考えるようになった。また、「これは本当のことだ」といって持ち出すもの自体にある、本当でないもの、それを自分でしっかり把握するために、わざわざ言葉のズレを書き込んでいく。少しずつズレてる絵を二枚重ねるようにして、第三の真実をその向こうに浮かび上がらせるというようなことも考えて、何とか言葉によって本当の「本当のこと」を表現できないかと悪戦苦闘する作家としての人生だった。そうした苦しい道筋への出発点としても、『万延元年のフットボール』があったと思いますね。

——すると一回転して、「本当のことは云わない」とは、明るい暗示なのだろうか、「本当のこと」がついに書かれるのか、とも思ってしまいますが、そう単純なことではもちろんないわけでしょうけど……。

いや、そこまで切りつめて考えてみることは、決して単純でないのじゃないでしょうか。これまで私は「本当のことを云おうか」といい続けて、結局、本当のことを表現できない人々のことを書いてきた、それなら最後は、「本当のことは云わない」と主張する老人のことを書いて、その向こうに本当のこと、本当のものが透いて見える、そういう形を考えてみたいとも思います。これまでの小説の逆転をやってみたいとは、私がいつも思ってきたことですしね。

ともかくそうしたものをこれから書けたらと思うのは、七十一歳になったいま、私がね、「本当のことはある」とあらためてしみじみ感じているからなんです。人間が一生を費やして、本当に表現しなくてはならない、そういうものはある。それはこの間日本に来た、死んだサイードの夫人と長く話し、かれに関する記録映画を見て、その観客に向けて話したり、あわせてかれの作品をすべて読み返していた間、確信していたことです。長い目でサイードの一生を見ると、そこには疑いようもなく「本当のこと」が表現されているから。そこで私はもう数年しか仕事できないでしょうが、これからはなんとか自分の「本当のこと」をまっすぐ表現していく。その書き方を目指す、それをまさに晩年にいたっての自分の文学のスタイルにしたいとも考えるんです。

――お話を伺っていますと、小説と作家自身がついに合致する瞬間、それから「本当のウソ」という、鏡の中の鏡を見るような不思議なイメージも湧いてきます……。

『同時代ゲーム』をいま読み返す

――今回、ここを訪れるにあたって、一九七九年に発表された『同時代ゲーム』を丹念に読みました。「谷間の村」の歴史を頭に入れるために復習しようと。そして、初読したときとまるで違う印象を受けました。それは後に発表された作品をすでに私が読んで知っているからです。この作品を母胎に生まれ直し、発展したその後の長篇は『M／Tと森のフシギの物語』から『二百年の子供』までいくつもありますが、あらためて、『同時代ゲーム』がおそろしく巨大で、高度な作品であったことがわかるのです。それをわかるために、私は大江小説を読み続けてきたとすら感じて、これもまた、不思議な達成感を味わいました。ここには大江さんの文学的発想の起源のすべてが、――お書きになったその時点では自覚されぬままだったものまで含めて、本当にすべてが、流れ込んでいると思いました。

そうですね。『同時代ゲーム』については、私もそう感じます。私も今度のあなたのインタヴューを機会に、自分の仕事を丸ごと、という仕方で読み返しつつあります。おそらく生涯で最後の機会として。自分の lateness, 晩年をどう意識するか……その課題と自作の読み直しが、いま、私のなかでしばしばジャストミートするようでもありますよ。

――『同時代ゲーム』については、これまであまり積極的に発言されてこなかったようにも思いますが。

本当に、そうですね。しかしこの小説は私にとってやはり根本的なものなんです。二十代の終わりに書いた『個人的な体験』、三十代半ば近くで大きい転回点となった『万延元年のフットボール』、それらに重ねてゆくというかたちで、私は小説を書いてきた。そして四十歳のとき、高校二年の時からずっとその存在に目を向けて生きる、ということだった渡辺一夫先生が亡くなられた。その直後に、韓国の詩人金芝河《キムジハ》の政治的な窮地を打開する、というような方向づけのハンストを銀座でやったりもしたが、とにかく実際にはなにも手につかなかった。自分の生き方を根柢《こんてい》から検討し直さなきゃならないという気持ちに駆られて、四十一歳でメキシコシティへ行った。半年間、コレヒオ・デ・メヒコで教えました。英語でやりましたが、日本の戦後文化論のようなものです。

あそこはメキシコ人の学生は少ないんです。大学院だけの組織ですから、中南米のいろんな国から、亡命してきたにひとしい、苦しい生活をしている学生が多かった。授業は週に一回ですが、ほかの日もしばしばかれらと食事をしていました。メキシコの地方に連れて行ってもらったりもした。私がすっかり閉鎖的に暮していたと書いている、同じ頃現地にいた日本人の研究者もいますが、私はただ日本人の方たちと付き合わなかっただけです。インド大使をやめたオクタビオ・パス、当時メキシコに家を買っていた（いまもその家）ガブリエル・ガルシア＝マルケスとも知り合いました。

そうしたなかで、メキシコの小さな村に行くと、メキシコと東洋の日本の村とではすっかり違いますけどね、私の中で少年時代がかつてなく色濃く甦《よみがえ》ってくるようになった。

メキシコで暮らしていながら、自分の三十年、三十五年前のことを毎日考えているというような状態になった。それで、村の思い出、村の片隅のある場所の記憶というようなことをノートに書いていった。それがもとになって、日本に帰ってから『同時代ゲーム』という小説に入って行ったのです。それが小説家になってから三回目の転換点でした。私の生活と文学について、大きい転換点だったと思っています。

――場所以外には、作品の設定に自伝的要素は希薄ですね。神主の父親と旅芸人の母親から生まれた主人公の男性が、大学の教師として教えに行ったメキシコから、村の巫女《みこ》たる双子の妹へ宛《あ》てて、故郷の村＝国家＝小宇宙としての歴史を、二人が共有する個人的な記憶を交えながら、六通の長い手紙にして書き送る――そのような形式の長篇です。「妹《いもうと》よ、」と呼びかける手紙の文体ということもあって、何としてでも正確に、多様に、深く豊かに谷間の村の歴史を伝えよう、書き残そうという、率直で正直な言葉との格闘の姿勢に打たれます。

たとえば、「第四の手紙　武勲赫々《かっかく》たる五十日戦争」は次のように始まります。

〈妹よ、父＝神主は、もと旅芸人のわれわれの母親を正規の妻とはしなかったが、村＝国家＝小宇宙の伝承の研究に疲れた真夜中には、乱酔して胴間声を発しつつ、谷間でいちばん高い所にある三島神社の社務所から、大雨のたびに汚水のなかに漬かるわれわれの家へと大きい躰《からだ》を運びおろして来た。その結果生れてきた者であるわれわれ双子は、兄たちや弟もまた同じだが、谷間の女たちによって共同で育てられた。生活能力に欠ける母親がまだ谷間にいるうちからそうだったのだ。父＝神主によって母親が谷間から追放されてしまった後は、われわれはさらに色濃く、谷間の女たちに養育される共通の子供となった。父＝神主としては、僕を村＝国家＝小宇宙の神話と歴史を書く者にし、きみを**壊す人**の巫女《みこ》にしようとするたくらみをいだいていた以上、そのようにわれわれを村＝国家＝小宇宙の共同社会にゆだねることは、意図にかなった子供の育て方でもあっただろう。〉

当時、四十代前半だった作者のエネルギーの大きさに、圧倒される思いでした。大きい風景、大きい出来事の流れを書きたいと思ったんですね。それも、自分が生きてきた同時代というとまだ四十年だけれども、その自分が生まれる前の六十年過去に遡《さかのぼ》って、百年間の日本の近代化ということが、どのように日本人に経験されたか――それをある限られた一つの舞台で行われる芝居のように、あるいは大がかりなゲームのように書きたい。それが「同時代ゲーム」というタイトルを作った理由です。

作家は四十歳くらいになると、ひとつ、構えの大きい小説を書こうとして、だいたい歴史小説を書く。歴史を舞台にした小説を書くということを、ほとんどの作家がしているように思います。私の場合も、はじめ歴史小説の語り口で、自分の森の中の物語を書こうとしたんです。ところがうまくいかない。一年、二年と経っていく。そのうち、結局自分は個人の声で、個の内面を通じて自分の歴史を書くということをしたい、自分の場所、自分の村、自分の土地の歴史を書くことをしたいのだ、とわかってきた。そうであれば、はっきり正面から、個人の声で手紙を書くという形にするのがいいと考え始めたわけです。

学生の頃からその当時まで、想像力論をさまざまな学者の本で読んでいた。その中に「イマジネーションを自分の中に深めていって、そして自分個人の声で語るように想像力の世界を語れば、その作品は親密な手紙のように読み手の心に届くことがある」というガストン・バシュラールの文章があって、私はその考えに引きつけられたんですね。それで、こちらは最初から個人の手紙として読み取られるつもりで書きたいと思った。長年親しい女性の友達に対する手紙というかたちがいいだろう、と。

——それで「妹よ、」という語りかけの文体が生まれたのですね。日本文学においても「妹《いも》」は古代から力を発揮してきましたが、それにしてもこの「妹」とは誰なのだろう、架空の、人類の女性全体に対する呼びかけなのだろうか、と謎《なぞ》でした。

そうです。現実には、私には長年の女友達というような存在はない。どのような女性へ向けて書くか、という問題が、そこでやってきた困難です。たとえば三島由紀夫はその母堂、祖母の方、また亡くなられた妹さんを女性的なものの原型にしたのらしい。恋人が原型だ、という人はさらに多い。私の場合は、高校の友人の妹という存在が、一番美しく、懐《なつ》かしい女性像です。親しくなることができて、しかも一番大切な存在であり続ける原型だった。現に私はその尊敬している友達の妹と結婚した。それ以外にとくに親密な女性は、自分の一生になかったというべきだろうと思います。

そこで、友達の妹あるいは自分の妹という形で、手紙を書く相手を考えることにした。非常に親密ではあるけれど、性的な関係で結ばれるというのじゃない、特別な女性的存在への手紙ということにしました。語り手の、双子である妹。そこで文体が出来上がった。メキシコにいて自分の故郷のことをさまざまに考えたこと自体、やはり自分の故郷に対する手紙の草稿を作っていたようなものだったと思います。そうした枠組みを作っておいて、その中に自分、自分の地方の歴史とは重ならない架空の物語をたくさん作って、詰めこんでいくことにした。

ところが、今度、発表して以来三十年ぶりに自分がそのようにして書いた小説を読み返してみますとね、架空の物語だと考えていたものが、やはり現実生活の出来事、自分が伝え聞いた村の歴史、そういうことと結びついているんですね。不思議な懐かしさのある物語として、自分がいま、この小説を受け取っているように感じています。

――ご自身から未来の自分に向けて書かれた手紙を受け取るように、でしょうか……。この中のもっとも象徴的な言葉で、「壊す人」というのがありますね。「壊す人」とは物語の最後で、村＝国家＝小宇宙の古代人たちの族長であり、それから神話と歴史、それ自体のことでもあり、また、日本の国を覆い尽くす天皇制のようなものでもあるというふうに、さまざまな解釈が可能なのですが、この言葉を使われた理由を教えてください。

『同時代ゲーム』に、いかにもなまの言葉として使った村＝国家＝小宇宙という呼び名の「小宇宙」というのは、渡辺先生がお好きな言葉だったミクロコスム、つまりは「人間」のことです。そこで、人間、その村、国家、小宇宙というつながりは、自分のシッポをくわえた蛇のようなものです。人間は村の小さい人間でもあり、国家そのもの、いや国家よりも大きくすらある小宇宙だ、というような。私はこの言葉を通じて、歴史というものを考えようと思った。一つの国家が成立する前の古代から現代までの歴史、それを貫いているもののとらえ方はいろいろあるわけですが、私は歴史を具体化している人間を、「古代に現われてきて以来、いろんな形においてその時代その時代の人間の前に再生してくる、大きい力を持った人間」として小説化しようと思った。それで「壊す人」という人物を作りました。

　子供の頃から、村の歴史についていろんなことを考えていましたから、私の頭の中には、小さなバラバラの神話の素《もと》みたいなものがあったわけです。レヴィ＝ストロースに「神話素」という考え方があります。いろんな国の神話を分解してゆくと、ひとつひとつが小さな基本の形を成している「神話素」にゆきあたる。それらが固まって「構造」が作られている。私は子供の頃から、自分の森の「神話素」を受けとめていた。それを物語の形にして、自分の中で育てもした。そしてその物語を妹や友人に話すということもしてきた。それが自分を小説家にしているのだと、その頃あらためて考えてもいたんです。

　では、何が自分の、村の昔話を聞いて考えてきた神話素の中心なのかを考えていくと、それはこの森の中の村を作りあげた人です。作りあげる人でありながら、作ったものを壊してしまいもする人。自分の村、自分の国、自分の小宇宙の一番最初に置くべき人物は、そういうものになると思った。そこから「壊す人」を作りました。

――なぜ、「作る人」でなく「壊す人」と？

この村の古代ということを自分で空想しますね。その始まりは、若者たちがかれらの属していた社会から逃げて来て、森の中に作った村です。しかしかれらは、自分らがいったんつくり上げた村社会を壊して、次の時代へと移っていく。その破壊者が、じつは最初にそこを作った人と同じ存在であるというのが、この小説を貫いている歴史観です。私には以前からずっと破壊者／創造者という一組になった指導者のイメージがありました。そしてその観念を日本という国の、天皇という支配構造の中にあてはめて考え続けてもいた。これはまた、この世界のどんな国家の創世記にもあてはまる観念のように思います。ともあれ私は、その観念の下に、この村の歴史、この地方の歴史を作品に投入するし、日本の国の歴史、それからたとえばメキシコのような場所の歴史も投入していく。さらに明治の近代化以後の指導者としての天皇についても考える。そのようにしてさまざまな形の天皇のイメージを作っていって、あるときにはそれが作品の中で私の「壊す人」と重なってくることにもなりました。

――そういう普遍的な構造が組み込まれている強さと、一つひとつのエピソードの奇想天外さ、あるいはしみじみと人生の哀歓を感じさせる面白味。神話と歴史、まさに両方がぎっしり詰まっています。たとえば、不意に現れるこのような部分。

〈妹よ、父と呼ぶより、どうしても他所者《よそもの》としての神主とあわせ呼んだ方がふさわしいかれの、伝説的なものとしてある子供らの悪夢。それは父＝神主が叫びつつ歩く時、その眼が暗闇《くらやみ》から燐光《りんこう》のように青く浮びあがるというものだ。そしてこの悪夢の生成には、それなりの根拠があったのだ。父＝神主の祖父は、つまりわれわれの曾祖父は、裏日本の小都市に漂着したロシア人であったというのだから。父＝神主はそのように咆哮《ほうこう》しながら谷間のもっとも低い所の家を訪ね、そこに住みついた旅芸人に五人の子供を生ませたが、それらの子供らには、すべて露西亜《ロシア》の露の字をいれて命名した。長男露一、次男露二郎、ほとんど同一に見える名前をわけもった双子であるわれわれ露《つゆ》巳《み》、露己《つゆき》、そして弟露留《つゆとめ》。谷間の川筋にそった短い商店街においてすら、「征露丸」の広告板は、「大学目薬」や「メガネ肝油」のそれとともにはっきり目立つものであった。端的にそれは全国民的なものである対ロシアの感情をあらわしていただろう。父＝神主は意図してその全国民的な感情に対抗し、これらの名前を子供らにあたえたのだ。しかもそれは、妹よ、父＝神主が血脈の四分の一のロシアを愛したからというのではなく、それより他の四分の三の、日本を拒否するための身ぶりであったと僕は思う。そしてその拒否の心の根柢にあったものは、幼い僕が恐怖に痺《しび》れるようにして見あげた、父＝神主の犬のような顔の鬱屈《うつくつ》とあいかさなっていたであろう。〉

こうした逸話の何百もの連なりでもあるわけです。一九八〇年代になってニューアカデミズム・ブームなどで構造主義が広く知られたわけで、『同時代ゲーム』は、時代を先行し過ぎたのかもしれません。いまなら読み込める人が多いだろうし、当時、挫折《ざせつ》した人にも、ぜひ、再読をお勧めしたい。

ところで、作中にも述べられていることですが、「壊す」という字と、「懐かしい」という文字は、本当によく似ています。

そうなんです。もっとも私は自分で「壊す人」という人物像をつくって小説を書いて、本になった活字づらを眺めていて、初めてそれに気がついたんです。最初から「懐かしい人」へと転換することを考えて「壊す人」を発想したわけではないけれど、自分の中でたしかに、「壊」と「懐」は結びついている。そうしたことを発見したところから、しばらくたって『懐かしい年への手紙』を書くことに向けて、展開していったわけです。

メキシコ滞在時の刺激

――海外での滞在先としてメキシコを選ばれたことも、必然的な選択だったと思います。当時はラテンアメリカの文学が世界の中心にあったような特異な時代で、オクタビオ・パス、ガルシア＝マルケス、バルガス＝リョサ、カルロス・フエンテス……。二十世紀の重量級の作品が次々と中南米から出現していた。

私が三十代後半を迎えた一九七〇年前後がラテンアメリカ文学の世界的な花盛りでした。ガブリエル・ガルシア＝マルケスの『百年の孤独』は邦訳があって読んでいましたし、やがて「海」の編集長になる、仏文の同級生の塙嘉彦《はなわよしひこ》君から、沢山《たくさん》出ていた仏訳を教えられて読み始めていました。とくに、バルガス＝リョサは私と同年輩で、とくに愛読しました。それらの仏訳、英訳のなかでも私が最良のものと考えたのはメキシコの『ペドロ・パラモ』という、死んだ人間と生きている人間が同じ空気を吸って生活しているような印象の小説ですが、非常にいいと思っていた。

コレヒオ・デ・メヒコで教えるようになったある日、同僚の、マッカーシズムでアメリカの大学を追われてメキシコに落着いた男が、「ひまだったら、作家が来るかもしれない店に連れて行ってあげよう」と、小さな酒場に案内してくれたんです。かれが帰った後も私はカウンターでテキーラを飲んでいた。すると年取った紳士が私の横に座って、フランス語で話し始めた。「君はメキシコの小説家を知ってるか？」「作品なら知ってる。本当にいい小説なんだ」と私は説明しました。「ラテンアメリカ文学の中心になるべき人なんだけど、作品は一つだけで、もう一つあるらしいけど、それはまだ出版されていないようだ」といったんです。

するとその人は、「もしかしたら、『ペドロ・パラモ』という小説じゃないか？」。「そうだ」と私がいいましたら、かれは、「自分がその小説を書いた人間だ」といったんです、本当に！「英訳なら、もう一つ短篇集があるんだ」といって、自分の家の場所は教えられないけれど、それをここに届けさせるから取りに来るように、といった。二、三日して私がそこへ行くと、ファン・ルルフォと署名の入った本が置かれていました。それから数年経ってかれは死にましたから、私はファン・ルルフォに出会っためずらしい日本人なんです。メキシコシティという大都市自体が、現代社会と神話世界が共存しているようで、とても刺激的な場所でした。

――日本でも文化人類学というジャンルが脚光を浴びて、それにロシア・フォルマリズムの研究書なども次々に紹介され始めた時期でした。

本当に、世界中の文化理論が、日本に紹介され始めていましたね。それまでのアメリカ中心、西欧中心の文化理論ではなくて、米、英、仏、独と通底してもいるけれど、東欧はじめいろんな場所独自の理論が精力的に翻訳された。とくに民衆的な文化と結びついた文化理論。ソシュールの言語理論とも結んでいて、科学的にそれをすすめる学者が世界中にいたわけです。もともとは革命直後のロシアの文化理論で、スターリニズムに潰《つぶ》された人たちの再評価が西欧で盛んに起っていた。とくにチェコやポーランド、ソ連の周縁にある小さな共和国とかで。その勢いのある新しい文化理論を非常な勢いで日本に持ってきてくれる人たちがいて、その代表が山口昌男《まさお》さんでした。かれは、歴史学もふくめて、じつに広い文化人類学者です。たとえばお祭と百姓一揆《いっき》が共通に持つ文化の特性、フランスをはじめ世界中のカーニヴァルにある人間の死と再生、笑いの力というようなことを取り出す。それをアフリカやアメリカ・インディアンの文化とつき合せたり、さきにいったロシアの革命前後の文化と一緒にして理論化したりした。

――とくに山口さんの『文化と両義性』には影響を受けられた、と。

ええ、じつに熱中して読みました。そこに取り上げられている本で英語とフランス語のものは、もうあらゆる方法を使って……山口さんから直接貸してもらったりもして、三年ほどかけて読み続けたものです。こうしたことをつうじて、私は大学卒業以来あらためて、まあ勉強を再開した、といっていいのですが。うまい具合に、ミハイル・バフチンというその理論の中心の支え手だった人の、分析の中心的な対象となった大きい作品が、フランソワ・ラブレーの『ガルガンチュワとパンタグリュエル』で、渡辺一夫先生の御専門だった。そこで私にもいくらか準備はあったんです。私が文学と文化理論とそれから社会について考えていたすべてが一体化した。

　そしてたまたまそのしばらく前から、私は、政治的な動機から沖縄のことを勉強していました。天皇中心の東京の文化から一番遠くにあって、しかも祝祭的で、笑いがある、死と再生への豊かなイメージもある――すなわちグロテスク・リアリズムとバフチンたちがいうものですが、生と死が一緒になって笑いに満ちているような現実のひとつの見方ですね、それをバフチンや構造主義と重ねて、沖縄を捉《とら》え直した。五年ぐらい、熱中しました。

　山口さんという文化人類学の理論家に学んだし、その理論をシェイクスピアのような、ヨーロッパの文化の中心的な思想と結びつけて展開していく高橋康也《やすなり》さんとも親しくなった。さきほど名前を挙げた南米の詩人、作家たちとも知り合った。ドイツのギュンター・グラスと知り合ったのはその少し前だったかな。かれの『ブリキの太鼓』の邦訳が出るか出ないかの頃。国際交流基金がかれを日本に呼んだんですが、私の小説のドイツ語訳を読んだかれが会いたいといってくれた。それからいまに至るまで友人です。かれと私は前後してノーベル賞を受賞した。ノーベル賞百年ジュビリーでは一緒に講演もしました。

――振り返れば、二十世紀後半の世界的な文学の興隆期が、一九七〇年前後に共時的に、地球上の様ざまな場所で起きていた、それが結びつきあっていたということですね。

そうでした。私の一生のうちで文学理論と具体的な文学と、それから作家、詩人たちと、それらが一緒になっているなかへ入ってゆく、そして沸騰《ふっとう》的なような出会いを経験できた最良の時期でした。そしてその時期の産物として、私の作品としては『同時代ゲーム』があるわけです。この時期、もっと焦点を絞ってコンパクトな作品をひとつずつ完成していけば、私はもっとしっかりした作家になり得ていたかもしれませんが。しかし私の好きな作家たちは皆、グラスにしろリョサにしろ、ああした大盤振る舞いのような大作の仕事に入っていたんですよ。私も落着いてはいられませんでした。血気にはやるというか(笑)。

『洪水はわが魂に及び』を文壇はどう受け止めたか

――まさに「同時代ゲーム」。カーニヴァルのような時代。そんな中で『同時代ゲーム』が新潮社の純文学書下ろし特別作品として、いかに時代の先鋭的な部分を担《にな》っていたか。大きな新聞の出版広告も覚えていますし、十万部を超えるベストセラーにもなります。けれども、この作品に対する評価については、長く不満を持たれていたのではないでしょうか。それが一九八六年に発表された『M／Tと森のフシギの物語』を書かれた理由のなかにあったのではないかと。日本の純文学というジャンルの失速も当時から始まったように思うのですが。

私は新潮社の「純文学書下ろし」シリーズに本当に助けられました。『個人的な体験』に始まって、すべて十万部以上売れました。しかし『洪水はわが魂に及び』も『同時代ゲーム』も、それぞれひとつの作品としては、しっかりできあがっていなかった。むしろ何度も書き直して、コンパクトなかたちにして発表すべきだった。あれらを、ひとつピークを越えての長い降り坂の始まりとして、私の長篇小説の読者が少なくなっていったのは、まったく私のせいでした。

二十三歳の時に出した短篇集『死者の奢《おご》り』が七万部売れて、その直後に出した最初の長篇『芽むしり仔《こう》撃ち』が二万五千部。それでもちょっとしたベストセラーではあったのです。その後本を出すたびに部数は伸びていって、『万延元年のフットボール』が十五万部ほど出たものです。

――他の作家より二十年以上早いペースで文学賞を次々に受賞され、国内の文壇では絶対的な評価が与えられた時期でもあったと思います。『万延元年のフットボール』で第三回谷崎潤一郎賞を受賞されたのは一九六七年、三十二歳の時で、この最年少記録はいまだに破られていません。野間文芸賞を受賞されたのは三十八歳。当時の野間賞はイギリスのブッカー賞のように、その年の文学作品ベスト1を厳正に選ぶ態勢にあったようですね。

ここに財団法人野間奉公会による、『洪水はわが魂に及び』が受賞作に決まった昭和四十八年、第二十六回野間文芸賞要項の冊子があります。先輩の記者から譲り受けたものですが。選考委員は石坂洋次郎《ようじろう》、井上靖《やすし》、大岡昇平《しょうへい》、河上徹太郎《てつたろう》、川口松太郎《まつたろう》、中島健蔵《けんぞう》、中村光夫《みつお》、丹《に》羽《わ》文雄《ふみお》、平野謙《けん》、舟橋《ふなはし》聖一《せいいち》、安岡章太郎《しょうたろう》。意外に純文学色が薄いですね。大江さんは「受賞の言葉」で、〈「純文学」という言葉は、わが国独自のものだ。そして独自の伝統的な、また未来にひらく意味内容を持っている〉と。そして百万円の賞金を〈二分して、山口県被爆者福祉会館「ゆだ苑《えん》」と、雑誌「沖縄経験」におくる。もっとも後者の経理係は、僕自身である〉と。この時の受賞に関して何か思い出されることはありますか。大江さんにとって文学賞とは、どのような価値を持つものだったのでしょうか。

私は学生としてフランス語の基本から勉強をする一方で、なにより夢中になれる作業として小説を書く時間をとるということで、短篇を始めた、その連続として小説をやっているんですからね、いまやっている小説と、それを書いている自分との関係にしか意識はむいていない。それでいて、幸いなことに同世代か少し年長の人たちがよく読んでくれていたので。そこで文壇つまり先輩作家の世界での評価ということは二の次だったように思います。

私が熱心に読んでいた中野重治、石川淳《じゅん》のような作家たちは、文壇の、という感じじゃなかったし、強く関心をひかれる存在としての戦後派の文学者も、私には大学の先生方の仲間という感じで、文壇仲間というようではない。しかしあの頃、いまあげたような側面としての日本文学の現在は、じつに堂どうたるものでした。

――野間文芸賞は安岡さんが昭和三十五年に『海辺《かいへん》の光景』によって受賞されています。以降、大江さんまでの受賞作は井伏鱒二《ますじ》『黒い雨』、中野重治『甲乙丙丁《こうおつへいてい》』、吉田健一『ヨオロッパの世紀末』、江藤淳『漱石《そうせき》とその時代』など。「第三の新人」と呼ばれた安岡さんも、四十歳という若い年齢で受賞されていますが、この頃、ご交遊はありましたか？

私は出発直後に、自分ひとりでは行ったこともない新宿のバーに、文壇の世話役のような感じの女性編集者に連れて行かれた。そこは「第三の新人」のたまり場だったらしく、同世代では石原慎太郎のように正面からかれらを否定している元気者と、むしろかれらに近い、成熟した大人という感じの、つまり石原・大江などは子供だと思っている開高健《かいこうたけし》というような人たちがいて、それとはまた別の、なにも知らない学生だった私は、「第三の新人」とひと騒動起しました。

安岡章太郎さんの短篇だけは、ヨーロッパの短篇のつくりに近いものを感じて愛読していたので、その後、もうひとり安部公房さんと共に個人的に親しくしていただくようになったのは嬉《うれ》しかったです。しかし安岡さんをふくめ、また小島信夫《のぶお》、吉行淳之介《よしゆきじゅんのすけ》というような人たちは、はっきりと大人の世代で、「第三の新人」と文学的につながっている、という思いはありませんでした。

――この時代の野間文芸賞の冊子には、選考経過がかなり詳しく記述されています。いまでは考えられないほどの情報公開です。まず選考会にかけられたのは十二作品で、発行順に全部挙げますと、永井龍男《たつお》『コチャバンバ行き』、山崎正和《まさかず》『鷗外《おうがい》 闘う家長』、中村光夫《みつお》『平和の死』、古井《ふるい》由吉《よしきち》『水』、大岡昇平『萌野《もや》』、遠藤周作『死海のほとり』、円地《えんち》文子《ふみこ》『源氏物語』(現代語訳)、加賀乙彦《おとひこ》『帰らざる夏』、阿部知二《ともじ》『捕囚』、井上光晴《みつはる》『心優しき叛逆者《はんぎやくしや》たち』、大江健三郎『洪水はわが魂に及び』、瀧井《たきい》孝作《こうさく》『俳人仲間』。十一月の最終選考会で討議されたのは、このうち大岡、遠藤、阿部、大江、瀧井各氏の五作品。

選考委員の選評がまた、この時代の文壇の雰囲気を伝えています。中村光夫氏は〈荒唐無稽《むけい》な物語を組みあげた作者の資性は現代の我国に見られなかつた新しい型で、ことによると鏡花《きようか》の再来かと思はれます〉というのには、まだそんなに古い感覚が残っていたのかと驚きます。丹羽文雄氏は〈縮む男の描写や浅間《あさま》山荘事件をもぢつた銃撃戦など、この作者の力量をつよく感じさせた〉。全体としては平野謙氏の〈とど現代小説の可能性という点で、私は大江健三郎に一票を投じたのである〉という言葉に代表されるように、大江さんの才能に「次代を賭《か》ける」という点で決定したような印象です。

でも、一番感服したのは、自身も候補だったので、書面回答を寄せた大岡昇平氏。〈今回は拙作が候補作品に残ったので、最終選考会に欠席し、書面で意見を提出した。『洪水はわが魂に及び』を推します。題材に一貫性があり、溢《あふ》れ出る想像力によって統制された世界を現出しています。文体に延びがあり、小説を読む楽しさを感じました。一作ごとに現代的なテーマを選び、全力投球する作者の姿勢に敬意を感じました。『万延元年のフットボール』以来六年振りで、新しい価値を創造したので、授賞にふさわしいと思います」

蛇足をつけ加えれば、「祈り」がこの度の作品に現われた新しい要素であり、「ジン」というアラビヤンナイト的な名前を持った小児の聖性が、作品全体になんともいえない神秘の光をみなぎらせているのに魅惑された。
拙作はいつも辞退ばかりしているのは失礼なので、残すことに同意したもので、このすばらしい作品によって凌駕《りょうが》されたのは光栄であった。同時代に凌駕されるよろこびを与えるのも、傑作の優雅な条件の一つではないだろうか。〉
余裕に満ちた、気持ちのいい選評ですね。

フランス文学者であり、戦争のただなかを生きた作家、ということでもあるとして私が尊敬していたのは、大岡昇平さんでした。他の戦後派の文学者とはある違いがあって、小林秀雄《ひでお》、中原中也《ちゅうや》、富永太郎という人たちとのつながり、スタンダリアンということでも特別でした。この選評は、私の文学生活でもっとも嬉しかったもので、いま資料として見せていただいて、一字一句たがえず覚えていましたよ。大岡昇平さんの晩年のお仕事には解説を書かせていただいたし、大岡さんには懐かしい土地の成城《せいじょう》学園に帰るように、晩年越してこられたのでお宅にうかがうこともできました。
――この頃もう古井さんも、着実に独自の道を歩み始めていらしたのですね。古井さんを含む「内向《ないこう》の世代」と呼ばれる方々——高井有一《ゆういち》、坂上弘《さかがみひろし》、黒井千次《せんじ》さんたちはほぼ同じか、少し上の年代にあたりますが、どのくらい交流はありましたか。共有する世代感覚はありますか。

私は古井由吉さんが同人誌に書かれた「先導獣《せんどうじゅう》の話」から注目していました。大学で外国文学を専門にやられて、大学院そして大学の教師と、私が辿《たど》りたかった、そして、できなかった道をまっすぐ行かれて、小説を書かれている人、翻訳もされている人。そういうことでずっと注目をつづけ、最近の幾冊もの短篇連作にはもとより、ドイツ中世の神秘家たちの研究にも、リルケはじめ詩の翻訳にも敬意をいだいています。世代感覚を共有する、というより私には大岡昇平さんに続く、作家・外国文学者として、高い所にいられる人です。

高井有一、坂上弘さんたちのことはよく知りません。お仕事は読みますが……黒井千次さんも、『群棲《ぐんせい》』のような短篇集の秀作は、早くなくなった阿部昭《あきら》の短篇とおなじく、尊敬しています。しかし、なんとなく世代感覚を共有するというのではなかった。阿部昭さんなど、先に話しましたが東大仏文の卒業面接で二人並んでいたほどですが……

それはこれらの人たちがゆったり成熟して文壇に出られたのに対し、私はずいぶん早く書き始めて、なんだか「子役上がり」のモロさが……これは尊敬する同時代者美空《みそら》ひばりさんから直接聞いた言葉……自覚されていて、友人の輪に入りにくかったからでもあると思います。むしろ同じ世代感覚は、山口昌男、高橋康也、そして建築家・作曲家たちに感じて、かれらに教えられながら生きてきました。

——ほかにも日野啓三《けいぞう》、三木卓《たく》、筒井康隆《やすたか》さん、もちろん井上ひさしさんも。女性なら富岡多恵子《たえこ》さん、高橋たか子さん、大庭《おおば》みな子さん。同世代の作家は多士済々《せいせい》で、この方々が主体になって昭和四十年代後半、すなわち一九七〇年代以降の文学を担ってこられた。そして、この方々の後続の世代、いま五十代から六十代にかけての作家はうんと少ないですね。それこそが敗戦後の混乱が、この世代の作家の不在に端的に現れているという見方もありますが。

尊敬している少し年長の文学者として、林京子さん、また、丸谷才一《まるやさいいち》さんを外すことはできませんが……　誰よりも私が敬愛している同時代者は、おっしゃるとおり井上ひさしさんです。この前もかれの新作の芝居を見に行って、心から楽しみ、感銘しました。

いまいわれた後続の世代ということで、中上健次《なかがみ》、津島佑子《つしまゆうこ》という大きい作家のうち、津島さんはいまも確実に仕事をしていられますが、中上さんの早すぎる死は掛替えのない損失でした。

——そして一九七〇年代半ばから文学が、それぞれの作家が読者を失う局面も進行したことも明らかです。さまざまな要因があったでしょうが、大江さんの場合、兆候はありましたか。

たしかに私にも、国の内外の文学賞をもらうというようなことは続いていました。しかし、読者からは支持を失い始めている……むしろ、すでに読者を失ってしまった、という思いが強かった。そして、それがもたらされたのは、日本の純文学が、文学市場が一般的に衰退したというようなこととは別に、私自身がたとえば自分の文章の作り方について、生産的な反省をしなかった、ということだと自省しています。いまも自分の文学生活についての大きい悔いはそこに集中します。やはり『同時代ゲーム』が、そのコースの分岐点だったように思います。それをもっと別のかたちに書けば、私の読者との関係の、ありえたかもしれない回復のチャンスだったと思うこともあります。しかし、あのかたちでの『同時代ゲーム』があって、それ以後の私の文学があった。読者は失ったが、私は狭い場所の作家としては生き延びました。

書下ろしを書くと、とにかく一九七九年までは、すべて十万部以上、ハードカヴァーで出版社が売ってくれる、そうした勢いの中で『同時代ゲーム』を出版しましたから、さきにいったように、やはり十万部は越えたんです。しかし、発売されてしばらくたつうちに私が感じていたのは、「いままでどおり買ってもらえるけれど、読み通してくれる人は少ないのじゃないか」という危惧《きぐ》でした。講演会での質問や、周りの人たちの反応から、どうもうまく理解されていない、読者に通じていないということがよくわかった。

しかもその原因は、私が新しい文学理論や文化理論に夢中になっていて、自分が本を読んで面白いと思ったことを自分の本に書くという、閉じた回路に入っていたからです。自分と海外のある作家たち、理論家たちとの間に、思い込みじみた通路を開いて、誰より書いている自分が愉《たの》しんでいる小説になってしまった。その反省はあったんですね。読者は少なくなったし、自分の主題自体、その狭まった読者にすら伝わっていない、その気持ちから、『M／Tと森のフシギの物語』という、少年たちにも読めるものに書き換えてみるということをしました。

しかし小説家には、決して成功しない作品を全力を尽くして書く、ということに、おおげさにいえば運命のような、避けがたい魅惑があるんです。そして私はその予感どおり成功しなかったけれど、時がたってみると、あのような混沌《こんとん》としたところに自分を追い込んでゆく、ということをやったことで現在も自分として生きている、あれ以外の道はなかったのだ、とも考えるんですよ。その上で、あらためて読んでみると、自分が受け止めた文化理論をできるだけ具体的に小説化して、小説的なイメージにして表現しようとする努力は、それ相応に実っていると思った。そういうことで、やはり私のいままでの文学的な人生において、大きい柱の作品なんだ、と確認しました。あれ以来、いまに到るまで、『同時代ゲーム』で一つのイメージとしたものが、実際の私の人生のなかで懐かしい記憶のように甦《よみがえ》ってきて、私の新しい小説の内容になっているというものが少なくないんです。

――その、意識化されきっていなかったところが面白い、そう感じるところが、本当に抱えきれぬほど見つかります。一例ですが、『同時代ゲーム』の最後のところで主人公が森の奥に踏みこむ場面。「壊す人」のバラバラの死体を踏み越えて、ガラスの球体に村の伝承の中の人物たちが閉じ込められているという、過去から未来へのダイナミックな時間と空間のヴィジョンが出てきますけれども、そのイメージ、世界観の原型は、あの初めて書かれた短い詩「雨のしずくに　景色が映っている　しずくのなかに　別の世界がある」と直結していませんか。

いま初めて気がついたことですが、そういわれてみると、本当につながっていますね（笑）。私は「しずく」にいまでも関心を持っています。そこに世界が閉じ込められて、しかも逆さになっている。それから自分の周りの、自分もふくむ現実が小さく凝縮されて、完璧《かんぺき》な模型として「しずく」の中に存在しているんだと、そこでそのなかに自分たちの過去も、未来まですべてふくまれているというようなことを、やはり子供の頃に空想したことがありました。

しばらく前、呼吸器学会の講演会に呼んでいただいて、待ち時間に肺について専門家のお医者さんたちに話を聞きました。生まれてきた子供が最初の呼吸をする瞬間、その呼吸が肺の一番小さな単位、肺胞《はいほう》というのだったと思いますが、その数知れないようなつぼみのひとつひとつに空気が入り込んで、一気にシャボン玉のように膨らんで、花ざかりになる、そして呼吸が始まるんだと知って実に驚いたし、懐かしくも感じました。「あ、これは自分が子供の頃に考えていたあの『しずく』の世界モデルの感じに近い」と思って。私のいわば原イメージにあるのが、小さいものが集まって全体を作り上げている、そこには小さくなったあらゆるものがあるというものです。それが私にとって森のイメージと対比しあっているんです。

これに近い私の空想の一つに、宇宙の別の惑星から地球にやってきた小さな塊があって、その塊は人間の言葉すなわち文明を収集しにやってきたものである。それが森の奥にいる、というのがありました。誰かがその塊の前で言葉を発すると、塊は形を変えて成長していく。私はもう相当な大きさになっているその塊に「フシギ」と名前をつけていました。そうしたイメージの原型を自分の中で育てていくことをいつもしている、まあいろいろ空想し続ける習慣の子供でした。

――そしてその空想自体、かなり正確に、この世界の物質の基本構造を直観していたという不思議。

それは最初は夢で見たものをきっかけにして、それに本や雑誌で読んだいろんな話をくっつけていったイメージだと思うんです。科学者が夢の中で、たとえば湯川秀樹《ひでき》博士は、あの中間子の形を夢の中で「見た」と自伝の中で書いていられる。またジェームズ・ワトソンが遺伝子のイメージ、二重の螺旋《らせん》の状態をやはり夢で見たということ、私はそれに興味を持っています。人間は、一番原理的なことを、夢で形として「見る」能力があるのじゃないか、そういう気持ちを私は持っています。そして、私のように目がさめていても夢見るような子供にとって、夢見る材料が村にはたくさんあった。その中心の場所として森があった、とも思います。

『M／Tと森のフシギの物語』のリアリティー

――フランス人の批評家で作家のフィリップ・フォレスト氏が、二〇〇一年に東京で開かれたシンポジウムで、「大江作品のノスタルジーは未来へ進む力である」と述べられましたね。それを可能にするノスタルジーにみちた場所が「森」である、と。言葉が遠心力となって、結局、大江少年はそこから飛び出されもしたわけですけれど。

いまの「言葉が遠心力となって」という表現は、私にとって最良の理解者のものです（笑）。あの会には、フランスの外交官だけれども、もともと文学理論の専門家のアンドレ・シガノス氏も出席していて、ノスタルジーというフランス語が、ギリシア語のネスタイ（戻る、帰る）から来ていて、「幸福な帰還」をねがう思いを表わしているけれど、そこに帰れない苦しみ、心の病いということとしても私らに経験される、と話しました。そして、本当に自分の故郷に帰ることはできない私の、森に帰りたいという苦しみのように強いねがいが、過去へじゃなく未来に向けられる力になって、文学を作らせている、というフォレスト氏の意見と重なりました。

事実、私はもう失われてしまった「森」に苦しいような、不可能な「帰りたい思い」

をいだいています。それが私に『同時代ゲーム』の様ざまな「森」の神話を思いつかせたのでもあります。そして私はそれを強調して——つまりは、ノスタルジーの思いをさらにつのらせて——『M／Tと森のフシギの物語』を書きました。

——『M／Tと森のフシギの物語』の主人公は七歳の時に神隠しにあっていますね。〈あの子は、数えの八つで神隠しにおうて森へ登ったのですが！　自分で夜中に紅で真赤に塗った素裸でな、森へ登って、三日も暮しておったのですが！　それから祖母《ばあ》様が、森で力をさずかって来たかも知れんと、そういいはじめたのでしたよ。〉と母親が語り聞かせるような。あれと同じような出来事は作者にもあったに違いない、というリアリティーを感じるのですが、どうでしょう。

『憂い顔の童子』と『さようなら、私の本よ！』に小説として書いていますが、もっと幼い年齢で私が夜なかにひとり森へ上って行き雨に降り込められ、シイの大木のウロに熱を出して寝ているところを、消防団の人たちに助けられた。それは事実です。そのぼんやりした記憶と「神隠し」という森のなかの幾つもの伝承が、子供の空想癖によって結びついていた。それが小説を書いていくうちにポカリと浮かぶように戻ってくる。それをフィクションに作り上げたのだった、と思います。

――『同時代ゲーム』の中に、戦争中に疎開《そかい》してきたアポ爺《ジー》、ペリ爺《ジー》という双子に、まさかモデルが存在したということは？

ありません（笑）。科学好きの知的な青年が谷間にいて、その人に科学の本をいろいろもらったこと、それを読みかじって空想していた頃、もうすでに apogee, perigee つまり月の軌道の地球への遠地点、近地点という言葉は知っていました。そしてそうした言葉から、なにか滑稽な二人のじいさんを物語の人物のように思い浮かべたとも思います。自分はとくに、いろんなおかしな言葉を手がかりにした子供の時の空想をよく覚えている人間だと思いますね。そして、言葉を手がかりに子供の時の記憶を思い出すことは、言葉を通じて新しい想像を展開することとかさなるところも多いのじゃないか。そう思います。

――あ、鶯《うぐいす》が鳴いてますね。鶯の声も何百年も昔と変わらない。あの山の中で銘助《めいすけ》さんも、聞いているかもしれない。読者にしてみれば、『同時代ゲーム』で〈天皇家の、すなわち太陽神の末裔《まつえい》とは逆の、闇《やみ》の力を代表〉して大活躍する、そして『二百年の子供』で彫刻家の舟越桂《ふなこしかつら》さんの絵によって、精悍《せいかん》で、かつ深い内面をたたえた姿を与えられたメイスケさんの存在感は、歴史上の人物のように記憶に残っていると思うんです。あの魅力的なトリックスターの亀井《かめい》銘助は、どのようにして生まれてきたのですか?

メイスケさん。まずね、銘助という名前に惹《ひ》かれたんです。いい名前でしょう? いろんな地方の伝承の、百姓一揆《いっき》の話に、小さな少年が大切な役割を果したことが、時には笑い話のようにして含まれているのに私は興味を持ちました。子供を馬鹿《ばか》にしている藩の役人の所に行って、武器を持ち出してきたりする。私はそれと、アフリカやアメリカ・インディアンの滑稽なイタズラ者で、かつ民衆に新しいことを教えるトリックスターの神話像をあわせた人物を、作りたいとも思っていました。かれを明治維新の少し前の、実際にこの地方で起きた百姓一揆の中に、良い名前を付けて登場させよう、と。そして子供のヒーローを作ったんです。その頃、岩波書店の思想大系に民衆蜂起《ほうき》の指導者の評伝やかれら自身の文章を集めた巻があって、その中の田中銘助という、東北での蜂起に実在した人物の名前が気に入っていたので、その子供の登場人物の名前にしたんです。あとでその子孫の方から田中銘助と四国の一揆との関連を尋ねる手紙をいただいて、謝まるお返事を書きました。

――大江作品に現われる森は、村は、実際の大瀬村の歴史と地理とどれくらい重なっているのか、ずらされているのか。ここに来ますと、本当に惑乱されますね。

私が小説に書いた「森」は、なによりもまず言葉の森、言葉によるイメージの「森」です。ここから見える森は、おとなしい、穏やかな森ですが、ここからずっとあの川を遡《さかのぼ》ったところに小田深山《おだみやま》という深く大きい森があります。そこの話を親たちに聞いたことから、私の「森」への想像力の土台ができています。その土台の上に、私は国の内外、歴史の遠近を問わず、いろんな言葉による伝承を読み重ねて、言葉の「森」にしていったんだ、ということです。しかも、そうしているうち思いがけなく、この土地の歴史と呼応する出来事や人物が、想像の世界からリアルな地面に降り立ってくる、ということもあった……そういうところが小説を書くことのフシギですね。

第4章

『「雨の木《レイン・ツリー》」を聴く女たち』
『人生の親戚』
『静かな生活』
『治療塔』
『新しい人よ眼ざめよ』

女性が主役となった八〇年代

——一九八〇年代に入ってからの大江作品は、それまでとガラリと趣が変わります。具体的には、八〇年一月号の「文學界《ぶんがくかい》」に、短篇「頭のいい『雨の木《レイン・ツリー》』」を発表されることから始まる変化ですが、この作品の構成からして、新たな試みでした。「雨の木」、レイン・ツリーとは死と再生の意味を宿した宇宙の木であり、現実にもどこかに生えている木。それから「自分の生まれ育った小宇宙《ミクロ・コスモス》である村のメタファー」でもある、と当時述べていらっしゃいます。

「『雨の木《レイン・ツリー》』の首吊《つ》り男」「さかさまに立つ『雨の木《レイン・ツリー》』」「泳ぐ男——水のなかの『雨の木《レイン・ツリー》』」などと題された五つの短篇連作集で、全体として「『雨の木《レイン・ツリー》』を聴く女たち」という長篇を成しています。舞台はセミナーで滞在中という設定のハワイであり、ご自宅のある東京・世田谷《せたがや》とその周辺。そして「プロフェッサー」と呼ばれる作家の「僕」は、多くの場合、出来事や事件の傍観者であり、主役は女性たちに譲られています。この転換は、どのようにして行われたのでしょうか。

私は二十代半ばから短篇小説の書き手として仕事を始めました。そのうち長篇小説に移行して、ずっと長篇を書き続けていました。四十代半ばで『同時代ゲーム』を発表した。それでひとつ総合したけれど、読者に本当に受けとめられたか、不満というより不安が残りました。それもあって、もう一度短篇に戻ってみたいと思った。しかし長篇小説からひとつひとつ独立した短篇を発表してゆく生活に戻るのは、こちらにも漠然とした不安がありました。長篇だと一年か二年、その作品のスタイルのなかで仕事をするんだから、ある種の安定感はあります。しかし、ともかくひとつ短篇を書きました。そうすると、自然に次の短篇につながっていった。そこで短篇連作にしよう、ということになった。「雨の木《レイン・ツリー》」連作ではそうでした。そのうち、自分がいままで書かなかった性格の人物を書いていることに気がついたんです。ヴァルネラブルというか、傷つきやすいタイプの、破滅していく男、高安《たかやす》カッチャンが中心にいるんですが、その男性を励ます、そしてその男性の犠牲になりさえする女性を併せて書くことになった。そのような女性像がやはり自然に現われたように思います。

直接のきっかけとして、そのころイギリスの作家マルカム・ラウリーを読んでいたこともあります。かれはその当時四十五歳だった私に近い年齢の時、アルコール中毒のもたらした事故で死んだ作家でした。日本でも訳されている小説として『活火山の下で《アンダー・ザ・ヴォルケイノ》』という長篇がありましたが、この作品でかれは、深く傷ついているインテリの男、メキシコにいる外交官と、その恋人で、自分の愛する男が傷つきやすい人間であるために、やはり傷つかざるをえない女性を書く。男性はそれこそ野犬が撲《なぐ》り殺されるように滅び、女性は悲嘆のうちに沈んでいくという小説でした。それはもともと私がメキシコで暮したことがきっかけでめぐりあった小説ですが、自分自身アルコール依存症じゃないかと感じていたこともあり、感情的にも私はラウリーがとても好きになった。とくに人間としての存在の根本に深い悲しみをもって生きるということ、ラウリーの英語でいえばgriefという感情の重さを手渡された。

――男性の悲しみよりも、女性の側の悲嘆のほうが、より深く切実に伝えられたように読んだのは、私が女性だからかもしれませんが。この連作に登場するのはかなり独立した自由な、知的な女性たちです。語り手の「僕」からみれば妻でも恋人でもない。「僕」は彼女たちに対して、用心深さを保つのだけれど、できるだけフェアに向き合おうとしますね。そうしながら幾分、批判的な観察も続ける。そして次第に彼女たちが生きていくことの困難さ、悲嘆が痛ましいほど伝わってくる――。フェミニズムの潮流が高まりつつあったとはいえ、一九八〇年代初めの、まだ旧弊さの残る社会的状況も背景にあって、社会へ踏み出そうとしていた時期だった私などはかなり重い衝撃をもって読みました。高安カッチャンが連れていた、ペニーという女性の手紙に痛ましい言葉がありましたね。

〈私もあの小説を読んだ。高安には黙っていたが、私はあの樹木が、単なる暗喩《メタファー》だとは思わない。現実に「雨の木《レイン・ツリー》」はあると思う。また小説では、あなたが「雨の木《レイン・ツリー》」を見なかったと書いてあったが、私はあなたが見たはずだと思う。ハワイの夜が、家の前の樹木も見えぬほど暗いだろうか？　高安が入院していた施設には、どの場合にも、「雨の木《レイン・ツリー》」はなかった。いったいどの施設がモデルなのか、「雨の木《レイン・ツリー》」がある施設を教えてください。私は「雨の木《レイン・ツリー》」の水滴の音を聞きながら、その下に坐《すわ》って高安のことを考えていたい。私のとなりに精神障害の女性がいて、私と同じように「雨の《レイン・》木《ツリー》」を聞いていてもかまわない。この現代世界には、私らのような女がいるのだ。マルカム・ラウリーは日記（未発表）に What do you seek?／Oblivion と書いている。しかし高安のように一度も世間に知られたことのない人間が、ただ忘却されるのではAWAREだと思う。AWAREというのは grief の日本語だと、高安が教えてくれたのだが。これからは、プロフェッサー、あなたと私だけが高安を記憶しつづけることになろう。〉

大庭《おおば》みな子さんや津島佑子《ゆうこ》さんをはじめ、鋭い女性作家たちが、この作品から大江作品の本格的な読者、批評家として加わったとも記憶しています。

私は小説家として、そのお二人にはずっと敬意と親しい感情を持っています。しかし、この人たちとも、たとえば大庭さんと小島信夫《のぶお》さん、津島さんと中上健次さんのように、文学的盟友となるほど近くなることはなかった。これは私の性格が基本的に内にこもるタイプであることもあって、知人、友人と距離をとるのが常態だ、ということがありますけれど、小説家の暮しをして、時どき外国の大学で少し教えたりする生活で、あまり新しい女性と近しくはならなかった。しかし、恋愛とかいう深みへ入ることはなしに、インディペンデントで知的な背景をもった人、ユーモラスな人、そういう女性たちと話すことをずっと愉《たの》しんできたとは思います。私ひとりの感じでいえば、様ざまに深く理解し合える女性たちと出会ってきたという気持ちがあります。そういう人の何人かが一緒になってモデルを構成して、私の小説に登場しているってことはあります。

結局、この世界はまだ男性中心の社会だと私はみなしています。アメリカの大学のように開放された場所でも、むしろ頑強なほど男性社会の骨格があって、そこで自立した仕事をしながら、男性の学者たちと協同していくということには、いろんな知的生活の技術が必要となるのじゃないか、そうしたレヴェルとはまた別の力も。それでも自分をはっきり表現しながら生きていくことは、どんなに聡明《そうめい》な女性にも難しい印象がある。じつに優れた、魅力的な人がしばしば結婚にも破綻《はたん》してしまう。そうした危機を乗り越えた上での、という人たちもいましたが。

何かの時に、一緒に長く話して、その人が悲哀というか悲嘆というか、そういうことを独自に表わすことがある。もちろん、それほど立ち入ったことを話すわけでもないんです。そういうところにじっと目を注いだりするのも失礼なことです。「あ、この人にはわれわれと愉快に話してくれる側面と重なるようにして、悲嘆《グリーフ》としかいいようのないものがある」。そう感じることがあった。注意して読むと、アメリカやイギリス、フランスの小説に、そういう女性を描いている場合がしばしばあることにも気づいたんです。

——日本では、そのような視点から女性を描いた小説があまり見つからなかったということですね。それは女性作家の作品もそうでしたか？　その当時の大江さんは、野上弥生子《のがみやえこ》さんや佐多稲子《さたいねこ》さんと文学的な意見交換をされていたような印象があるのですが。女性作家で刺激を受けた方はどなたかいらっしゃいましたか。

外国の女性の詩人、作家、思想家で私がずっと読み続けているのは、アメリカ南部のキリスト教社会に深く入ったフラナリー・オコナーと、フランスの戦前、戦中の思想の頂点をなしていると思うシモーヌ・ヴェイユ、それからブレイクの専門家でもある神秘的な詩人キャスリーン・レインです。日本で私がもっとも敬愛した人は佐多稲子さんでした。ほぼ私と同年で、それでも敬愛の念が強いのは林京子さん。野上弥生子さんには、成城《せいじょう》と北軽井沢という二つの場所で近くに住み、尊敬していましたし、新聞での対談や先生のための記念の催しでお手伝いしたこともありますが、二、三度お話ししただけです。江藤淳《じゅん》が、かれは上流意識の強い人で、大江は渡辺一夫《かずお》が亡《な》くなると野上さんに近付いた、と書きましたが、それは当っていません。私は本質的に反・上流の生活感覚で生きてきました。

――加えてうかがいますが、同じ一九三五年生まれの倉橋由美子《ゆみこ》さん。『スミヤキストQの冒険』あたりまで最前衛を走り続けましたが、その後、急速に保守的な小説作りに転じられました。倉橋さんとの、何か記憶に残る会話などおありですか。

しっかり話した、といえば平野謙《けん》さんが発見した二人、ということで「近代文学」の座談会に出た一度きりです。あの方は、私ら地方の豊かじゃない家の子供から見ると、お医者さんのお嬢さんの、私らに意地悪な目を向けている同級生、という感じでした。サルトルの読み方がまったく違っていることにも印象を受けました。私のサルトルの想像力論への関心はまったく受けとめられなかった。その後、一度もお会いしたことはなく、後期の倉橋さんの吉田健一趣味のような世界は、さきにいった私の反・上流意識とまるっきり別の世界でした。それでいて時どき、私へのコマゴマした批判的なコメントがあって、やはり苦手な思いをしましたが……

——『雨の木《レイン・ツリー》』を聴く女たち』から深い感銘を受け取った作曲家の武満徹《たけみつとおる》さんが、『雨の樹《レインツリー》』『雨の樹素描《レインツリー》』という曲をお作りになったことも、いまでは懐《なつ》かしく思い出されます。

私は日本人のピアニストで内田光子《みつこ》さんと高橋アキさんをずっと聴いてきました。音楽をつうじての理想的な女性像ですが、高橋さんとは武満さんのことをお話ししたことがあり、かれの音楽の、女性で最良の理解者だと思っています。武満さんのピアノ曲の、年々深まる演奏はすごいものですよ。

——さて、一九七七年に、作中に登場するのと同じ場所、ハワイ大学の東西文化研究所のセミナーに参加されています。すでにメキシコでのご経験もお持ちで、その当時から、外国の作家との交流の方が、創作にとっては有効な機会だったのかもしれませんが。

この国の同時代の作家というなら、安部公房《こうぼう》、古井由吉《ふるいよしきち》さんのように、敬意をいだく方はあります。しかし、安部さんは少し別にして、先にもいいましたが、私には日本文学と少し離れた研究者の友達との付き合いが、もっとも大切でした。外国の詩人、作家たちとは、こちらが外国に出かけて短期滞在しては一緒に仕事をするので、かえって親しくなる人たちが多かったんです。そうした付き合いの最初の頃のひとつ、七七年のセミナーが私には重要でした。そこにアメリカからビートニク文化を作った詩人のアレン・ギンズバーグが来ました。ひとつの部屋を二人の作家や詩人がシェアしたのですが、そのようにして親しくなったのは西サモアから来た作家で、アルバート・ウェント。ヨーロッパ系の知的な教養のある家の人で、太平洋諸島の人々のフォークロア的な要素を含み込んだ面白い作家です。アフリカの人で最初にノーベル賞をもらった劇作家のウォーレ・ショインカともここで会って、永い付き合いです。

――アメリカ社会における男女の関係、フェミニズムの潮流の高まりも、まっさきに直感されたと思いますが、それらへの理解も違和感のようなものも、両方が作品には表れていますね。そして最近の作品『憂《うれ》い顔の童子』に登場するアメリカ人の日本文学研究者、ローズさんの描写にまで一貫する距離感だとも思いますが。同時に、日本の女性が対象ならこうはいかないという、取材や観察の深さ、容赦なさ（笑）も感じられます。

セミナーで三週間も四週間もひとつの場所で生活して討論する、あるいは、二、三日会議をやるということを繰り返していました。最初のハワイの時には、中国系の女性の作家マキシーン・ホン・キングストンがいた。また、マサオ・ミヨシという日本からアメリカに行って定住した、すばらしい文学理論家が中心の会議によく出ましたが、ミヨシさんはフェミニズムの優秀な論客の女性たちを大切にしていた。たとえばジャック・デリダを訳して、彼女自身理論家として注目を集めていた、ガヤトリ・スピヴァク。彼女をはじめ理論家として面白いし、人間的に懐《ふところ》が深くて翳《かげ》りも持っていて、軽いユーモアもあって、そういう女性たちとミヨシさんに引き合せられました。英語を介してですからね、大学の同級生みたいに話す。ときどき、お互いの深いところにある問題が重なって、互いに深く論評するということもあった。そのようにして出会った女性の学者、詩人、小説家たちからいろんな女性像を受け取ったと思います。

——八九年には、『人生の親戚《しんせき》』において、初めて女性が大江小説の主役として登場します。倉木まり恵《え》さん。「暗きマリア」を連想する名前ですが。彼女は語り手の「僕」の、養護学校に通っている息子の同級生の母親で、障害をもった二人の息子に一度に自殺されるという、想像を超えた悲劇に見舞われます。かなり過剰な、はた迷惑なほど思い入れの強い女性ですけれど、そのあとメキシコに渡って、農場で奉仕的な活動に打ちこんでいく。健気《けなげ》で力強い女性の物語でした。

『人生の親戚』は、私にも特別な小説です。大新聞の誰でも知っている花形ジャーナリストからの、私の人格にわたる――といって個人的なつきあいはないんだけれども――こいつの小説は読んだことがないが、というのが前ふりにしてある「悪口雑言罵詈讒謗《あっこうぞうごんばりざんぼう》」というのが長ながと続いた。そこで私は、初めて鬱病《うつびょう》のような状態に――最近でいう「デプレッション」、昔の言葉でいえば「メランコリア」です――なった時期がありました。その時、自分自身を治療するというつもりで、それまでの小説の世界とは違ったものを、違ったやり方で書いてみることにした。朝起きた時がいちばん暗い気分なので、目がさめたらすぐ起き出してまずその小説を書く。午後は日頃ずっとそうしてきたように本を読んだり、エッセイを書いたりするようにしました。とにかく朝の時間はそれに集中するので三ヶ月ほどで仕上げました。もともと私にはヒロイックでかつユーモアのある、しかし悲劇におちこむ女性へのあこがれがあった。実在するモデルはいませんが、それまでの日によるスケッチの積み重ねが細部をなしています。この小説を書いてしまうと、それまでのメランコリアが雲散霧消した。ノーベル賞の時、さきのジャーナリストは『大江健三郎の人生』という真赤な本を出しましたが。しばらく後、精神科医でもある作家の加賀乙彦《おとひこ》さんに自分はそうやって鬱病を乗り越えた、といいましたら、そんなに朝早くから働けたのは躁病《そうびょう》だったのじゃないか、と診断されました（笑）。

「人生の親戚」という言葉は、メキシコで同僚にスペイン語の小説を講読してもらっていて見つけたものです。Parientes de la vida, それが「悲しみ」だ、という…… ある種の悲しみは、とても困ったものであるけれども自分から切り離すことができない、ちょっと厄介な親戚のようなものだ、そのような悲しみは人生につきまとうという——それがこの小説の主題でした。大きい悲しみと一緒に生きていながら、しかもじつにいきいきとして、人をひきつける女性の生き方を書きたかったんです。

主人公のまり恵さんには二人の障害をもった子供がいた。その二人が共謀して、ある海岸の断崖《だんがい》から、車椅子《くるまいす》に乗った弟を、知的な障害をもっているけれども体のしっかりしたお兄さんが押して、二人で海に飛び込んでしまうという事件が起きた。考えうる一番むごたらしい出来事として、そういう悲劇を設定した。それだけの大きい悲しみから、母親である主人公が、どのように生き延びていくか。生きてるかぎり、その悲しみを克服することはできないんだけれども、それこそ「人生の親戚」としてその悲しみにつきまとわれながら、しっかり生きていく、その試みを想像してみようとした。彼女は宗教的な集団に参加したりもする。そして海外で仕事をしようとして出かけたりもする。メキシコの農場で働いているうち、ガンに冒される。しかし彼女は最後まで屈服しない。

メキシコからエロティックで滑稽《こっけい》な自分の写真を撮って、昔から自分に奉仕的な三人の若い青年に送ってという不思議なユーモアを示して、死ぬ。

――まり恵さんは、ずいぶん大胆な提案も「僕」に持ちかけますね。

〈僕がスカートの奥に眼をひきつけられているのに気がつくと、両腿《りょうもも》を狭める動作をするかわりに、あらためて疲れと憂いにみちているが、ベティさん式の派手な顔に微笑を浮べ、かならずしも精神プロパーではない提案をした。さりとて肉体プロパーでもなかったはずだが……

――今後もう私には、あなたと一緒に夜をすごすことはないのじゃないかしら？　それならば、元気をだして一度ヤリますか？　光さんが眠ってから、しのんで来ませんか？

――……ずっと若い頃に、かなり直接的に誘われながらヤラなかったことが、二、三人についてあったんだね。後からずっと悔んだものだから、ある時から、ともかくヤルということにした時期があったけれども……　いまはヤッテも・ヤラなくても、それぞれに懐かしさがあって、ふたつはそうたいしたちがいじゃないと、回想する年齢だね。

――つまりヤラなくてもいいわけね。……私も今夜のことを、懐かしく思い出すと

思うわ、ヤッテも、ヤラなくても、とまり恵さんはむしろホッとした様子を示していった。〉

この作品の少し前、花伯母《はなおば》さんと女先生が激論を戦わせながら、森の神話と千年前の和歌が共鳴する「もうひとり和泉式部《いずみしきぶ》が生れた日」（一九八四年）や、革命的な学生運動の女性闘士を主人公としたシナリオ草稿「革命女性《レヴオリユシヨナリ・ウーマン》」（八六年）を発表されています。非常に幅広く、個性が強くて積極的な女性たちを描かれながら、大江作品全体を通していわゆるロマンティックなドラマは展開することはなかった。それはなぜか。私を含めて周囲の女性読者共通の、長年の疑問でもありますね。

その点、あなたにインタヴューを受けて、初めてね、本当にそうだと思ったんですよ。私は文学史でのロマンティシズムの時代に——それもブレイクからイエーツにいたるイギリスのそれに——深く影響を受けた人間です。それでいて、実際の女性関係で、私はあまりロマンティックなことと縁がなかった。お互いに苦しめ合う、悲劇的な状態に陥ったり、それを英雄的に乗り越えたりする……そういう恋愛を私は経験していない。そこで、小説にそれを書くことはできなかった。

結局、いま長い人生をかえりみて、それこそ「大江健三郎の人生」で、私にとっての女性は、対等に恋愛して相手を苦しめたり自分が苦しめられたりする、そして互いに成長するということではなかったということでしょう。私が影響を受けたのは、母親と妹、それから結婚した相手も友人の妹ですからね、いつも彼女らに庇護《ひご》される、世話をしてもらう、まあ、子供みたいなものとして暮らしてきたのが私の人生でした。

——何だか、友達ががっかりしそうな回答ですが（笑）。ご夫妻がそのような関係とも思いませんし。

いえ、私と家内との関係は、まさにそうでしたよ。一般的な結婚生活で、男性である夫が女性である妻にずっと庇護され続ける、そういう暮らしはあまり普通じゃありません。しかし、私の場合は知的な障害を持った子供が生まれて、もう四十三年になりますが、ずっと四歳か五歳のままであるような子供を家内が庇護して暮らす。その庇護の行為の助手のようにして私は横についている。そのようにしてやってきたのです。その際に私は、子供の庇護をする側にいるより、障害をもった子供と共に、家内を頼りにして一緒に暮らしている（笑）。いつもどこかで家内から助けられている。そういう感じで過ごしてきました。そこで私と家内が対等に向き合ってお互いを非難したり、謝ったりする、そういう男女間の争いというものは経験しないで生きてきたのじゃないか、と思いますね。

私の小説でも男性と女性が衝突する場面はあります。一般には、それがあると次のシーンでは和解して恋物語に発展したりするでしょう。私の小説では、そういうことは一切起こらない、一旦《いったん》対立すると決して会わなくなるという感じの男女の関係が描かれているんじゃないですか。その点は小説家としての大きい欠落だろうと思います。思えば私は高校から大学で、伊丹《いたみ》君の妹さんより他に、女性から真面目《まじめ》な関心を持たれることはなかったですよ。彼女たちみなの私への感想は、奇妙な滑稽さのことをいう――初期の短篇も基本の面白さはそれです――やつ、ということだったでしょう。

――でも最近も、講演会やサイン会には、若い学生さんから年配の方まで女性の読者が大勢集まられるし、皆さん、先生ご自身の熱心なファンという感じがします。

母親にね、小説家になってよかったですな、とからかわれたことがあります（笑）。もっと根本的にね、私は自分という人間には魅力がないと、知ってましたよ。国民学校といった小学校の一年になって、近所の子供たちと一緒にランドセルを背負って学校に行きますね。その際、友達を見て、本当にこいつは子供らしい愉快さや美しさを持ってるな、と私は思った。自分はもうすでに自意識的で、子供らしい自然な魅力がないと失望していました。

野球をやるとボールの投げ方がおかしいとみんなにいわれます。そこで野球の雑誌を読んで、どのようにボールを投げるものか学んで、訂正する。そのために私のボールの投げ方はますますおかしくなる。しゃべり方や歩き方までそうです。実に自然なところのない子供だった。その思いがいまに続いています。

自分が自然のままに振舞って、みんなから面白いやつだと思われて成功する、ということはなかった。青年になってもその続きで、実際に女性からあなたは本当に素晴らしい人だといわれた覚えはありません。家内が私と結婚してくれたのは、自分の兄にとってどうも大切な友人らしいこの男と一緒に暮らして、しっかりした生活を建設してやろうと考えたからじゃないでしょうか。とにかく私にはね、同年代でいうと石原、開高《かいこう》というような大きい魅力をそなえた人物たちと違って、ナルシシズムをもって他人に対するという態度はなくて、自分は小説の話を作っていく人間だ、作ったモデルをつうじて仕事をする人間だということはよくわかっていました。だから小説家になった。あの当時もいまも、女性には、敬愛をこめてですが、三枚目として振舞うのが気楽だし、好きです。

――そうでしたか。貴重なお話をありがとうございます（笑）。女性を中心にとらえた作品について、さらに話を進めますと、一九九〇年の『静かな生活』で、今度は語り手がお嬢さんの世代である「私」＝マーちゃんになります。次の文章など、ここだけ読んだら、あまりの軽やかさに作者が「大江健三郎」であるとは信じ難いかもしれないと思うほどです。

〈この年の、今日こそ冬の初めの日だとあらたまった思いで感じる、晴れわたった朝。陽ざしが続いている間に洗濯物を乾かしてしまおうと、立ち働いていた。そのうち台所の隅から見通せるところに、ひとりで着がえを終えたイーヨーが立っているのに気がついたのだ。陽の光のさし込んで来るガラス戸の向こうの、煉瓦《れんが》のテラスに並んでいる観葉植物の鉢を見わたしている。こうしたいかにも「表現的な」様子の兄はなにか意図しているはずと思いながらも、低血圧の頭がいくらかはまだ眠っているようで、おなかがすいているのなら急いで朝食を作らなくてはならない、という気持だけが働いていた。

――イーヨー、日曜日なのに早く起きて、偉いのね。お洗濯が一段落したら紅茶をいれるから、待ってて！〉

小説の中の家族構成が実際の大江家と同じなので重ねられやすくもありますが、このあとお話をうかがう『新しい人よ眼ざめよ』を経て丁寧にフィクション化された、知的な家庭小説です。ここから数年間、女性による語りを採用されたのは、どのような理由からでしたか。

私が女性を語り手にして小説を書いても、それはやはり私自身のナラティヴで、小説の方法的な必要によってたまたま女性の語り手が選ばれているだけです。そこに疑いようのないリアリティーの女性のナラティヴが作り出されて、その肉体と知性をそなえた女性が語っている、というのではない。これはほかの人間のナラティヴではありえない、という真の女性の声が語っている——ヴァージニア・ウルフの、シモーヌ・ヴェイユ、佐多稲子、林京子さんというすばらしい例を知っていますが——、そうした真の女性のナラティヴではありません。それでいて、私は自分の母親、家内、妹、そして長女のナラティヴを自分の小説で再現してみようとすると、かなり永い間の観察の——小説に書こうとしてそれを積み重ねたのではないけれど——成果が現われる、という気がしています。それは単に私にとってこれらの女性たちがつねに大切だった、ということにすぎないのかも知れませんが……

小説の語りの、それも作中人物のひとりを語り手にしてのナラティヴで、魅力的なものは、しばしば若い青年が自分の冒険を語るもの、たとえばメルヴィルの『白鯨《はくげい》』やサリンジャーの『ライ麦畑でつかまえて』がそうですね。ディケンズの『荒涼館』という小説のナラティヴは二部に分れていますが、そのひとつは、顔に怪我《けが》をしたために、自分は醜いと思い込んでいる女性が語って、そして最後に、そんなに醜くないかも知れないと考える方向へ進行して効果を上げています。

私は自分の家庭をモデルに、知的な障害児をもった家庭を書こうとして、若い娘を語り手に設定したということです。実際に私の長女は光という兄のことを理解して、よく世話をしてくれてきた。家内によりますと、娘は、三歳の時に、七歳の兄を世話しようとしたそうです。それを私も見てきた。彼女のように、障害を持った兄を勇敢に、優しく世話してくれる人物にした語り手を導入した。この語り手だと、ほとんど言葉を発しない子供の言葉を浮かび上がらせられるし、両親に対する語り手の批判も少しは入れることができる、一種の社会化というか、障害のある子供のいる家庭生活を、社会的なものに広げて書くこともできると思ったんです。

——つづいて近未来SF小説と呼ぶこともできるジャンルの作品、『治療塔』と『治療塔惑星』でも続けてリッコという若い女性の語り手が選ばれていて、リッコの伸びやかな語りの力によって、未来に向けて、地球を脱出しなければ人類は生き延びられないというような設定のもとでも、ある明るさが保証されていたように思いました。

〈私は涙をいっぱいたたえた眼を耳にして、そこに無言で語られているものを聞きとった。懐かしい朔《さく》ちゃんの息づきが、おなかの子供の心音と同調しつつ伝えてくれているように。"He grows younger every second"とはじまるイエーツの詩行を、しかし英語でもなければ日本語でもない、おそらくは「新しい地球」に準備されていた、宇宙の言葉で、いまは大きさもさだかでなく横たわる若わかしい人、若わかしくなりまさる人とともに私は聞いていたのだ。そのもっとも新しい人よりさらに新しい人を、ほかならぬおまえが生むのだと、その言葉は告げ知らせてくれる。すでに誰よりも新しい人は母親たる私の喜びとして私のなかにあり、親しい心音をつたえている……"He dreams himself his mother's pride,／All knowledge lost in trance／Of sweeter ignorance."〉〈この地球の古い人類の女性でありながら、宇宙に向けて開かれた、すっかり新しい人間を自分の肉体をつうじて生み、自分の精神と感情によってひとり教育していく。〉

これは一九九〇年時点の、大江作品の未来に向けての文学的、かつ倫理的想像力の方向を示す一節だと思います。

あの作品で、そういう女性像への憧《あこが》れを表現したことは確かにそのとおりでした。そういう女性に救われていく者としての男性、ということを夢見るように思っているところが私にはある。近い未来社会の中で、男性社会が行きづまるような状態が出て来るだろう、と私は思います。その中でしかし、人間は生き続けていくだろうとも思う。その時、女性の力、女性的なるものの力が役割を果たして、それこそ地球を救うことになるんじゃないかという気持ちを、私はずっと持ち続けています。それはゲーテのような大詩人が女性に託したもの、ダンテがベアトリーチェという超越的な女性に託したものとつながっています。それがなければ、『新生』は生まれなかったし、『神曲』は完成しなかった。ダンテは『新生』で語るように、本当に無邪気な少女と出会って、その美しさに引き入れられて、詩を書きはじめている。そういうイノセントな、明るく自立していて屈服しない、そういう女性像が、文学の世界でずっと書かれ続けてきたことにね、未来を予見させるものがないはずはない。私はそう考えています。かわいらしくて美しく、賢明な女性を空想すること自体、男性社会にある者の女性に対する差別じゃないかという批判はありえますけれど、私はそういう女性に助けられた人間としていっているんです。

『新しい人よ眼ざめよ』とウィリアム・ブレイク

——しかし、未来への励ましの大きさから考えましても、やはり一九八三年の連作集『新しい人よ眼ざめよ』という作品は、日本の現代文学がイギリスの十九世紀文学と融合して生みだされたような、また、作家の実生活が古典の知恵から励まされ、救済される……、そんな、まったく新しい小説でした。この作品以降、日本のいわゆる私小説というのは一気に後退したような印象さえあります。この作品は直前の連作長篇『「雨の木《レイン・ツリー》」を聴く女たち』とつながってもいるんですね。

そうです。『新しい人よ眼ざめよ』のはじめに「無垢《むく》の歌、経験の歌」という章がありますが、これはブレイクの最初の二冊の叙情詩集のタイトルです。『Songs of Innocence』と『Songs of Experience』。これを書くにあたって、全体の語り手の「僕」はこんなふうに語り始めているんです。これまで自分はマルカム・ラウリーを読み直しながら『「雨の木《レイン・ツリー》」を聴く女たち』という連作短篇を書いてきた。これから自分と息子の関係、自分らの家庭のことを新しい光のもとで書いていこうと思う。それをするために自分は、いま読んでいる本とはすっかり別のものを読み直して準備していこうと思う。それをきっかけに自分の生活自体についても立て直したいとねがっている……

「僕」は核兵器廃絶の市民の運動を伝えるテレビ番組を作るためにヨーロッパを旅しながら、まだマルカム・ラウリーを読み続けている。それは『泉への森の道《ザ・フォレスト・パス・トウ・ザ・スプリング》』という中篇ですが、音楽家がいて、これから作曲しようとする楽譜の右肩のところに、「どうか、私の作る音楽が混乱したり苦しみに満ちていたりしていても、私をお助けください。私の音楽に秩序を与えてください」という祈りを書きつけている。そして、

「あなたが私を助けてくださらなければ、私は失われてしまいます」、“or I am lost”という言葉でその祈りが終っているところを「僕」が読むのです。

すると、「僕」は誰かほかの人の作品でこれと同じ言葉を読んだことを思い出す。フランクフルトに汽車で着いたところなんですが、駅ビルの本屋で探すと、ウィリアム・ブレイクの全詩集が目に入る。それを開いてみると、――「失われた子供」という詩じゃなかったかな、「ああ、そんなに早く歩かないでください、話しかけてください、お父さん、さもないと僕は迷い子になってしまうでしょう」“Or else I shall be lost”という一節が目に入る。そしてこの二つの同じような言葉が、自分をラウリーの世界からブレイクの世界へと送り込んでくれた、と書くことで、別の短篇連作に入ってゆく……

そして「雨の木《レイン・ツリー》」の連作では、grief 悲しみを男性と女性の間のものとして書いてきたけれど、いまは自分自身に別の主題が現われている、と認める。障害を持った子供が肉体的には十五、六歳になって思春期を迎え、かれの内面には新しい苦しみがあるのらしい。その子供の悲しみが、母親や妹への反抗として表われているのを、自分が家族と共にどのように受け止めるか。それをこれから書き続ける短篇連作の主題にしよう、と考えるわけです。そして実際に子供と自分の家庭の間を改良していくために努力を始めもするのですが、そのための手がかりとして、ブレイクの詩がいきいきと役割を果たすことを発見していく、それがこの小説です。

——それにしても大江さんと、十八世紀から十九世紀にかけて生きたブレイクとの出会いは運命的というか宿命的な感じさえしますね。文学から引用するように生きて、実人生がブレイクの引用になってしまう不思議。最初は駒場《こまば》の東大教養学部の図書館で偶然、ある一節を目にされたのですね？

そうなんです。大学に入って、毎日授業が終ると図書館で本を読んでいた。——当時は大きい英語の字引など自分で持ってる人は少なくて、大学院の学生なども図書館のを使っていたんです。それでトイレに行くときは、自分の本と、図書館の辞書とを盗まれないように注意してくれるよう、周囲の人に声をかけたりしていた。その時も、私の横で大きい本を読んでいた三十歳ぐらいの研究者から、本を見ててくれ、と頼まれた。覗《のぞ》いて見ると長い詩の一節が目に入ったんです。人間は都会へ出てきて、そこで労働したり苦しんだりしなきゃならない、それからまた故郷の谷間に戻って、そこで死ぬんだ、という意味のようだった。

それを読んで、私はね、あ、自分の生涯はこういうものかもしれないぞ、と電撃に打たれたように感じました。僕は谷間の村に生まれた。その村で母親が労役していくらかのお金を送ってくれる。それで自分は東京で暮らして勉強してる。そして仕事をするようにもなるんだろうけれども、将来は谷間に戻って、今度は自分の子供に仕送りして、貧乏しながら結局そこで死んでいくんだろう、と。「そういうことなんだぞ、おまえの人生は。いま勉強を始めようとしている東大一年生であるきみにとって！」という預言が与えられたような気がしたんですね。しかしその時はまだ、それが誰の詩集であるかもわからない。他人が読んでいる本で、開いてあるのを閉じて表紙を見てみる、という勇気がなかったから……そのページを見ただけです。何年か経《た》つうちに、私はある本で、その預言詩《プロフェシー》と呼ばれる長い詩の、他の数行を引用した部分を発見して、「あ、この文体だ」と思った。それですぐブレイクの全詩集を買って、さきの「無垢の歌」「経験の歌」のように短いのじゃない、長大な、八百行もある作品の幾つかを、意味はよくわからないまま読んでいって、そして三日目に発見したんです。自分に対する預言だと思ったところを。

小説に引用しているまま、原文と翻訳を引くとこうです。《That Man should Labour & sorrow, & learn & forget, & return／To the dark valley whence he came, 人間は労役しなければならず、悲しまねばならず、そして習わねばならず、忘れねばならず、そして帰ってゆかなければならぬ／そこからやって来た暗い谷へと、》

それがブレイクとの出会いです。子供が障害を持って生まれてきた時、やはり私はブレイクを読んだ。それは私の人生の預言詩《プロフェシー》として、そこに何か書いてある気がしたんですね。『個人的な体験』の中にも、ブレイクの「天国と地獄の結婚」を引用してもいます。たとえば、満たされない欲望を育てていくよりは、赤ん坊のゆりかごの中でそれを殺した方がいい“Sooner murder an infant in it's cradle than nurse unacted desires”。それはブレイクにとっての、desire, 欲望にこそ積極的な意味づけをしてある詩行なんですが、目の前のベッドで苦しそうに生きている、障害を持って生まれてきて手術したばかりの子供を眺めていて、むしろ逆の方向づけでその詩を思い出していたわけです。とにかく私は、ずっとブレイクを自分の人生と結びつけながら読むということをしてきたもので、その詩が私の人生の根幹と関わるようになった。両方がにじみあうような経験をいろいろとしてきました。

——そして、光《ひかり》さんの成人を区切りとして、この連作集が生み出されたのですね。

〈障害を持つ長男との共生と、ブレイクの詩を読むことで喚起される思いをないあわせて、僕は一連の短篇を書いてきた。この六月の誕生日で二十歳になる息子に向けて、われわれの、妻と弟妹とを加えてわれわれの、これまでの日々と明日への、総体を展望することに動機はあった。この世界、社会、人間についての、自分の生とかさねての定義集ともしたいのであった。〉

という願いのもとに。

ええ。とくに『新しい人よ眼ざめよ』を書く準備をしていた三年ほどは、その前の十年ほどの間に出たブレイクの研究書は──古典的になっている重要なものはもとより、毎月神田《かんだ》の洋書店に通って全部買ったという気がするくらい。この本を出した次の年にカリフォルニア大学バークレイ校へ教えに行った時、イギリスの反核運動の指導者である歴史家──いわゆるゼロ・オプションという外交的な手法を考え出した人──が講演に来て、かれがブレイクについてしたコメントにつないで質問した私に、ホテルに来るようにいわれて、永く話したりもした。この人は平和運動に一区切つけてからは、カナダの大学でブレイクについて講義をして、それが最後の本になったE・P・トムスンです。そのような準備の後、書き始めると──七つの短篇を書いたのですが──、それぞれの光についての挿話にふさわしいブレイクの詩がすぐさま浮かんでくる。いまは記憶力が衰えましたが、あの頃は、ブレイクの詩を百行ほどならいつでもそらで引用できたと思います。小説を書きながら浮かんでくる詩行を、そのまま書く。そして小説を書き直す時に、ブレイクのすべての作品を一行ずつ検索できるコンコーダンスでチェックすると、たいてい覚えている通りでした。

──それくらい読み込まれて初めて、引用と小説があれほどの融合の域に達したのですね。この作品に関しては、鶴見俊輔《つるみしゅんすけ》さんがとても素晴らしい批評を講談社文庫の解説に寄せられています。『個人的な体験』と『ピンチランナー調書』と『新しい人よ眼ざめよ』は、〈おなじ主題について新しく作曲された音楽のように、それぞれ別の形式をもってのびてゆく〉と。〈ある時には、ブレイクの言葉が独唱としてあらわれ、ある時にはブレイクと主人公が唱和し、ある時には主人公と息子イーヨーが唱和し、ある時にはブレイクと息子とが唱和する〉〈この作品の中でのブレイクの詩句と主人公の息子の日常生活の語句（行動）とは見事に唱和する。ブレイクの「無垢の歌」は、この唱和を経て、二百年後の日本に生きる〉。しかもこう、言い当てられています。〈未来に生きる新しい人のわきに、もうひとりの若者として再生する自分を立たせる〉、そこまで、この作品はしているのだと。ブレイクの預言詩と大江さんの人生の絡《から》み合いは、なぜ、ここまで深いのでしょう。

預言、プロフェシーというのは旧約聖書に関わっての言葉ですね。神が与えた、将来を読み解く鍵《かぎ》となる予言、それから、神の大切な言葉を預かる人間の言葉としての預言。その二つを合わせて prophecy という言葉があります。そしてウィリアム・ブレイクは、自分ひとりで旧約の神話世界にあたるようなものを作りあげた人です。そしてそれにもとづく幾つもの長い詩を預言詩《プロフェシー》と呼んだ。とくに面白いのは、そのようにしてかれの神話世界の大切な男性（としての神的存在）を作り出すと、つねにその女性版も作り出している点で、かれはそれを emanation といいます。ふつうは、神という唯一《ゆいいつ》のものがあって、そこから光が射《さ》すように流れだしてこの人間の世界ができた、その神的流出をエマネーションといいますが、ブレイクのエマネーションは、男性がいるとその女性版がいつもくっついている、そのくっついている女性（としての神的存在）をエマネーションというわけです。それが私にはとても魅力的でした。

——女性は男性の従属的存在である、と？　その逆はあり得ないのでしょうか。

フェミニストならずとも、ブレイクをそう批判したくなるでしょう。そしてこれは私の自己批判ですが……それもあなたの質問を考えているうちに気がついたんですが、そのブレイク的なエマネーション、つまり非常に強い男性がいて、そこからにじみ出てくる影のような感じでその男性を支えたり励ます女性、そういうエマネーション的女性像が、私も好きなんじゃないかと思いますね。つまり男性ショーヴィニズムに骨がらみなところがある。一方でそういう女性像を畏敬《いけい》している、という思いもあるけれど……少なくとも私は小説である男の人物を作り出すと、その男を支えてやる優しく美しく賢明な女性も作り出して、対として書いてきたようにも思います。じつに私はブレイク的な考え方のもとにあったといま自覚します。

預言詩《プロフェシー》でブレイクは、かれ独りで旧約聖書を書くように、数かずの神のような男性像とそのエマネーションとしての女性像を作り出して、それで全世界の物語を語ろうとするわけです。ブレイクには、時の終りの「最後の審判」の絵が幾つもあります。審判する神の下方に無数の人間が集まっている構造の絵。それがかれの世界の審判のかたちですが、そういうふうに世界の終わりが来て神が人々を審判するとなると、すべての死者が呼び出されるわけです。そのように出てくる人たちを全部、自分の詩の内に表現してやろうというのがかれの預言詩《プロフェシー》の壮大な意図です。神話的でありながら、「アメリカ」という詩では建国からの歴史が具体的に述べてあったり、「ミルトン」では、ミルトンという詩人が死んでどのような経験をするかという神秘的な神への思いと、現代社会の情況への具体的な反映の両方がある。「エルサレム」とか「四つのゾア」は、もっとも構造の大きい預言詩《プロフェシー》ですが、私はそのごく一部を、それも曲解して読んだ時点で、これは自分の人生を預言している言葉じゃないかと直感したのでした。ブレイクの詩の言葉の質、その音の響き、調子に、預言を実感させる力があると思います。

——なんだかその特徴自体が大江作品と重なりますね。個人的にして神秘的かつ同時代的というのは。そして、ブレイクに影響を受けた大江さんの小説が、「そう、このようなことは確かにある!」と、今度は私たち読者の預言詩になっていることを実感するということがあるわけで……。そのようにして、この世界全体、世界の実相《じっそう》というものが作品に映し出されていく。そういう「全体」を表現するということが、『新しい人よ眼ざめよ』という作品から、九〇年代の大きい作品に向けて始まっていったのです。

あなたの使われた「実相」という言葉、人間の生活の実相、人間の内面の実相、その重なった生き方の実相…… 実相という言葉はとてもブレイク的です。ブレイク自身は、若い時にはいまのフェミニズムの草分けともいうべき女性思想家を中心とする文化集団の若い一員だったり、結婚してからも国家への反逆罪におとしいれられそうな裁判にかかったり、いろいろあったんですが、その事件からは家に引きこもって、地道な協力者の奥さんと版画制作に集中して生活する暮らしを続けた人で、そうしながら独自の信仰に基づく壮大な世界像を描こうとし、なおかつフランス革命やアメリカの独立など、同時代の現実の中に精神的には入り込んでいた、不思議な人でした。かれの詩を読んで版画を見て考えていくと、すばらしい百科事典を読みながら世界と人間を考えているようなもので、自分と光が生きていることの意味とか、同時代の社会で起こっている出来事の、あらためてブレイクを通した意味づけとか、初めて自分にはっきり見えてくることがありました。それを一年以上、短篇として書き続けたんですね。

私はこの短篇連作に、同時代の出来事や自分の経験をこまごま書いていくということをした。それもごく自然に、ブレイクを読むことが自分に今日の現実について書かせたし、自分と子供の間に起こったことがあらためてブレイクに深く引き戻してくれもした。あまり苦労しなかった仕事です。作品として磨く上で難しいことはありましたけれど、現実とブレイクの詩は、本当に多面的に豊かにつながっていった。

『静かな生活』の家庭像

——そのつながりというのが、読者の側からは、また違った受け取り方になるのです。たしかに小説のタイトルどおりの東京・世田谷の「静かな生活」で、妹のマーちゃんも弟のサクちゃんも順調に成長していかれる堅実な暮らしにちがいないのですけれど、それでも、この安定は絶え間ない知恵と用心深さのたまものであり、現実社会の不安感から切り離されたものではないですよね。そこに現代の日本の社会、家庭を覆《おお》う日常の緊張と不安を感じてしまうのです。

不意に事件に巻き込まれかねない現代の市民の緊張と不安を、この一家は背負っている。核の脅威が晴れることは、残念ながらずっとなさそうだ……。大江作品における一家五人はいくぶん神秘的な聖家族のようであるけれど、同時に二十世紀後半の都市に生きる家族の典型であり、この小さな家庭の中に現代社会の受難がいつだって起こりうるのだ、と読者は予感するのです。

ともかく私らの家族は、まさに同時代を生き抜いてきました。端的にいって、障害児を持っている家庭は、社会のなかでヴァルネラブルですからね。静かな住宅街に小さい家を持って……もう次男も長女も結婚してそれぞれ子供がいますけれど、八〇年代はそこで五人がみんなで固まって暮らしていました。長男は養護学校の高等部に通っていましたが、その頃、住んでいる近くで少女が乱暴な目にあったらしいという噂《うわさ》を耳にすると、もう私らはビクッとしました。根拠はないんですが、私らがイノセントな少年だと思っている息子に別の側面があって、どこかで少女を襲ったんじゃないかという不安に取りつかれる。そういうことが現実になった瞬間、自分ら家族が社会と完全に対立する。それからの社会と個人生活の関係の不安定さ、自分たちを待っている危険性も思う。そして次第に、息子の妹である少女が、実は違う犯罪者がいて、そいつがこの町に忍び寄ってきている状況を発見する。そこで心が晴れて、子供との関係も家庭の中で新しい色彩を帯びる。それを書いたのが『静かな生活』という小説です。

――この作品は私小説ではありませんが、しかし、その時期の実際のご家庭での出来事と、ある距離を置いてパラレルな関係にあるものではありましたね。作中のフィクションと、現実に進行する生活とが境界を接する作品を書かれることは、困難を伴うものではありませんでしたか？『新しい人よ眼ざめよ』の、〈かさねてふりかかってきた災厄を、息子と妻とこどもも押しのけるようにして生きてきた〉という表現には胸を突かれました。

そうですね、光すなわちもうイーヨーと呼ばれたがらなくなった長男と、妹や弟も含み込んで、実際にいろんな事件が起こっていた時期でした。よくまあ、あれだけのことが起こったものだ、とあらためて家内と話すことがあります。

『新しい人よ眼ざめよ』の時は、私の書いた社会的なエッセイに対して、右翼と称する、しかしはっきり正体のわからない匿名《とくめい》の攻撃がずっと続く。突然の訪問者が、玄関に出た娘に「お宅の父親の書いてる作品はけしからん」と責め始める。政治的な市民運動に賛同する署名をすると、「おまえはどうして間違った運動に加担するのか」という批判が必ず来る。地方紙の投書欄の常連で、そこではかなり知られている人から、どこでも調べられるたぐいの事実の問い合せがあって、その手紙に答えを書き込んだファクスを送ると、何年間もそれを非難する投書を私にのみならず、いろいろの方面へ送りつける。そういうわけで、小説家は自分の家で静かに仕事をするはずのものですが、それでいて自分の生活の内面にまで視線を浴びている。人の声が届いてくるし、こちらの声が知らないうちに人を傷つけている場合もあるにちがいない、そういう不思議な生活なんです。個人生活に対し、社会が暴力的な感じで剝《む》き出しに突きつけられる局面がある。一度そういうことがあると、また起こるんじゃないかという強迫神経みたいなものが家庭に根づく。

そういう背景に立って、『新しい人よ眼ざめよ』の物語は進行するんですが、ブレイクも社会から強く迫害されているという気持ちを抱いていた人です。さきにいいましたが、イギリス国王を侮辱した、イギリス国家に反逆したという罪で実際に告発されて、かれと奥さんとが裁判で有罪になる危機もあった。そうなると死刑です。それはナポレオンがやってきたら歓迎すると公言した、というデマで告発されたのが原因でしたが。それ以後かれは注意深くなって、現実問題から離れていきます。いろんな点で私がブレイクに引きつけられる条件というのはあったんです。

――作中に、光さんが二人組みの青年によって自宅から連れ出され、東京駅で置き去りにされる〝事件〟がありましたが、あんな痛ましい出来事は、まさかありませんでしたよね？

まあ、不発で終りましたが、それに類する事件はあったんですよ。それをやるぞ、という予告が届いていた。しかし、実際にあの通りに起っていたら、私とその青年はタダですまなかったでしょう。あの種の悪意が私らの生活をとりまいた時期はかなり長くあったのです。『さようなら、私の本よ！』でも、青年たちの発する悪意の台詞《せりふ》にはみな、モデルがあります。私はそうした不当なものへ、自分の抱いた憎悪《ぞうお》をいつまでも忘れない性分です。

――そうした悪意と対峙《たいじ》し続ける、一九八〇年代の作家の「K」や「僕」である語り手は、ずっと憂鬱《ゆううつ》で悲しみの感情を抱えて過ごしていますね。八五年の『河馬《かば》に嚙《か》まれる』あたりにそれは顕著で、理由は作者への個人的な攻撃のほかにも、さまざまに感じ取ります。ヴェトナム戦争や連合赤軍事件において、自分は間接的に人を死なせることに関与したのではないかという悔恨も表されている。当時さかんだった終末論の影も、いくぶん差していたのかもしれません。そんな生活の中で救いとなったのは、本文にも、〈われわれの家庭につねづね祝祭の雰囲気があるのは、祝祭の道化であり、かつ祭司でもあるイーヨーがいてのことだから〉とあるとおり、光さんの存在ですね。実際、ご家庭は明るい。

私は、ただ小説を書くだけの人間、障害児と共にブレイクを読みながら暮らす人間、という「書き手＝人物像」を作ったわけですが、実際の生活もほぼそのとおりで、家族はそのやり方を尊重してくれてきました。そして何より光が、最良の「登場人物」として、作品にも実生活でも生きてくれた。とても家庭の外のロマンティックな人間関係などに目がいく余裕のない三十代、四十代。そして五十代を過ごしましたが、情緒的に貧しかったというわけではなかった。

障害を持った子供と一緒に暮らした経験のある方なら、共感して下さるでしょう。「現実はお宅のように甘いものではないぞ」という手紙をいただくこともありますが、障害を持つ人間は、基本的に、悪意がある存在ではない。いわば人間の文明、あるいは文化すらが、人間に悪意と罪を担《にな》いこませるのではないか、というブレイク的な考えを私はもっています。

光には知的障害がありますが、テレビやラジオの音楽番組で言葉を覚えてきた人です、それで単純だけれども自分で考えたことをいうことがある。そうすると——光のことを私らはプーちゃんと呼ぶことがありますが——、「プーちゃんがこんな面白いことをいった」と、すぐ私らに伝えるのが妹の役割で、家内も、そういうユーモアに敏感な性格です。お父さんの伊丹万作《まんさく》がそういう人だったらしい。光が思春期を迎えて私に反抗して、衝突が起る。そうなるとしばらく、私の中心、つまり顔に向かって何か話すことはしない。そのうち痛風《つうふう》で苦しんでた私の、足に向かって、「腫《は》れてないか」などと話しかけた。さらにかれが私の足、そして私に「いい足、いい足ですね」と対話を始めることになって、私らは和解に向かった。光の単純だけれども面白い言葉づかいによって、私らの生活はつねづね元気づけられて来ましたよ。

――九二年の十月、光さんの初めてのCDが発表される際の記者会見での、それは嬉《うれ》しそうに緊張されている光さんと大江さんご夫妻のことを覚えています。その時、たしか言われたんです、「僕の小説で、光にあたる登場人物の言葉だけは、創作でなく全部、そのままです」と。それは障害を持つ子供の成長過程の研究へ役立つためにも、そのように書いてきたのだ、と。

ええ、障害を持った子供の単純な、時には滑稽な言葉のすばらしさを表現するのが、かれについて書く小説の大切な要素でした。

そのうち音楽を作るようになって、音楽の言葉によって、かれ自身、自分の内面を表現できるようになったのが、私らの生活の本当に大きい転換点でした。『新しい人よ眼ざめよ』の最後の章で、高等部の宿泊訓練を終えて戻ってきた光が、イーヨーと呼ばれても「イーヨーは、もう居ないのですから！」といって、「光さん」と呼ばれるまで食卓につこうとしない、という挿話を書きましたが、あれは実際にあったことで、「あ、こんなふうに成長していくものか」と驚いた。このようにして私の子供らは、光の妹も弟も、私から独立して新しく生きていくのだろう、とも覚悟しました。

ブレイクに"Rouse up, O, Young Men of the New Age!"という一節がありますが、新しい時代の人よ、若者たちよ、目覚めなさい、という……　それを思い出して、「自分はこれから年をとって死に向かっていく。そしてこの知的障害のある子供はどうなるかを一番大きい心配として持ってきたわけだけれど、当の子供はかれなりに新しい生活を発見していくんだ、それが新しい時代ということなんだ」と、父親の「僕」が考えるのが、この小説の締めくくりです。それに加えて、私は子供の頃母や祖母から聞いた村の言い伝えに基づいて、神秘的といえるような感情を持ってるんですね。自分は死んでいっても、子供たちがあまり悲しんだり苦しんだりしないで受け止めてくれれば、そしてかれらの新しい生活を成立させてくれれば、こちらも新しい人間となっていつか帰ってくる。そういうふうに人間の死とか再生ってことはあるだろう、と。

――はい。弟と共についに食卓へ向かう場面。あれは本当に感動的でした。

〈背にも躰《からだ》の嵩《かさ》にも、大きい差のある兄弟ふたりが、なんとか肩をくんで食卓へやって来る。そしてそれぞれ勢いよく食事をはじめるのを見ながら、僕は直前の喪失感がなお尾をひいているなかで、そうか、イーヨーという呼び名はなくなってしまうのか、と考えた。それはしかし、自然な時の勢いなのだろう。息子よ、確かにわれわれはいまきみを、イーヨーという幼児の呼び名でなく、光と呼びはじめねばならぬ。そのような年齢にきみは達したのだ。きみ、光と、そしてすぐにもきみの弟、桜麻《さくらお》とが、ふたりの若者としてわれわれの前に立つことになるだろう。胸うちにブレイクの『ミルトン』序の、つねづね口誦《こうしょう》する詩句が湧《わ》きおこってくるようだった。《Rouse up, O, Young Men of the New Age! set your foreheads against the ignorant Hirelings! 眼ざめよ、おお、新時代《ニュー・エイジ》の若者らよ！　無知なる傭兵《ようへい》どもらに対して、きみらの額をつきあわせよ！》〉

この作品から、大江さんは「新しい人」という言葉を前面に出して、独創的な意味を与えてこられましたね。

「新しい人」という言葉は聖書のパウロの手紙のうち、「エフェソス人への手紙」から見つけてきました。現代世界の最大の問題に違いない、イスラエル人とパレスチナ人の対立、同じような対立がイエス・キリストの生まれてくる時代にも激しかった。イエスは立場や考えや民族の違った人たちを和解させる思想運動を起こしたんだと、それをパウロが皆に広げて、キリスト教徒として共通の文化、文明を作ってゆこう、と呼び掛ける手紙、その中でキリストを「新しい人」と呼んでいます。英語訳の聖書だと“new man”。私はそれをイエスから切り離して、文字どおりに「新しい人、新しい人間」と受けとめて、ものを考える中心の手法に置いてきたんですね。

それと少し別に、本当に光り輝くような「新しい人」というイメージを預言詩《プロフェシー》の中でつくったのがウィリアム・ブレイクです。ブレイクにロス Los という神的人物が出てきます。『新しい人よ眼ざめよ』のハードカヴァー版の表紙に使っているブレイク自身の描いた絵の人物ですが、ロスとは逆にすればソル Sol です。ラテン系の言葉の太陽という意味になる。ブレイクはかれを「新しい人」の象徴としています。それが私の考える「新しい人」のイメージに近い。イエス・キリストという特別な存在としないで、この人間の世界に新しいものを持ち込む若い人のことを、私は「新しい人」と見なしています。

――その「新しい人」たちに向けて、『新しい人よ眼ざめよ』の中で、言葉を定義する、それを倫理的想像力をきたえるための手がかりにしようとして、「定義集」を作ることを構想されていました。最近まで朝日新聞に連載されていたエッセイ「伝える言葉」が、そのお仕事ですね。

続けていま、タイトルをまさに「定義集」としたエッセイを載せていますが、だからといって私には若い人たちに教育的、指導的役割を果たすという資質も、その気持もありません。ただ、言葉のヒントを渡したいんです。イエーツの詩に、「人を支配する暴君にも、支配される奴隷《どれい》にもならない、そういう自立している人間が好きだ」というほどの意味の一節がありますが、私もそうです。

私には人を指導するという気持ちはないし、何か指導的な理念を提示するという気もないんです。サルトルが、自分は笑いながらでしか命令できない、といってますが、そういうところが私のサルトル贔屓《びいき》であるゆえん。小説家という仕事をしている、基本的には滑稽な人物として発言することが性にあっています。講演しても、本体は原稿を準備しているのに、前ふりとしてムダな冗談をしゃべって時間が足りなくなることがよくあります。

ただ、言葉を定義するということは、好きなんです。私は、ノーベル賞受賞の記念講演で、「あいまいな日本の私」というタイトルを選んで、いろいろ批判もされたんですが、「美しい日本」もひとつの定義なら、「あいまいな日本」も定義で、私は自分の定義の方が実体をとらえていると思う。言葉の意味を手でつかめるように具体的に、はっきり定義することが、詩人や小説家のやる仕事だと私は思う。ある人が使った言葉を思い出すと、その言葉の本当の重さ、本当の面白さがはっきりする。そういう言葉を書く人が本当の詩人、本当の小説家、そして本当の思想家だと思いますね。

私は子供の時から、いろんな面白い定義を本で読むと、それを手帳に書いていたんです。たとえば「クジラ」の定義として「哺乳類《ほにゅう》で水中に住んでいて、しっぽが水平な形についている動物をクジラという」という定義が好きだった。メルヴィルの『白鯨』を読んだ時、あ、このクジラの定義は十歳の時から知っている、と思ったくらいです（笑）。自分の小説にも、一人ひそかによくできた、と思う描写があって、それを定義とみなしています。草稿を直しているうちにそのような表現にたどり着く、ということなんですけど、定義として気にいる表現にたどり着くと、なにより幸福な気持ちがします。

父という存在

――大江さんの、とくに一九九〇年代半ばに書かれた『恢復《かいふく》する家族』や『ゆるやかな絆《きずな》』などの一連のエッセイは、日本における父親像、父という存在の定義をかなり変えたのではないかと思いますね。威嚇《いかく》する父親ではなく、ともに解決策をさぐる父親像へ、具体的なイメージを与えたでしょう。実際、今の三十代以下はそのような父親が増えているとも思います。

私は権威をもって子供に向けて圧制をしく、という父親像からは自由でした。父親が早く死にましたからね、私が九歳の時でした。父親はあまり話をしない人だった。自分の仕事をずっとしている。以前にも話しましたが、三椏《みつまた》の真皮という白いきれいな繊維を製品にして、内閣印刷局に送るのが家業でした。紙幣の原料ですからね、黒い皮がほんのちょっとでも入ってると大変なんです。それで、乾燥した真皮を一枚ずつ調べて、ちょっとでも黒い点があると、それを「肥後守《ひごのかみ》」という小刀で削り取るという作業を、父は三百六十五日、やっていました。私ら子供に直接には話しかけない。ときどき母親を通じて、私がいったことについて父が、「あいつは滑稽なやつだ」といったことがわかる。それはいい意味なんです。私は父がそういったと聞いて、初めて喜びを感じるような、日本的な古い家庭に育ったんです。

そのまま父が死んだものですから、私はいつまでも成熟した大人になれないタイプの人間としてあるように思う。英語に disciplined という言葉がありますね、言葉使いや振る舞いや勉強の基本が良く訓練されている、という意味の。そういう育ちのいい、ちゃんとした人間が出来上がるように教育された――それも寄宿制のいい学校に行ったような――、つまり disciplined された人かどうかということが、とくにイギリスでは人間の判断に大きい役割を果たすのでしょう。日本ではどうでしょうかね、戦前の上流階級の子供たちを除いて、そういうよくできた私立の学校で訓練された、イギリスの若者って感じの disciplined されたタイプは、日本にはあまりない気がしますけれども……とにかく disciplined された人間じゃない。家庭でも社会的にもそう。とくに私は個人の性格においてそうだった。そして大学に進むについても、自分の好きな先生に習おうとねがう、そしてその人のあらゆる言葉を覚え込もうとする。自分の好きな方向の教育だけを受けようとした人間であって――何人かの優れた先生に巡り会った、ということは私の幸運として否定しませんけれど――、そういう disciplined されていない人間であって、そのまま父親となったわけで、しっかりした父親ではないと思います。

そこで私の不安は、障害のある光について全力をつくしたけれど、一方の健常な娘や次男は、私を通じてちゃんとした教育をうけていないのじゃないか、ということです。ところが家内の場合はね、やはり父親の伊丹万作は早く亡くなりましたけれど、そして、兄の伊丹十三《じゅうぞう》はちょっとまた別の育ち方をしたんだけれども、家内だけはもう完全に、伊丹万作が教育しようとした方向のまま母親に育てられた人なんです。そしてその方向につなげて、自分の子供たちを教育しているって感じがあります。

私はというと、とにかく障害を持った長男との間にいい関係を作り出しえたことで、その子供との関係で初めてのびのび生きることができるようになったという感じです

(笑)。光との関係において私は幸福でしたが、そして他の子供たちに対してはそのかれら自身による自分の作り方に、いかなる不満もないけれど、光は別にして、かれらがその父親を尊敬してるかどうかは、なんともいえないんじゃないかと思います。

そこでね、時々、自分に似た人を発見するんですよ。いろいろ社会的な達成をしている人なんだけれど、お父さんに仕込まれる、あるいは大学制度に仕込まれるということはなしに、自分の好きなように生きて、好きな先生を選んで知識を得て、自分の好きなタイプの女性と結婚して、そうやって自由に生きて仕事をしてきた。そしてどうも子供っぽいところが残ってて、大人になりきれない人。権力というものに無関係で生きたいと思っている、父親の権力すら持ちたくないと思っている人。そういう人が私は好きなんです。武満徹が、そういう人でしたよ。

――一九八〇年代の終わり頃でしょうか、それまでの四角いフレームから、いまやトレードマークとなった丸い鼈甲《べっこう》のめがねに変えられたのも……。

ベッコウは高い。そうじゃないんです、合成樹脂の同じかたちのを、沢山《たくさん》持ってるんです。そもそもはね、まあ小説家として永くやって来て、四十代後半の頃から思い立って、あらためて外国語の本を読むということを生活の中心に置いた。そうやって、大学以来はじめて徹底して、という仕方で語学の勉強を再開した時です。小説も、まったく書かなかった。一日中、光が音楽を聴いている居間のソファで、各種の字引を横に置いて本を読んでいる。ある日ふと、自分のめがねはどうも読書に向かない、という気がしてきたんです。そこで本をよく読んだ人たちの写真を探して見ていった。すると作家も学者も、だいたい丸いめがねをかけている（笑）。折口信夫《しのぶ》とか柳田国男《やなぎたくにお》、ジャン＝ポール・サルトルとか、ジョイスとか。

それで銀座に出かけて「丸い、流行遅れの古いデザインのめがねはありませんか？」と聞いた。たまたま私を応対してくださった中年過ぎの女性が不思議な方で、「丸いめがねはいくらでもあります」といわれた。「しかし私は、この丸いめがねこそ本当のめがねだとずっと考えてきた。さらにこのめがねは、あなたのためのめがねだと思います」（笑）。それで私はね、同じものを十個買ったんです。十個ともレンズを入れてもらって、ずいぶんの値段でしたよ。それを持って帰った私をね、家内は「どうも少し、おかしくなったかな」と思ったそうです。

そして、事実この丸いめがねは字引を引きながら外国語の本を読むのにいいんです――日本人は辞書とテキストを、漢字まじりの仮名とアルファベットを、タテとヨコと双方一緒に読む必要がありますからね――、そのめがねはとにかく私には最良のものでした。そして伊丹十三がね、かれは非常なハンサムですから、永年私が容貌《ようぼう》にかまわないことが不満なんです。私の写真を撮ってくれたり、スケッチをしてくれたことさえありますが。その伊丹が、めがねを取り替えたすぐ後で私の家に来て——かれは私のことをケンサンロウと子供の時から呼んでましたが——「ケンサンロウ、きみのめがねとして、それ以外にはない！」と叫んだ。しかし、なぜめがねの話になりましたか（笑）。

——大変、お似合いになっていると、ずっと思っていましたから。大江先生にはやはり、そのめがねしかありませんね。

第5章

『懐かしい年への手紙』『燃えあがる緑の木』三部作『宙返り』

一九八七年　分水嶺となった年

――『懐《なつ》かしい年への手紙』という長篇が書かれてから、もう二十年近くになります。この長篇は大江小説の前期と後期の分水嶺《ぶんすいれい》となる、重要な意味を持っていると思いますが、同時に、この作品が発表された一九八七年は、村上春樹《はるき》氏の『ノルウェイの森』、吉本ばなな（現在はよしもとばなな）さんの『キッチン』が生まれ、ミリオンセラーになるなど、日本文学にとっても非常に大事な年でした。八九年一月、昭和が終わります。

ご自身は『懐かしい年への手紙』を「いわば精神的自伝のような作品」だと述べていらっしゃいます。『個人的な体験』『万延元年のフットボール』『同時代ゲーム』など、大きな作品についての述懐、いえ痛烈な自己批評も作中で行われています。全体の主題は「死と再生」。当時、大江さんは五十二歳。

いまになってみますと、たしかにこの作品は、私の壮年期の前と後とを分ける区切りでした。青年だった自分とのつながりの上に展開する壮年期の前半を終えて、ここから後は行く先の老年を見つめながらの壮年期、その境い目の作品化という気がします。それに先だって、中年過ぎになった小説家の仕事を検討し直す必要を感じていた。そしてさらに大きい問題として、人はどのようにして死ぬか、死ぬこととはどういうものかを考えることがしばしばあった。私は宗教を持たないいんだけれど、死を越えてもう一度、魂が蘇《よみがえ》ってくるということを人間はどのように考えてきたのか、それを語っている本に目が向く。つまり「死と再生」ということが実人生でも文学でも、大切な課題になってきていました。

故郷の村に帰って、同年代の人たちと何かできないかとも思っていた。作品の中の「根拠地」を皆で作るという構想はそれと結んでいます。若い人たちと一緒にクラシックの音楽会を開いたりもしていました。結局、それが故郷の村での、私の唯一《ゆいいつ》現実化したプログラムだったと思います。その計画を具体的にこの小説に書いています。

まだ若かった頃の、死を強く恐怖していたなごりもあります。それと性、セクシャリティーの問題もありました。いま、老年になってみますと、性的なものが相対的になっているように、死についても、確かに近づいているのに相対的に考えているという感じがありますよ。もう、再生ということは思わない。自分が消えて行くことの自然さ、という方向で死を考えているのに気がつくようになりました。目前に迫ってくれば、逆転があるかも知れないけれど。

――〈その秋、僕が生まれ育った森のなかの、谷間の村で暮している妹から電話があった。ギー兄さんが大がかりな事業を始めてしまった。例の風変りなふるまいの延長ともいえなくはないが、その進み行く先に不安があると、いまはギー兄さんの妻であるわれわれの永年の友、オセッチャンが相談に来た。ギー兄さん自身は、昂奮《こうふん》して奇態なことをやっているという様子ではなく、むしろ冷静な自己抑制ぶりで、事業の現場指揮のある日も、帰ってくればダンテを読む習慣を変えていない。加えて日々の言動は、いかにもギー兄さんがこちら側に戻って来てから自分のものとしたスタイルで、それなりに日がたってゆく。しかし、ギー兄さんは本当に新しい、大きなことを始めたのではないか？　これはギー兄さんとして、この世で最後のふるまい、ギー兄さん独自のふるまいといったことを考えての、その準備ではないか？〉

このように、東京に住む作家の「僕」が、子供の頃から敬愛する「ギー兄さん」――故郷でダンテを読みながら『神曲』と重なる生涯を送ってきた五歳年上の彼の異変を知るところから作品は始まり、やがて故郷の森の中の人造湖に浮かぶ遺体を引き揚げるまで。『神曲』とギー兄さんの一生が、ずらされながら重なるように書かれて行きます。美しい青年としての奔放な青春時代、右翼の集団暴行による負傷という受難、根拠地＝ユートピアの建設、女性への暴行殺人容疑、服役という挫折《ざせつ》、そして回心、さらに度重なる受難……。

「懐かしい年」という、特別な時間プラス場所の設定ですが、それはギー兄さんという師匠格《パトロン》の人物と、妻と妹、そして子供……障害をもったヒカリという子供とが、いつまでもそこにとどまっている想像の時間プラス場所で、それを書いて終わります。若い頃訪れたオーストラリアの原住民アボリジニーの信仰や自分の村の伝説に従ったところもある再生……村の創建者のもとで魂が生まれ変わってもう一度生き直す、生れ直すというイメージもそこに置いています。この小説の現時点、回想、重要な人物の死、それから自分と家族まですべて含んだ「懐かしい年」、というようなすべてが重なっている小説です。

ギー兄さんはよく本を読む人間、本当の読書家で、その半面、林業や農業で村の青年たちの生活を組織しようとする行動家でもある。かつ単独者、森の中の家で孤独に暮らしている人。むしろ私の見果てぬ夢の人物といっていい。作品に反映しているとおり、私はこれを書き始めるまで十年近く、ブレイクと一緒に『神曲』をずっと読んでいました。『神曲』はよくできた短篇小説を、数知れずならべてあるような作品で、いつまでも読み飽きない。

私が四十代の頃、ダンテについて英語の良い研究書が相次いで出ました。『神曲』における科学的記述を、いちいち検討したものとか。なかでも影響を受けたのはジョン・フレッチェーロという人の『回心の詩学』という論文集、回心 conversion――ある宗教から別の宗教に信仰を移す、あるいは宗教を持っていなかった人が宗教に入るということを、『神曲』の総合的な課題として研究したものでした。この本を横において、あらためて『神曲』を読み返した。そうするうちにギー兄さんという人物の思想が出来上がったと思います。私自身はというと、それだけ回心ということにとり憑《つ》かれてきたのに、ついに回心できないままでいます……

――その回心という主題と、ギー兄さんというパトロンはずっと手放されることなく、その後十年以上経《た》って、『宙返り』という大作で正面からあらためて捉《とら》えられるわけですね。とにかく、この時点で大江作品の集大成となった『懐かしい年への手紙』は、その年の読書界の話題をさらいました。年末の「回顧」アンケートでも評価が集中しましたし、そのように大きな存在感を示す作品は、その後あまり記憶にありません。ということはあの年、一九八七年を境に、純文学が積み上げてきた日本文学史という流れを明確に束ねることができなくなった、その分岐点を示す作品であったのだとも思います。

私自身には、それほど大きい反響があったという記憶はありませんが。ただ作品を発表した直後のこととして、覚えていることは二つあります。

一つは司馬遼太郎《しばりょうたろう》さんから長い手紙をいただいたことです。原稿用紙にして五枚くらいの、「最後のシーンはかつて小説に書かれたことがないシーンだし、きみのこれまでの文章として一番いいんじゃないか」という賛辞でした。ところが自分としてはそのシーンが大切なものだけに、自信はなかった。そこで何度も司馬さんのお手紙を読んでいるうちに、腹がたってきたわけなんです、私は（笑）。それで司馬さんに、「あなたの評価の仕方は、無責任じゃないだろうか」という返事を、やはり原稿用紙五枚くらい書きました。そして、「われわれはお互いに褒めことばの交換をするだけの手紙を書いたりもらったりする、そのために本を贈り合うという習慣はもう止《や》めた方がいいと思う。私としては書いた本はお贈りするけれども、お返事をもらうことは辞退したい」とも書きまして、そのとおりになりました。

それから十年近く経って、司馬さんがお亡《な》くなりになる少し前でしたが、ある席でお会いしたので、「無礼な手紙を書いて失礼しました。自分としては作家として追い詰められたような気持ちだったし、この褒め言葉を頼りに自分の不安をゴマカスようじゃだめだと考えて、ああいうことをしました」といいました。すると、「立派な手紙だった」といわれました。司馬遼太郎記念館を探されると、私のその手紙が出てくるかもしれません。

今度あらためて『懐かしい年への手紙』を読んで、あの最後のシーンについて、司馬さんは本気で褒めてくださったのかもしれない、と思いましたが……

――〈時は循環するようにたち、あらためてギー兄さんと僕とは草原に横たわって、オセッチャンと妹は青草を採《つ》んでおり、娘のようなオユーサンと、幼く無垢《むく》そのもので、障害がかえって素直な愛らしさを強めるほどだったヒカリが、青草を採む輪に加わる。陽はうららかに楊《やなぎ》の新芽の淡い緑を輝やかせ、大檜《おおひのき》の濃い緑はさらに色濃く、対岸の山桜の白い花房はたえまなく揺れている。威厳ある老人は、再びあらわれて声を発するはずだが、すべては循環する時のなかの、穏やかで真面目《まじめ》なゲームのようで、急ぎ駈《か》け登ったわれわれは、あらためて大檜の島の青草の上に遊んでいよう……

ギー兄さんよ、その懐かしい年のなかの、いつまでも循環する時に生きるわれわれへ向けて、僕は幾通も幾通も、手紙を書く。この手紙に始まり、それがあなたのいなくなった現世で、僕が生の終りまで書きつづけてゆくはずの、これからの仕事となろう。〉

この、最後の場面ですね。もっと長く引用したいのですが。司馬さんが大江さんの愛読者だったことは、司馬さんと親しかった記者から聞いたことがあります。

司馬さんの最初の頃の、『鬼謀の人』という大村益次郎《ますじろう》を書いた短篇を含む小説集に、帯の推薦文を書いているのが私なんです。ジェームズ・ボンドのシリーズが一冊だけ訳されていた頃でしたが、私は、「吉川英治とイアン・フレミングの読者を共に獲得する国民作家に、司馬氏はなられるだろう」と書きました。版元の新潮社はその帯をあまり長い間使いませんでしたけどね(笑)、しかし、あの予言は正しかったと思う。

それと『懐かしい年への手紙』が出た直後、沖縄だったと思いますが、地方に出掛けていて、気になりますから東京に戻るとすぐ大きい書店に行ってみた。そうすると平積みされているのが一面、赤と緑のきれいな装丁の『ノルウェイの森』で、私の本はその奥から恥かしそうにこちらを見ていた(笑)。非常に印象に強いんです、その小説が読まれる気運の転換が。

――おそらくクリスマス前でしたね、その光景は。吉本ばななさんの「キッチン」が海燕《かいえん》新人賞を受賞して、『ノルウェイの森』と共に、翌年にかけてミリオンセラーになっていきます。両氏の作品はほどなく英語などに翻訳されて、海外でも多くの読者を獲得し、そこから始まった日本文学への新たな関心は、少しずつ大きくなりながら、現在まで続いていると思います。

そのことなんですが、最近、朝日新聞の文芸時評で、加藤典洋《のりひろ》さんが日本の読者と海外文学の輸入状況について書いていられた。「自分が若い頃、大江が外国文学を読んで作った日本文を、つまりそのように、外国文学の影響を受けている日本の現代文学を読んだ。いまの世代はもっと広く新しい外国文学の受けとめを日本文学にして、大きい読者をえている」というように。

私の日本文の書き方がはっきり古いものとなる、新しい大きい波が押し寄せた年が、『懐かしい年への手紙』の出版された年だった、としみじみ思います。私の文章は外国語を読むことで影響を受けていますが、外国語から受け止めたものをいったん明治以来の日本の文章体に転換する、それから自分の小説の文章を作っていく。

ところがばななさんも村上さんもそうですが、かれらは外国文学を自分の肉体でまっすぐに受け止めて、そして自分の肉体から、文章体というよりむしろ口語体、コロキアルな文体として自然に流れ出させている感じを受けます。私の小説の文章体、すなわち書き言葉的な特質が過去のものとなって、その先の、生きた口語体の文章をお二人が作り始められた。そして現在、とくに村上さんは、自分の口語体を新しい文章体に高めるというか、固めることもしていられて、それが世界じゅうで受け止められている。その新しいめざましさは、私など達成することのできなかったものですね。

――加藤さんは、二〇〇六年八月の文芸時評で、個人的体験として一九五五年という区切りの時期を挙げてもいらっしゃいます。〈筆者は十代のなかば、この大江の小説に出会い、日本の現代小説の魅力にとりつかれた。この大江の一九五五年の読書の経験から、新しい日本語の少なくとも小説における冒険は、はじまっていると思う〉と。

以前、大江さんの『われらの狂気を生き延びる道を教えよ』をイタリア語へ訳したスパダヴェッキアという翻訳者が、この作品の叙述法の中にイタロ・カルヴィーノの幻想文学と共有するもの――それは書き言葉としての文章体で通底するものを認めた上で、興味深い指摘をしていました。原語（＝大江作品の日本語）の表現の中にイタリア語との完璧《かんぺき》な照応を見いだすことが出来るのだ、と。〈語彙《ごい》、シンタクス、スタイル、比喩《ひゆ》、隠喩がイタリア語にしてもそれらの活《い》き活《い》きとした説得力を保ち得るのである〉。そしてこの作家は〈母国語で書きながらも外の異なる言語構造にも適応し得る言葉を選んで使っており、それに少なからず気を配っているのではないか……〉（講談社『群像特別編集　大江健三郎』）。

日本語の書き言葉でありながらも、創作過程においては翻訳の日本語を経由したとしても、最終的にはやはり作家の肉体を通して本能的に出てきた、音を伴った言葉だったのではないでしょうか。初めてエキゾティズムを超えて普遍的な文学の価値を持ち、世界に読者を持ったという意味において、日本文学の海外への輸出は、大江さんから始まっていたのだと思いますけれど。

私はね、それが安部公房《こうぼう》から始まっている、と考えています。ずっと以前、フランスのル・クレジオに日本ペンクラブの世界大会に来てくれるよう手紙を書いて、そこがアメリカの作家と違うところですが、ていねいな手紙の長い返事をもらいました。そこにきみの短篇が好きだ、と書いてあったけれど、内容から見て安部公房の『壁』のことでした。私がノーベル賞をもらった後、ガルシア＝マルケスと再会した時、日本の作家でよく知られてるのは安部公房だから、かれが受賞すると思ってたけれど、と率直なことをいわれましたよ。

詩の引用と翻訳をめぐる考察

――ここで、ちょっと迂回《うかい》しますが、大江作品においての引用、主に翻訳された英国の詩人の「詩」の言葉と翻訳の関係についてお話をうかがわせて下さい。大江作品における本格的な詩の引用は、一九六九年の『われらの狂気を生き延びる道を教えよ』が最初だったと思います。〈ぼくは詩をあきらめた人間である〉と始まるあの作品の冒頭の「なぜ詩でなく小説を書くか、……」で、大江小説の中に翻訳された詩の引用が必要である所以《ゆえん》を、明確に書かれています。

〈ぼくにとって詩は、小説を書く人間である自分の肉体＝魂につきささっているトゲのように感じられる。それは燃えるトゲである。日常生活において自分の肉体＝魂が、その深みにしっかり沈んでいる詩の錘《おもり》をたよりに生きているとすれば、小説を書こうとしているぼくの肉体＝魂は、自分の小説の言葉によって、なんとかこの燃えるトゲにたちむかおうとしているわけである。この内なるトゲを、外部のものとすべく小説の言葉にとらえなおしたいと考えるのが小説制作の操作である。〉

〈より詳細にいえば、ぼくの内部における燃えるトゲには二種類があると分類しなければならない。その第一は、ブレイクや、とくに深瀬基寛《もとひろ》博士のみちびきによるオーデンの詩である。それらは、ぼくの肉体＝魂が死ぬときにあたってもっとも心強い支えとなる筈《はず》のものである。そしてそれが生きつづけているぼくの、小説を書く人間としての内部においては、つねに燃えつづけているトゲである。

第二は、ぼく自身の内から芽ばえたものであるが、すでにぼくの告白したとおりに、ぼくにおける詩の言葉の能力の不在によって、ついに詩とはならなかったもの、しかし、いわば濡《ぬ》れたコークスのようにくすぶりつづけることはやめないトゲであるとこ

ろの、詩のごときものである。ぼくはそれらをあらためて小説の言葉によってとらえなおすことをめざして様ざまな努力をした。〉

ブレイクについては前回うかがいましたが、『われらの狂気を生き延びる道を教えよ』とか「狩猟で暮したわれらの先祖」など、作品のタイトルにウィスタン・ヒュー・オーデンから引用が始まった理由を教えていただけますか。

オーデンの詩の深瀬基寛訳は二十代の私にもっとも深いところでつきささった、それが社会とか時代とかいうものと自分の魂の接点を表現するための最良のモデルに思われた、ということですね。この詩はオーデンの短い詩の全集のような版には採用されていない、不思議な作品ですが、オーデンの政治的な季節——そこからオーデンは後にはっきり脱《ぬ》け出しますが——の詩に私は本当に熱中しました。いま、若い自分が、死の時の支えとしてオーデンを考えていたことを発見して、意外な思いがしますが、確かに私はあの頃、魂の課題としてもオーデンに深入りしていたんです。

——そして二〇〇五年の最新作、『さようなら、私の本よ！』においてはT・S・エリオットです。小説の本文とエリオットの晩年の長篇詩『四つの四重奏曲』からの、〈もう老人の知恵などは／聞きたくない、むしろ老人の愚行が聞きたい／不安と狂気に対する老人の恐怖心が〉という西脇順三郎《にしわきじゅんざぶろう》訳の一節をはじめとする詩の言葉が、言語や時代、すべての壁を超越してなめらかに溶け合っている。大江作品と引用の関係についても、一つの決着が着いたと感じましたが。

エリオットで、私は『荒地』の訳だと深瀬基寛訳も好きですが、『四つの四重奏曲』はまさに西脇順三郎訳が規範をなすと思います。おっしゃるとおり「おかしな二人組《スウード・カップル》」三部作で、エリオットの引用には決着をつけたつもりでしたが、いま新しい仕事を始めようとして、その最初のところの語り方とイメージが『四つの四重奏曲』の最後の「リトル・キディング」の影響を逃れられなくて、いつまでもグズグズしてしまっている……それほどのものなんです。

本当に、引用の問題はいままでの小説――少なくとも『懐かしい年への手紙』以降の自分の小説――の課題として、私の小説作法の最大のものでした。まず引用する文章と地の文章との間になめらかさも大事ですが、なによりズレがなきゃいけない。そのズレを保ちつつ、その上で精妙なつながり方をさせていく、そういう文章を作ることが文体のつくり方での主目的にさえなりました。ある詩に感銘するでしょう、その引用が一番ぴったりするように、その環境としての文章を作っていく。

そういうわけですから、引用が、なにより決定的に重要な意味を持ち始めます。『懐かしい年への手紙』ではダンテですし、短篇の連作集『「雨の木《レイン・ツリー》」を聴く女たち』の場合は、マルカム・ラウリー。『新しい人よ眼ざめよ』ではウィリアム・ブレイクですね。『燃えあがる緑の木』三部作の場合はイエーツ、『宙返り』ではR・S・トーマスだった。そして「おかしな二人組《スウード・カップル》」三部作の、『さようなら、私の本よ！』では、若い頃読んだランボーのことも回想していますけれど、何といっても重要なのがエリオット。それも私は、自分とエリオットの関係を、かれの前に自分がどのように立っているかを書くことで示したい。エリオットという大きい電極から小さいこちらへの、放電の実情を伝えたい。

――ブレイクの際もそうですが、原文で詩の精読を重ねてゆかれるわけですね。それでも翻訳者の日本語は必要なのでしょうか。

ええ。自分の読みとりよりも格段に良いモデルが必要なんです、私には。誰か自分じゃない人物で、なんとも素晴らしい読み方だと思う読み方をエリオットに対して行った人を発見したい。そうならば、その訳者とエリオットとをめぐって書けばいいじゃないかと思われるかもしれない。しかし、やはり私は自分に結びつけて小説を書きたい。そこでエリオットと、今回の場合は西脇順三郎ですが、西脇、エリオットを対峙《たいじ》させてみると、そのような上等さではないエリオットへの自分の対峙の仕方がよく理解されるんですよ。エリオットと西脇順三郎の傍らに自分がいて、その自分の心の中では音楽のようにエリオットと西脇の言葉が鳴っている。それを聴いている自分、そしてそれから自分の中に湧《わ》き起こってくる新しい音楽を書こうとする自分……

——ご自身で詩を直接、翻訳されるということでは、その音楽が聴こえてこないのですか？

これまでの小説でいうと、R・S・トーマスの場合はあまり翻訳がなかったので、自分の翻訳を使いました。私の小説の文体とは少し違った、古めかしい文体にして。マルカム・ラウリーもイエーツも自分の訳。ダンテの場合は、岩波文庫にある翻訳（山川丙《へい》三郎《ざぶろう》訳）が本当にいいんですよ。それを使いながら、あわせて手に入る限りの日本語訳を読みましたが。ウィリアム・ブレイクの場合にも古い訳を使うことがあったし、エリオットでは、最初深瀬基寛の翻訳を使用したり自分でも訳したり。とにかくどの詩人の場合も、その詩人の前に立っている自分ということをいつも考えています。そのようにして作られた自分が、いろいろ人生の経験をしに動き回っているわけですけれども、自分の世界の一番上で光っているのはやはりその詩人なんです。ダンテ、ブレイク、イエーツ。

私はやはり詩人に対する信仰を持っているんですね。本当の詩人は、かれが生きている間に、生きて行くこと自体に対する結論を、言語で表現する人だと思います。それがない詩人については、私は冷淡なんです。

日本の詩人にも好きな人は多いですよ。短歌も好きです。俳句は表現のスタイルが、私の必要とするものとしっくりしないというか、古典の俳句しか自分のなかにうまく入ってこないんですが、その時々ジャストミートして忘れられないものは幾らもあります。ところで、始めから日本語で書かれている詩は、私にはいちばんよくわかるだけに、ズレというものが介在しない。しかし私には英語やフランス語の詩と、それを訳した日本語の間のズレが、本当に創造的な役割をする。そのズレの空間に入り込むと、自分の詩的な呼吸が始まる、という気がする。その呼吸をスースーやりながら、小説を書いてるんです（笑）。

そういうわけで、私が特別な関心を持つのは、エリオットを訳そうとしている深瀬基寛や西脇順三郎で、かれらの訳詩の仕事から、原詩の詩人に対する自分の評価もはっきりしてくるんです。だから結局、私に必要なのは日本語なんですよ。英語と日本語の間に、本当の魂の道というものを自分でつけてその上で私らを導いてくれる人間がいるんです。それが西脇さんだったり、あるいは日夏耿之介《ひなつこうのすけ》だったりする。かれらは特別な人です。

ただ、そういう特別な人たちの作った日本語が、語学的にいい翻訳かというと、それはまたそうでないんじゃないかとも思う。その訳者が、たとえばエリオットの中に本当に入り込んでいって、エリオットを日本語で自分の中に響かせようとすると、こんな言葉しかない……そのことがこちらにわかるような仕事に出会うと、それを横に置くことで、私には自分の言葉が少しずつ湧いてくるんです。私がエリオットを日本語に訳すことはありますけど、その場合も、やはりどうしても西脇が、深瀬基寛が脇にいなければならない。

——面白いですね。非常に複雑な言葉の三角関係。詩も小説も、これまで翻訳の仕事はなさらなかった理由も、その辺りにあるのでしょうか。

その通りです。正確に聞きとっていただいている、と思います。やはりどうしても自分は翻訳者じゃない。本当の翻訳者は別にいるんですね。エリオットについてなら、世界でかれの次に偉いくらいの人が。私の読書の中心になっているのは原書で読むことで、それは必要なんだけれども、とくに詩の場合、本当にそれと格闘して日本語にしようとした先人の存在が、大きい。その援助で、私はエリオットを理解し始めるんです。

あの詩人とその翻訳があったから、自分がいまここにいる、そういう人たちのことはもうほとんどつぶさに書いてきたんですが、十八、九歳の時に一番影響を受けていながら、いままで書かなかった対象がひとりだけあって、それがエドガー・アラン・ポーです。ポーの「大鴉《おおがらす》」という詩は、最後、never more、もうない、と終わっているんですね。もう時間がない、と。若い頃は何かそこが不愉快だった。追い詰められている気がして。

ところがこの年になって、一人でぼんやり考えていると、あれは大鴉が自分自身に対して、もう終わったといっている、明らかに何ものかが終わった、その終わった瞬間が、この言葉そのものである、最終の状態を表現しているのだろうと思います。そのようにして私自身の終わりを許容している思いもあります。日夏先生の『ポオ詩集』を高校生の時、アメリカ文化センターで原詩を書き写して、並べてよく読んだんですよ。「ユウラリウム」とか、「アナベル・リイ」とか、原詩の思いがけずやさしいリズムと日本語の古風なリズムとが響き合って、読んで眠ろうとするとどんどん体の中によみがえってくるくらい、何度も何度も読んで影響を受けました。その詩集はいまも持っています。読み返すと、自分がそれにどんなにまいっていたかを思い出します。いまでも自分の言葉に、それが影響しているようにすら思いますね。

――翻訳家の方にお会いすることがしばしばありますが、そのお仕事と同時に、翻訳を生業《なりわい》にしているその方そのものに魅了されることがあります。翻訳家というのは、ズレや亀裂《きれつ》を多く含みこんだ、文学的な存在なのかもしれませんね。

本当にそうでしょう。私自身、一種の翻訳家だと自分のことを思ったりもします。それも特殊な翻訳家で、いい翻訳家に導かれながらあれこれ思うことから、自分の小説の文体で書き始める、結局は原文なしでやる翻訳家だと思います。渡辺一夫《かずお》訳のガスカールを読み、原文といちいち対照したことで、最初の小説の文体を発見した。渡辺一夫の生涯を代表する『ガルガンチュワとパンタグリュエル』という大作品の翻訳には、もう動かし難く、そこに渡辺一夫がいる。渡辺一夫が表現する、ほとんどかれ一人で代表するたぐいの日本語がそこにあります。

私は武満《たけみつ》さんの音楽を聴いていて、ドビュッシーを日本人が最上に訳したらこのようになると感じることもあります。それは武満さんがドビュッシーを模倣しているとか、かれに影響を受け過ぎているという意味じゃないんですよ。武満さんがドビュッシーを聴きこむということは、その行為自体で、かれの精神と肉体にいかにかれ自身の音楽が鮮明にうかびあがってくるかということだと思います。しかも、武満さんのその作品を何度も聴いていくうちに、私の中からドビュッシーが次第に後退していって、武満さんそのものが残る。こういう翻訳こそが、最上の芸術制作だと思います。

——時々、大江作品は英語に翻訳された方がわかりやすくなるという言い方をする人がいますが……。

それは、どうでしょうね。もしそういう人が日本人だったら、私は疑います。私のどんな作品でも、英、仏訳はほとんど読んでますが、やはり日本語で読む方がやさしいですよ、あたり前の話ですけれど（笑）。

ただ私の日本語の読みにくさをいう人には、それは日本語の文章の特性にも関係があるといいたい。フランス語はもちろんのこと英語でも、ある文章の文体を作ってから、そこにドンドン書き加えて文体を持ちこたえさせることは不可能です。ところが日本語の文章は、そこにどんなに書き込んでも、ある文体になるものなんです。どんなに形容詞、挿入句を加えても。そのように自由に加えていける点が実は問題で、だいぶ永い間私は誤解していました。小説は哲学の本じゃないんだから、ある程度書き込んだものを短くしていく、そうして正確にしていくということをやってゆくべきだったと今は思いますけれど……もう遅いですが（笑）。

日本の大学を卒業してアメリカの大学院に入って、という人にニューヨークやボストンから手紙をもらいます。私の小説を英語で読んで感心した、と。そういう時、正直なところ私はその人の英語力、あるいは日本語の力に疑問を持ちます。それはどんなにいい翻訳でも、原作よりいい訳というのはあり得ない。それはもう、私の確信するところですよ。

――亡くなった米原万里《よねはらまり》さんが『憂《うれ》い顔の童子』を激賞した雑誌の書評の中で、思わず一言書いていらっしゃいましたね、大江さんの小説を原語で読める、同じ日本人である幸せを。米原さんはロシア語が堪能《たんのう》な会議通訳者にして翻訳家、小説家。外国語に翻訳することで損なわれるものを身にしみてご存じの方なので、これは説得力のあるひとことでした。やはり特別な言語の共鳴関係があの方の中にはあったのだと思います。

私は米原さんと話して――たとえばサハロフ博士との対話を通訳してもらった後などで――楽しい経験をしました。井上ひさしの芝居についてはじめ、私らは完全に意見が一致しました。ところがナボコフの評価だけは別で、『ロリータ』のみならず、米原さんは倫理的に絶対にナボコフを許さないのだと、そのガンコさに感動したくらいでした。つまりナボコフの女性観について、米原さんにはどうしても許容できないところがあった、ということなのですが、それは別のところで話しましたから、これだけにします。私のやはり確信するところは、世界の言葉の全体について、ある言語より別の言語が優れているということはない、ということです。それが世界の国語の多様さの面白いところでもあります。日本語の作品は日本語である点において、他のどんな言語に訳されても、日本語の原作より優れたものになることはないんです。同様にイタリア語で書かれた作品ならば、イタリア語である点において、その翻訳のあらゆる言語より優れている。日本語の美しさに肉迫するイタリア語の翻訳表現はあり得る、と考える翻訳者がいるわけですね。そしてそういう人はイタリア語を日本語に翻訳する時、イタリア語の美しさに肉迫する日本語をめざしていられるだろう、と思う。それはすごいことです。イタリア語と日本語の間に、非常に微妙な血の通い合いを成立させるに至る翻訳者はいるでしょう。だからといって、たとえば須賀敦子《すがあつこ》さんがアントニオ・タブッキを見事に訳された。しかしそれについてタブッキのイタリア語よりいい日本語に翻訳されたというような言い方は、須賀さん自身が拒否されると思う。そこが本当に、言語というものの面白さなんです。

西脇順三郎訳のエリオットは本当にいいですよ。日本語として覚えやすいし。家を離れて、たとえばホテルで夜を過していて、つまりそこですぐエリオットの原書を取り出してくることのできないまま、西脇順三郎のエリオットの、覚えている日本語訳にもとの英語をあてていって、どうしてももとのテクストを思い出せないことがある。そうすると、ずっと眠れなくなるほど、無性に確かめたくなる。それで家に帰ってすぐ原文を確かめると、「ああ、そうだ、この言葉以外ない」、どうして何十年も読んでいるのに思い出さなかったんだろうと思う。そういうことが、いまもあります。その面白さは、私が外国文学をやっていて本当に良かった、と思うところです。二つの言語の間にある、不思議な響き合いというものを感じとれる、その力をいくらかでも自分のものにしたということが人生の収穫だと思っています。そして外国語からの引用というものは、やはり自分が自分だけの日本語で書いたよりも高いものを、自分の文章の中に導き込むことだと思います。

それは聖書を例に取ればすぐわかりますよ。聖書の言葉は、どうしてもそれが引用されている地の文章に勝つ。あれは聖書に、日本語への魂の道をつける翻訳者がいたんでしょう。しかし聖書に近い言葉を世俗的に……この世俗的にということがとても重要ですが、世俗的に作り出す人がいるんですね。エリオットがそうです。

——ここで聖書と作品の関係についてもうかがいたいのですが。大江さんはかなり若い頃から、聖書を精読し続けてこられたのですね。また、ダンテ、ブレイク、イエーツなど、いずれも神秘的な構想を持った詩人に引き寄せられてきた、と。キリスト教をはじめとする既成宗教への信仰は持たれていない、けれども一九八〇年代以降、ネオプラトニズムへの関心を深めて行かれたように、作品から推察するのですが。

「聖書」は戦後すぐ、中国からの引揚者の、母の友人の女性にお土産にもらったのがきっかけで、読み始めました。いまもよく読みます。ずっと以前からの古い版のものも読むし、いわゆる新共同訳……とてもいい文体ですが、それも読む。同時に、最近、岩波書店から出た、学者たちが新約、旧約聖書すべてを新しく訳し直したものが、註釈がとてもわかりやすくて、翻訳に優れた学者が正確に訳すことでのザクッとした切れ味もあって、愛読しています。

私は、自分の聖書の読み方には二つ癖があると自覚しています。それについて、外国で講演するときによく質問されてきたので。「大江の作品における、キリスト教理解の、この点が自分たちには不思議だ」と、これまでドイツ、アメリカ、フランスで何度も尋ねられました。二つのうち一つは、いまいわれたネオプラトニズム的な傾向。もう一つはもっと広く神秘主義的な傾向。この二つについて説明を求められるわけです。

それで答えるのは、神秘主義というのは mysticism の日本語訳だけれども、私はそれをこう考えている、ということです。自分を超えた、人間を超えたものが私らの頭上にあるとして、その頭上にあるものと直接の関係を結ぼうとする態度……教会を通じてとか、同志たちとの共同の行為を介してというんじゃなくて、直接、人間を超えたものと個人の自分との関係を結ぼうという態度。それを、自分としては神秘主義と考えている、と。ただその一点に絞って、たとえばドイツの中世の神秘的な女性の書いた本とか、あるいはメキシコにおけるキリスト教徒の手記というような本にずっと魅《ひ》かれてきた、その影響があるんだ、と話します。

もう一つ、ネオプラトニズムといわれるものには、時代ごとに、また民族ごとにいろんな側面があるけれども、私はそれへの入り口を一つに限っている、と。それは私の村にあった伝説で、人間が死ぬとその魂はぐるぐるまわって山の森の中に入って、自分に決められている木の根方《ねかた》に留《とど》まる。それから何年間か経つと、そこから魂が下りてきて、赤ちゃんの胸の中に入る……その言い伝えが自分の根本にある。このように死と再生との自然な関係を説明し受け止める考え方を、私は自分のネオプラトニズムの基点と考えている。そしてその二つが、自分の文学において生きているし、本を読む側としていえば、たとえばウィリアム・ブレイクを読む時の、自分の奥底にあると答えるんです。

――『新しい人よ眼ざめよ』は、キャスリーン・レインのブレイク研究に影響を受けられた部分もあった、とのべていらっしゃいますね。

ええ。キャスリーン・レインはついこの間まで生きていた有名な詩人ですが、大きい『Blake and Tradition』やそれを短かくした『Blake and Antiquity』などの研究書も書いて、ブレイクの神秘主義、あるいは生と死の間の大きい循環の考え方を、伝統的な思考、古代につながる感覚とをつうじて具体的にあきらかにした人です。以前、私の敬愛する友達だった、英文学者としてのかれに大きい教示を受けもした高橋康也《やすなり》さんが、キャスリーン・レインを訪ねて行った時、「自分の友人がこういう小説を書いた」、と『新しい人よ眼ざめよ』の話をした。彼女から、ブレイクのどういう詩を引用しているか、と聞かれたので、高橋さんがいくつかの例を挙げると、嬉しそうににこにこして下さったそうです。

ブレイクをイエーツに結びつけるのも、キャスリーン・レインの思想的な構想のひとつです。彼女を通じて、私はイエーツを読み始め、それが次の長篇につながっていきました。

――一九九三年のエッセイ集『新年の挨拶《あいさつ》』に収録された「『無垢《イノセンス》なもの』、光の音楽」は、そうした神秘主義、ネオプラトニズムへのご関心が凝縮された、大変美しい文章でした。光さんの音楽に湛《たた》えられている無垢《むく》なもの、それは神秘的でもあるのですが、やはり聖書の言葉と結びついていくところがある、と。

そうですね、あの頃、とくにキリスト教の恩寵《おんちょう》、英語で言う grace という言葉と、光のもたらしてくれたものを重ねてとらえていました。光という障害を持った子供がいる。かれとごく簡単な言葉で話し合う、毎日ほとんどの時間、かれと一緒の部屋で暮らしているのだけれども、ほとんど言葉はない。家内が中心になって光を教育して、かれが音楽を好きだということがわかってきてから、いつも私らの生活する部屋はＣＤやＦＭの音楽でみたしてきた。また家内は、音楽をこんなふうに楽譜に書ける、ということを教えた。それを実際に覚えてから、光は音楽に深く入っていって、自分で作曲を始めた。かれが作った曲を友人のピアニストに弾いてもらうと、本当に美しい。

人間は本来、本質的に善良な、いいものだという考え方を私は昔から持ってきましたが、生きて行く上で、そうでないという気持ちも持たざるをえないことが起る。ところが知的に障害を持つ子供が自然に生活していくなかで、美しい音楽を聴いて楽しみ、そのうち自分でも美しい音楽を作る、それを聴いた人たちが「本当にほっとした」といってくださるような音楽を作る。そうした現実に起きた出来事が、私にとって一番神秘的なこと、私らへの grace の現われだったわけなんです。

武満徹さんが一九九六年の二月に亡くなった時、私は深くショックを受けて、東京で暮らすのが苦しかった、そしてアメリカのプリンストンに一年間、行きました。武満さんのあの複雑な音楽と光の単純な音楽を続けて毎日聴きながら、生活した。大学で教えていたんですが、他の時間は自分のアパートで一日中、その二つを聴いていたんですね。聖書のパウロの手紙、「ローマ人への手紙」について、文学理論家で聖職者でもあったノースロップ・フライがいう。私らは神に向かって祈る。自分の願いを述べて祈る。ところが本当の祈りは、人間の声で直接神にとどく、というものじゃない。われわれが一所懸命祈ると、その言葉はもう自分自身にもわからない、呻《うめ》き声のようなものになって外に出てゆく。その呻き声のような祈りの言葉を、御霊《みたま》 sprit が聞き取って、通じる言葉に直して神に届けてくれるのだ、と解説していました。

のちに『言い難き嘆きもて』というエッセイ集の題名にもしましたが、「言い難き嘆き」というのは、その、意味のはっきりしない呻き声のような言葉。私も光と一緒に暮しながら、自分ではよくわからない恐れとか悲しみを感じている。それにつぶされないように独り言をいったりしている。それがどうも私の「言い難き嘆き」ってものであるらしい。光自身も、心の中で考えていること、悲しんだり怒ったりもしていることを言葉でいえない、その点でかれはもっと徹底して「言い難き嘆き」の人なんだけれども、音楽という手段、和音、リズム、メロディーというようなものを使うことによって、自分の「言い難き嘆き」を表現する。音楽という形式が、それをはっきりわかるものにしてこちらに届けてくれる。そういうことが起こっている。そうすると、私が神と人間の嘆き、祈りというようなものと言葉の関係を考えていることと、光が自分のなかで言葉にできないものを音にして表現していくことが重なってくる。それは武満さんの音楽にも同じようなことを感じてきたんだと思った。私はキリスト教徒ではありませんが、聖書から与えられるものの考え方や感じ方が、そういう方向に私を導いてくれてきたってことは、確実なんです。

祈りと文学

――一九九〇年代のお仕事は、祈りと文学、それと現実にあるこの時代の日本の社会との軋轢《あつれき》、まさに「言い難き嘆き」を考えさせられるものが続きました。旧ソヴィエトの終りの頃、ゴルバチョフの主催する世界の知識人の会議にも出席されていますが、あの前後、ベルリンの壁の崩壊からソ連崩壊による東西冷戦の終結という一連の歴史の流れも、当然、背後には意識されていたと思いますが。

それはいわば私が戦後ずっと、これは壊れることがないと思い込んでいた社会主義圏の崩壊、そして冷戦の終りということで、なにより根本的に揺り動かされる日々でしたからね。

――一九九三年から九五年にかけて発表された『燃えあがる緑の木』の第一部「『救い主』が殴られるまで」は、亡くなった「ギー兄さん」の名前を継いだ新しいギー兄さんと呼ばれる青年が、さまざまな奇跡を実現して「救い主」と呼ばれるようになる。そして両性具有で、社会生活上は男性から女性に転身して生きることを決意したサッチャンと共に、自分たちの「教会」を作ることを決意します。この三部作は大江作品の中で最も長い作品ですが、この大長篇の構想はどのようにして始まったのでしょうか。

まず自分の内面からいえば、小説を書く人間として、はっきり行き詰まっている、社会の大きい転換のなかで手も足も出ない。そうした気持ちがそれまでに増して強かった時期です、一九八〇年代の後半は。そして読んでいるのはブレイクからダンテ、また現代の仕事ではノースロップ・フライらの著作で祈りということを考えることが多かった。そのうち次第に主題が固まっていった。『懐かしい年への手紙』を書いた後も、小説はずっと書き続けていたわけですね。そして祈りの言葉というものを……神様はどこにいるかわからないけれど、とにかく自分の心から、体から湧《わ》いてくる、この祈りのような言葉と自分の文学とが、どのように結びついてゆくものなのか、それを知りたい、としきりに考えていた。そこで、宗教的な集団からは離れたところで、自分たちだけの言葉で祈る集団、そしてその成果を社会的な集団の行動にも現わす若い人たちの話が生まれてきました。

――第一部「『救い主』が殴られるまで」には、忘れ難い場面があります。小児癌《がん》で死が近い、衰弱した十四歳の少年のカジが、ギー兄さん＝救い主に、死の恐怖を訴える場面。〈ただ僕が恐いのは、自分が死んだ後でも、この世界で時間が続いていくことです〉と。

それに対するギー兄さんの答えが深く心に残っています。カリフォルニアのハイスクールにいた頃、ギー兄さんが思いついた〈永遠に近いところまで生きた人、というモデル〉についての話でした。そんな老人が死の間際《まぎわ》に何を思い出すか。それは信号が赤から青になる間、シュガー・メイプルの紅葉を見ている、そんな〈一瞬よりはいくらか長く続く間〉の光景ではないか、と。

〈そうすればね、カジ、きみがたとえ十四年間しか生きないとしても、そのような人生と、永遠マイナスｎ年の人生とはさ、本質的には違わないのじゃないだろうか？〉

この態度は、およそ宗教的ではない、きわめて理性的なものであり、肉体や現実生活という、緑の木の部分なのでしょうが、そのギー兄さんがどんどん変化していきます。

あの〈一瞬よりはいくらか長く続く間〉、自分が経験する深い時間という思いは、これまで永く生きる間にほんの時たまですが、自分がかいま見た永遠とでもいうものとして、私のなかにきざまれています。それを死後の無としてある永遠——無で、しかもあるという感じ方が矛盾であることは、やはり子供の時から考えていましたが——と比べてみる、というようなことも、私のなかにずっとあります。それをギー兄さんの、少年に対する言葉として書きました。ところが、いまあの小説について問いかけられて、ふとエドワード・サイードの死の一年ほど前のファクスに、「老年の窮境は乗り越えることはできないが、深めることはできる」と私の訳した、短い一節があったのを思い出しました。「深い時間」「一瞬／永遠というようなことへの考えを深める」という二つの言葉の接点といいますか……　あまり遠くない将来、私のなかの少年が、私のなかのギー兄さんと同じ問答を繰り返すことになるかも知れません。

——第二部の「揺れ動く《ヴァシレーション》」は、霊性と情念の間を揺れ動く、古代から変わらぬ生身の人間たちの不条理な群像が描かれています。教会の信者らはドストエフスキーからミルチャ・エリアーデ、マルカム・ラウリー……さまざまな文学の言葉をコラージュするようにして集め、自分たちだけの聖典を作ろうとする。〈やがて、私たちはしだいに声を揃《そろ》えて祈りの言葉を唱和する方向に行くことになったのだ。それはつまり、そこへの進み行きの場で、みんなからその日のためのひとつの言葉が選ばれてゆく、ということでもあった。たいていはギー兄さん自身が、また教会で集中に参加している者たちの誰かが、その日までにしだいに考えの核心をなしてきた言葉を――聖書からだったり原始仏典の翻訳からだったり、チベットの「死者の書」からであったりすらもした。当人の自由な着想だったこともある――紹介し、それをみんなで唱えて、しめくくりの祈りにするのが教会の習いとなったのだ。〉というように。

引用される小説の言葉は、詩の言葉とはまた違った力で、現代の新しい大江小説の中で神秘の力を発揮している。しかし難題もありました。登場人物の誰もが一つの目的のために激しく議論する。特定の宗教に入信するとはこういうことなのか。繰り返し響いてきたのは、「神なき現代の信仰は可能か」「文学は祈りの言葉になるのか」という問いでした。

たしかにいろんなかたちで人間の祈りを表わしている言葉、人間が祈っている行為そのものを感じられる言葉を探していました。そしてあの小説全篇に引用したイエーツには、詩的イメージとして一挙に、自分らを超えている何かを見せてくれるところがあった。しかし小説を書き終える時分に私の辿《たど》りついた結論は、「文学の言葉は、祈りの言葉にはならない」ということなんです。祈りは、究極においてやはり言葉にはならないものではないか。その結論に行き着くために、さかんに労役を重ねて、祈りの言葉を作ろうとつとめたが何もできなかった者らを書いた、という気がいまではします。

私もね、なんとか自分の祈りの言葉を作ってみようとはしたんです。しかし、どうしても祈りの言葉にはならない。結局、祈りというものは……私ら宗教を持たない人間にはとくにそうですが、究極において言葉にならないものじゃないかと考え始めた。そして先ほどいいましたが、パウロの手紙の中でもよく知られている、古い翻訳でいうと「かくのごとく御霊《みたま》もわれらの弱きを助け給《たま》う」というところの、「われらの弱きを助け給う」というのが好きだった。そして「われらはいかに祈るべきかを知らざれども、御霊自ら言い難き嘆きをもて執《と》り成《な》し給う」という、この「執り成し給う」というところも好きでした。言葉にできない祈りを持っている人間が、どうしても祈りたくなる気持ちというものを、結局小説に書いていくことにしたんです。それらの弱い人間を助けて、なにものかに執り成してくれるものを探すようにして……

そういう小説を書きながら、自分が肉体的、現世的なものと、精神的なもの、魂のこととの間を揺れ動いているという気持ちはずっとありました。イエーツに「Vacillation」という詩があって、それは人間の存在の状態を一本の木で表しています。片側には緑が茂っている……それは肉体や現実生活。もう片側は燃えあがっている。天に向かって上昇している。その天に向かっている片側は、人間の祈り、精神的な希求を表す。それらの二側面が一緒になって人間を作っているんだ、という詩。ヴァシレーションとは、AとBの二つの極の間を揺れ動くわけですが、振り子のようにではなくて、しばらくAの極にいる、それから突然、バッとBに移る。そしてしばらく経ってまたAへ、と行く。その動き方らしい。イエーツの全詩集のコメンタリーを読んでそれを教わって、これは私の心の状態そのままの動きだと感じました。

——この小説の語り手である、肉体と精神が引き裂かれたように生きる両性具有者のサッチャン。〈際限なく自分が性的なぬかるみに引き込まれてゆく〉、〈勇気りんりんとぬかるみのなかを歩いて行く昂揚《こうよう》感も抱いていたのだ、山荘に来てすぐ思い出した中野重治《しげはる》の一節のように〉と、誇り高い単独者であるサッチャンは、『「雨の木《レイン・ツリー》」を聴く女たち』、『人生の親戚《しんせき》』から進化した女性像のように思えました。サッチャンにまつわる性描写は、直截《ちょくせつ》的であり、かつ哀切なものですが、ここで両性具有という、神話的かつ現代への暗示をまとった語り手を登場させられた意図をうかがうことはできますか。

私には子供の頃から確かに、性的なものを、両性具有のかたちで夢見るというか、想像するところがありました。神話や民俗伝承のなかにそのイメージを見出《みいだ》すと、昂揚した。この小説ではそれを現代に生きているひとりの娘のなかに実体化して、しかもその両性具有のままで青年と愛しあう、というシーンを書きました。なぜ両性具有なんだ、と尋ねられる。しかしそれは、はっきりと答えられないままで……　私は第一稿で、そのようになぜ？　と問われても答えられないことを沢山書く。書き直しの過程で、それらのいちいちに答える。答えられないまま、というところは消す。しかし、幾つかどうしても答えられないものを残しておきたくなる。私の小説の作り方には、時どきこういう、根拠を論理的に説明できないものが入りこんでいます。ただ私には両性具有ということを——エリアーデが少年時に見た美しいトカゲのことを自伝的なインタヴューで回想するところを読んで、自分も同じことを感じたことがある、と思ったものですが——男でも女でもないという否定的な発想じゃなく、男であり、女でもあるという積極的なイメージで夢見ているところがあります。

——第一部の発表に際して私が行った九三年の取材で、救い主となったギー兄さんは、「どうしても、一九七〇年代初期の追い詰められた時期の学生運動を、一番若い世代として引き受けた人間である必要があった」というふうに答えられたのが強く印象に残っています。

私は実際に党派に入って学生運動をしたことはありませんでしたけれど、党派に関わってのさまざまな立場の青年たちとの、接触はずっとありました。そういう時、私がいつも感じたのは、大きい宗教……本当にわれわれの全体を掬《すく》い取ってくれるような、ある時代のキリスト教のような、ある時代の仏教でもいいのですが、そういう大きい宗教があるところと、それがないところでは、すっかり違う！　という嘆息のようなものでした。日本でも、全人口の一パーセントのキリスト教徒はいられる。かつ文化的にはずっと大きい仕事をされていますが、仏教をふくめ、日本にはいま、大きい宗教というべきものはない、と私は考えています。そのようななかで、七〇年代に真面目《まじめ》な学生諸君が自分たちの運動をつうじて追い詰められていくということが、起こってしまったわけですね。

信仰によってではなしに、しかし自分を作っていこう、自分を磨いていこうとする意思が若い人たちには基本的にあると、私は見てきた。エドワード・サイードは、自分のことをよく secular な人間だといっていました。つまり宗教の中に入っていない一般社会の人間であって、信仰や聖なるものに導かれているのじゃないが、かれ自身が自分を作り上げていく、――英語で言えばセルフメイキングをする、そうやって自分で自分を作り上げたものの総体が人間の歴史なのだ、とサイードは考えていた。それはイタリア十七世紀から十八世紀の哲学者ヴィーコの、「自分は神の方に行かない、世俗的なものによって歴史、人間を考える」という態度を踏まえたもので、それをサイードはかれ自身のとるべき道としていた。

そして私は、このセルフメイク、自分の力で何とか自分自身を作り出そうという考え方、自分の力で歴史を作るという考え方は、現代日本の多くの若者にも現に見える態度であって、その一番過激な典型が、学生運動家の生き方ではないだろうかと考えた。そのなかで傷ついて、行き詰まっている人たちが、救いを求める際、日本では大きい既成宗教がないとすれば、たとえばオウム真理教のような新しい教団が、強い吸引力を持つのではないか、と。そのような青年たちがひとつのグループを作り、悲劇が起こり別れて行く、というのがこの三部作の主題の流れです。

——どうしても思い出しますね、一九七三年の長篇『洪水はわが魂に及び』の「自由航海団」というアナーキーな若者たちの集団を。彼らに向けて主人公の大木勇魚《いさな》は、「青年よ、祈りを忘れてはいけない」と、『カラマーゾフの兄弟』の中の言葉を繰り返す。「祈り」が大江作品の中に初めて登場した作品でした。しかし、書き下ろされている最中に、あの連合赤軍リンチ事件という現実の大事件が起こったために、あまりに事件を先どりしていた内容を、改変せざるを得なくなった、と当時の記事にあります。その辺りの真相はどうだったのですか？

私としては、この「自由航海団」が追いつめられて、銃で武装して国家の警察と戦う、という方向に大筋のプランをきめていたのですが、終りの段階で、朝、二階の書庫兼寝室から降りてくると家内がテレビの前に坐《すわ》っている、そして画面に浅間《あさま》山荘の銃撃事件がうつっている……ということになったのです。そこで実際に起ったことからはズラすという方向で、いろいろ書き直すことを三ヶ月ほどかけて完成することになりました。

——発表された作品の最後は、核避難所《シェルター》への立てこもり、機動隊との銃撃戦の場面でした。最期《さいご》を覚悟した勇魚は、樹木と鯨の魂へ向けて「すべてよし！」と呼びかけます。

〈揚げ蓋《ぶた》がひきあげられる。昏《く》れた地上の光のうちに鯨の皮膚のように青黒いものを一瞬見ただけで、撃ちこまれるガス弾に眼をつむり、勇魚は引金をしぼる。五発。銃弾を大切に使わねばならない。引金はすぐに離して、連射を短くおさえねばならぬ。ガス弾が集中する。かれは呼吸をとめる。二度と呼吸することはないだろう。かれは三発撃つ。強い放水が地下壕《ごう》の内壁にあたり、反転してかれに襲いかかる。すでに深い水のなかに再び落ちながら、かれは四発撃つ。すべては宙ぶらりんで、そのむこうに無が露出している。「樹木の魂」「鯨の魂」にむけて、かれは最後の挨拶《あいさつ》をおくる、**すべてよし！**　あらゆる人間をついにおとずれるものが、かれをおとずれる。》

　この思いは、『燃えあがる緑の木』第三部の「大いなる日に」でもう一度、ズラされ、繰り返されていますね。救い主とされたギー兄さんを喪《うしな》った教団のメンバーがデモ行進をしながら流れ解散していくのですが、最後、語り手のサッチャンの耳には「Rejoice!」という言葉が響いている。この「Rejoice!」にリフレインされているように思いましたが。

《胸当をつけよ、剣を手に。果敢に世界を行進せよ。卑怯《ひきよう》者はわれらにいらぬ、善良で勇敢な男たちのみ。》

　私たちの行進が、この歌のように勢い盛んな勇ましいものであったかどうかは、それを目撃した証人によって評価は幾様にも分れるはず。しかし私は、K伯父《おじ》さんに書き方を教えられた仕方で、あの歌のとおりだったと言いはりたい、い、い。そのような自分を支える原理として、私は森をふくむこの地域についての分析を学んでいる。そこに表現されている「世界モデル」において、谷間から外に出て行く流れは、生の勾配《こうばい》にそっているはず。さらに私の耳にはいまも私たちみなが未来に向けて唱和した言葉が鳴っているのだ。

――〈Rejoice!〉

「すべてよし！」から「Rejoice!」へ。二つの言葉のつながりは？

"Rejoice!" っていうのは喜べ、喜びを抱け、というほどの意味で、イエーツもさきにあげた「Vacillation」という詩のキーワードに使っている言葉です。神秘的なものとはまた別の、現実に生きている人間への呼びかけの言葉。私はこの言葉自体が本当に好きで、自分への励ましとして効果的なのは、若い時から、「頑張れ」じゃなくて「リジョイス」でした。当時、私はこの小説を完成させたら、超越的なものへまなざしを向ける、それを手さぐりするということはもうやめて、自分という人間だけで魂のことをしたい、そのためには言葉で表現したりすることもしないで、つまり小説を書くのをやめて、じっと集中して考えることをしたい……そんなことを考えながら、スピノザを集中して読んだりもしていました。

「すべてよし！」は、ドストエフスキーをずっと読んでくるうちにかたまった言葉だったと思います。危機のなかでいろいろ苦しんできた人間が死を目前にして、自分が向かってゆくところのすべてを全肯定する、その態度でもって、自分の関係するすべてを逆転させてしまう。そのような自由を行使する、というものでした。いまふりかえってみると、両者は違っていますが、通底しているところはありますね。

主題が出来事を予知する

――『洪水はわが魂に及び』は連合赤軍事件、『燃えあがる緑の木』三部作はオウム真理教事件をまるで予告したような側面の強い小説でしたが、どうしてそのような予知的な主題が大江さんの中で湧《わ》きあがってきたのでしょう？

きみには、予知能力があるんじゃないか、そして不幸なことについては実際それが起ってしまうようじゃないか、と親しい友人にカラカワレルことはありますが、その能力がないことは自分で知っています（笑）。自分に対してのみならず、他人についてもそういう力がありうるとは信じていない。

一つの問題をずっと考え続ける、自分自身の個人的な手がかりを通じて、それこそ十年間毎日考え続ける。そうすると何となく、自分がずっと考えていまに至っているその考え方の勢いで、いくらか今より前に出て行くことがある。それが私の、想像力というものの核心をなすものだという思いはあります。小説家は自分自身がずうっと考え詰めて現時点まで来て、そこからぽっといくらか前に出ることを書くものだと、そんなふうに考えてはいる。そのようにしていままで小説を書いてきました。それが近い未来に起こってしまうことと重なる、ということは、時にありうるでしょう。

——日本ではこのところ霊的な世界への関心が高まって、「スピリチュアル」という言葉が一人歩きしている。この風潮をどうごらんになっていますか。

私は否定的な関心を持っています。結論からいうと、テレビや出版物を通じていわゆるスピリチュアルな世界のことと称して、思いつきを情緒的に話しかける、そういう人たちを私は信じない。ああいう語り口の人物を信ずるのは、いい方向としての若い人たちの心の働きではないと思います。

スピリチュアルなものとの橋渡しをすると称する人たちがこのところよく出るテレビ番組を見ると、私のこれまで考えてきたスピリチュアルなものとはまったく別種のものだと感じます。私はスピリチュアルなものは一般的には人間から離れたところにあって、人間臭くないものだと考えてきたんです、キリスト教や仏教のスピリチュアルな人たちのことを考えて。ところがいま、テレビなどに出ている人たちはあまりにも人間臭い。それで思い出す、子供の頃、おばあさんから聞いた話があるんですよ。ある時、自分の村に男だか女だかわからない人物がやってきて、町外れに小屋を作ってそこで暮らし始めた。その人はじつにやさしい人で、そこに行くといい話が聞けるというので皆が行くようになった。ある時、ひとりの子供が……おばあさんは自分だというんですが、そこに行くと、どんどんどんどん、いいことを話してくれて、夢中で聞いてるうちに自分の顔のすぐそばにその人の顔があった。そして気がつくと、大口を開けてこちらを嚙《か》もうとする。抵抗できないで、そのまま顔の半分その人の歯の間に入った時、その口のにおいというのが、恐ろしいほどのもので、われにかえって逃げて来た、と。そういう人が昔はいたんだとおばあさんは私に話して聞かせた。私はあのテレビに出てにこやかに話し続ける、スピリチュアルの人気者たちの表情を見てると、いつもその話を思い出します（笑）。

――笑い話には聞こえない話です。でも、数々のまやかしに包まれたカルト教団のことを、一九九九年の大長篇『宙返り』においてさらに書かれました。そしてその最後は、〈教会という言葉は、私らの定義で、魂のことをする場所のことです〉と結ばれている。それは、神なしで信仰はあり得るという、作者の態度表明だったのでしょうか。当時ご自身は二つの長篇を書き終えて、「神の問題から解放された」とも話されています。

あれは自分がまったく個人的な言葉の仕事で、神秘的なものに近づこうという試みをやって来て、ついに断念した、もうそういうこととは関係なく生き死にしようと思い決めたという意味でいったことですね。結局、自分を超えたものと直接に自分が結ばれるという、そんな神秘的なところ、それからネオプラトニズム的なところへは、自分は行くことのできない人間だと、四十代、五十代にかけて確かめたと思っています。それからはずっと、神は遠方に、人間と無関係にある、というシモーヌ・ヴェイユに共感しています。

『燃えあがる緑の木』を完成させる見通しが立って、もうこれで自分の小説は終わったという気持ちを持ちました。それも純粋に文学的な問題として。ところがちょうどその一九九四年にノーベル賞をもらいました。そうすると本当に身動きが取れなくなりました。受賞者は以降をノーベル賞作家として生きていくことになる。サミュエル・ベケットだけですよ、誰とも関係なしにひっそり自分で暮らす、と宣言して、それを成功させたのは。

私もかなり、自分の困った事態を見とどけるに敏な人間です、このまま小説を書かないで生きていくことはできないだろうと、納得しました。それでもアメリカで一年間、プリンストン大学で週二回教えるだけの生活をしてかなり気は晴れた。そのうち、『燃えあがる緑の木』で自分がうまくやれなかったところをやり直して、もう一度、祈りということがどういうものかやってみよう、と考えました。それで『宙返り』を書き始めた。ノーベル賞から五年の間に伊丹十三《いたみじゆうぞう》君、武満徹さんが死んで、岩波書店の社長だった友人の安江良介《やすえりようすけ》君も死んでしまった……そうした実生活上の窮状の思いを乗り越えるためには、端的にいえばメランコリアから脱《ぬ》け出すためには、毎日書いていくしかないという気持ちになったのでもありました。

――そして次の小説を書く決意を、一九九六年二月、武満さんのご葬儀の弔辞の中で言葉に表わされました。「長篇小説を書いてあなたにささげようと思います。あなたの霊前に立つには小説家としてでなければ……」と。

何かにキリをつけようとして、それこそ必死でそういったと思います。私には、いつも人生の難所に差し掛かったとき、武満徹という人がいると考えることが、基本的な励ましになるという、まさに師匠《パトロン》でした。ずっと前に亡くなられた渡辺一夫さんと武満さんが私の人生の師匠《パトロン》。まだ、何を書こうというプランはなかった。ただ、雪の降りしきる告別式で思い立って、あまり大きくない声でそういったんですね。

――その直後でしたか、アメリカ東部に単身旅立たれ、プリンストン大学で一年間、ドイツのベルリン自由大学で半年間、教鞭《きようべん》をとられました。国内でもあの時期、積極的に講演活動を引き受けられていて、大変にお忙しい日々でしたね。

受賞以降、それこそ世俗的なものが、悪い意味だけじゃないけれど、次々と押寄せてきて、日本にいると、じっと集中していることはできなくなりました。ノーベル賞を受けた時、これでなんとか死ぬまで言葉で生きる人間でいられる、と安堵《あんど》した、というのも正直なところなんですよ。ところがそんな思いを超えて、もう言葉など問題じゃないくらい追いつめられました。そんな圧力を完全に突き放せたのは、さきにもいいましたが、ただベケット一人じゃないかと思えたほどです。本当にベケットは断然としてほかの受賞者とは違う「言葉の匠《たくみ》」ですよ。

外国の二つの大学で教えられたことは、自分にとってあの時期とてもありがたかったと思います。あれで元気を取り戻すことができた。

——その『宙返り』は、名声を得た熟年の画家・木津と青年・育雄の奇妙に美しい同性間の恋愛を軸に、二人が「師匠《パトロン》」と「案内人《ガイド》」の率いる信仰集団にひきずり込まれて行く大長篇です。登場人物の多彩さ、対話の饒舌《じょうぜつ》さはかつての大江作品になかったほど。「神なき現代に魂の救済は可能か」という主題が、前作から引き継がれ、深まっていきます。一九九五年にオウム真理教による「地下鉄サリン事件」が発生し、神なき日本は、さらに神の問題から遠のいてしまったかのような時期でもありました。その現実から〈育雄、ヤハリ、神ノ声ガ聞コエナクテハ、イケナイカネ?……オレハ、神ナシデモ、rejoice トイウヨ。〉という木津の最期《さいご》の言葉は、非常に重く響きました。この事件と作品に、関連がありましたら教えてください。

オウム真理教のテロに加わった、知識人の青年たちの問題はいまに続いています。老人としてそういう青年にいいたい言葉として書いたひとつが、いま引用していただいた言葉だと思います。とくに神ナシデモ、人間ハ rejoice トイエル、というところが……

——もう一度、武満さんのお話ですが……。私たちは、武満さんの存在が大江さんにとってどれだけ大きかったのか。いまになって気がつくことは多いんですけど、九〇年に岩波新書になった『オペラをつくる』というお二人の対話集の中で、武満さんが、芸術家の〈役割自体が前よりももっと重要になってきている〉〈ある時期の政治的な文学とか、反体制的な姿勢とか、そうした観点ではなくて、もっと人間に深く関わることが必要ではないでしょうか〉と語りかけられている。
さらに武満さんは〈いちばん純粋な形で人間の想像力とか思想のタネをどういうふうに次の人間社会のなかに植えていくことができるか。そういう役割を芸術家が自覚しなければいけないのではないか〉、と。このやわらかな促しの言葉、いえ、武満徹という同時代の芸術家の存在自体が、その後の大江さんの仕事に大変大きな影響を与えたに相違ない、と考えたのですが。

いまもその言葉を引用されて、私はなにか深いところで自分が動揺するのを感じました。ふだん武満さんは正面から意欲的に、思想の言葉を語るという人じゃなかったから。かれはたいてい具体的な、愉快な話をする人だった。しかし、かれの作った音楽を通じて、またその文章を通じて、かれが本当に深く考えているということはよくわかっていて、私はそれに影響を受けていたわけです。武満さんという人は、思想的なこと、美しさのこと、そして人生をどのように生きるかということについても、ある根本的なことをしっかりつかまえていて、自分のそれを磨きながら生きてきた人だということは、よくわかっていた。本当の芸術家には、自分でもよくわからなくて、タネを蒔《ま》く人がいる。中原中也《ちゅうや》に「ホラホラ、これが僕の骨だ、」という一行がありますが、それと同じように「ホラホラ、これが想像力のタネだ、」とこちらに思えるような。武満さんは自分でもまだ言葉にしていない想像力のタネ、思想のタネをたくさん持っていた人でした。逆にそのタネが皆無の芸術家は大勢いますが……

本当にその大切なもののタネを、次の世代に伝える仕事をしなきゃいけない、そうかれが考えていたとすると、じつは私はかれの生前その言葉をよく聞きとって、次につたえる努力に加わってはいなかったと思います。いま、しみじみそう感じる。こうしてはいられない、と思います。

本当に思想的な言葉は、その言葉が発されると第三者の手にとられてすぐ役に立つというようなものじゃない。皆がそれぞれの仕事をしていくうちに、いくつか自分のタネ、未来に向けて残すタネの言葉が固まってくる……結晶のように自分のなかにそれができる。それを次の世代に手渡したいという気持ちは、皆持っているんじゃないか。将来、いつか実を結ぶ。そういう小さいけれど深いところで育つタネを、芸術家は後の世代に手渡していきたい。しかしそれが本当に役立つには月日がかかる。そういうゆったりした思想のつながり、時間をかけた伝達が必要なんですね。そしてそれはやはり読書ということに関わってくる。ところが若い人たちがいますぐ役に立つハンドブックのような本を読む習慣ができて、それがスピリチュアルな側面にまで及んでいる、答えをわかりやすく手渡してくれる人がテレビに出たり本を書いたりしている、それに若い人たちがどんどん引き込まれてゆくようでは、武満さんの語りかけは空《むな》しいでしょう。

――そのとおりですね。もう一つ、武満さんとの不思議な魂の交感のエピソードを見つけたんです。モーツァルト生誕二百五十年を記念して、読売日本交響楽団がオーストリアのマンフレッド・ホーネック氏の指揮と演出で「レクイエム」のコンサートを開くにあたりまして、大江さんに詩を書き下ろしていただきたいとお願いをしました。すると思いがけず承諾していただき、俳優の江守徹《えもりとおる》さんがその詩を朗読されたコンサートでは、本当に大きな喝采《かっさい》を浴びました。それが「私は生き直すことができない。しかし私らは生き直すことができる。」です。

この〈私は生き直すことができない、しかし／私らは生き直すことができる。〉という言葉は、大江さんが九〇年にエッセイの中でお書きになり、それを武満さんが晩年のご自分のエッセイ集『時間《とき》の園丁《えんてい》』の中で引用された文章、〈人生は生きなおすことはできない。しかし小説家は書きなおすことができ、それは生きなおすこととはいえないにしても、あいまいに生きた生にかたちをあたえることなのだ〉の発展形でもありましたね。何気なく大江さんの中にあったタネを武満さんが自分の文章の中に蒔き、そこで出た芽に大江さんは着目され、自分の中に移植し直し、「書きなおし」を繰り返して、大切に育ててこられたのでは……と想像しています。

本当にそうですね。初めて気がつきました。武満さんは、つくづく私にとって大きい師匠《パトロン》でした。もう私は武満さんが亡くなられた年齢を越えて生きていますが、今もしばしばね、あの人に電話をかけることを思い立って、そして、もうあの人はいない、と気がつくことがあります。じつは、モーツァルトのコンサートの詩に重ねて、もひとつ詩を書いたのですが、そこには向こうの世界に出発してゆく武満さんのことを書いた長いスタンザがふくまれています。

《定例検診で（膀胱《ぼうこう》内膜に）
癌《がん》細胞を検出された友人は、
抗癌治療の苛酷《かこく》さを
およそ信じがたいものとして語った後、
書き換えてある　生涯の
作曲プランを見せてくれた。
年が明けて　日暮れ方に見舞うと、
友人はひとり窓に向かって立っていた。
そこを真暗にして
雪が降り始める……
きみの「雨の木《レイン・ツリー》」から
宇宙を循環する水
の　暗喩《メタファー》を借りたことがあった。

もう比喩《ひゆ》はいらない。
いまは
音楽そのものが
目の前にある。
時間の猶予《ゆうよ》　だけが問題だ。
黒黒した鏡のなかの
小柄な友人は、
ベソをかいている私の脇《わき》で
アリスの猫の　笑いを浮かべていた。
三日後、かれは移行した。》

（「『懐かしい年』から返事は来ない」）

——小説家として〈詩をあきらめた人間である〉といったんは小説の中に書かれた大江さんが、満を持して「詩」を書かれ始めた。このことは読者からすれば、思いがけない跳躍でもあります。この先の創作活動とどのように結びついて行くのですか。

「私は生き直すことができない。しかし私らは生き直すことができる」。これはもしかしたら自分の生涯でただ一つの、正面から詩を書く時期の始まりをなすかもしれない。それが続けば、『形見の歌』という一冊の私家版の詩集を作りたいと考えていますが。詩の文体としていままで小説の世界で自分が作ってきた、ある硬さのようなものも軽いところも、ともに表現できるような詩が書き続けられれば、とねがっています。

そしてそれらの詩を書くことがきっかけになって、いままでの小説より軽い、長さで言えば二百頁《ページ》くらいの作品を二つか三つ、これから新しいスタイルで書いてゆけるかも知れない、とも考えています。自分の作家としての人生、人間としての人生を明快な形で二つか三つ切り取ってみる、という感じで。小型の瀟洒《しょうしゃ》な感じの本にしたい。それでまず、一つの作品をあれこれ考えています。二、三冊そろったら、それが自分の人生のLate Styleというか、The Last Styleというか、それを示すものになるはずです。自分はこのような文体にたどり着いた、世界の風景は自分にいま、このように見えていると いうことを書いて、それで終わりたい。

たびたび「最後の小説」ということをいったので、私はオオカミ少年のようなマズイ状況にもありますからね。かつての大江は決して書かなかったような、新しい大江が全力を尽くしてやっとできた、そんな小説でなければ、と思っています。

第6章

「おかしな二人組《スウード・カップル》」三部作
『二百年の子供』

ノーベル文学賞受賞の夜

――ノーベル文学賞の受賞が決まったあの晩の記憶は、いまも色褪《あ》せません。一九九四年十月十三日、午後九時をわずかにまわったその時、ハイヤーの自動車電話を受けた共同通信の記者が発した「アーッ」といういささか漫画的な絶叫で、東京・成城《せいじよう》のご自宅前に集まっていた私たちは、決定を一瞬のうちに悟ったわけです。三、四十人はいたでしょうか。その前にやがて大江さんが門を開けて姿を現され、早速、カメラのフラッシュとテレビカメラの照明を浴びながらの、記者会見が始まりました。「日本文学の水準は高い。安部公房《こうぼう》、大岡昇平《しようへい》、井伏鱒二《ますじ》が生きていれば、その人たちがもらって当然でした、日本の現代作家たちが積み上げてきた仕事のお陰で、生きている私が受賞したのです……」。その様子は、一時間もしないうちに世界中に打電され、拡《ひろ》がっていった。メモを取りながら足が震えました。あれほど大きなニュースに、この先出合うチャンスがあるのかどうか。

でも、大江さんご本人は、白いスタンドカラーのシャツに着替えていらして、終始、厳かな表情で。落ち着いていらっしゃいましたね。

あの時は、どなたも入ってこられないけれど、家の周りに記者の方が集まっていられるので、カーテンを引いて食事をしました。それから光《ひかり》がかけるCDを聴きながら、私は本を読み家族もそれぞれなにかしながら、なんとなくみんなで居間にいました。二、三年、とくにあの前の年、発表の夜は家の前に報道陣が集まられて（ほかの作家のところも同じ）、そして失望して帰って行かれる。そこで家のなかも湿っぽい雰囲気で、なんとなく無意味に包囲されている感じで。妻と長男の光はもとより、娘も次男も結婚していなくて家にいた時期でした。

そのうち電話が掛かってきて、うちではまず光が出て、家族に取り次ぐのが習慣ですから、かれがなにかいっている。光はテレビの外国語放送をいつも見ているのと、耳がいいので、挨拶《あいさつ》だけはドイツ語からハングル、中国語まで、ネイティヴの人たちを感心させるほどですが、後は続かない。そして、私のところに受話器を持ってくるその前に、「ノー」といっていた。後で考えてみると、「大江健三郎さん？」と尋ねられて、そういったんだろうと思います。私が出ると、数年前、スウェーデンのヨーテボリというところの「本の市」で講演した時知り合った大学教授が、愉快な調子で、「ノーだって？」ときみと笑っている。そして真面目《まじめ》な声になって、スウィーディッシュ・アカデミーは、きみにノーベル賞を……、と定まり文句をつたえました。ストゥーレ・アレンという人でアカデミーの終生秘書でもあることを私は知らなかった。お礼をいって、受話器を置いた。家族皆がこちらを見てるものですから、「もらいました」といった。そうしたら何となくみんな静かにうなずいて、自分の部屋に行ってしまった。私一人になって、あまり反響がないもんだと思ったんですけれど（笑）。それから三十分もすると、それこそ世界中から電話が掛かり始めて、大騒ぎになった。

――少々不思議なタイミングのご受賞でもありました。この約ひと月前、朝日新聞の九月十七日付の社会面に「もう、小説は書かない」という宣言のような記事が大きく報じられて、――それが大江さんの真意ではないと判断しましたので私たちは報じませんでしたが、また、その時期、光さんの二枚目のCDがクラシック部門の作品としては異例の大ヒットになっていて、その年のゴールドディスク賞にも決まりました。この年の九月に放映されたNHKの番組「響きあう父と子・大江健三郎と息子光の30年」へも大きな反響が広がっていた時期でしたね。

あの年、私は五十九歳でした。六十歳になれば何か自分を根本的に検討することをしたい、このまま大きいジャンプはしないで、なしくずし的に小説を書いて繋《つな》ぐ人生は、どうも怠惰ではないかという気がしていました。家内に相談すると、三年間くらいは収入がなくても家族は生活できるというので、北欧とかいろんな土地の大学での講演が続いていたこともあって、外国のどこかで教師をしながら、自分の作品、そして生きてきた全体を見直そうか、というふうなことを考えていた。たまたま光の最初のCDを取材してくれた社会部の記者が、二枚目のCDのことで電話をくれて、いまの心境ということでそう話しましたら、そのまま記事になった。「ちょっと、また問題が別なんだ」と訂正を発表して、その記者のキャリアを傷つけるのは嫌でしたし、すぐ学芸部から問い合せがあったけれど、否定はしませんでした。そうするとむしろそれが背中を押してくれることになって、次第に小説から離れて、もっと根本的に考えていく方向に、体も心も動き始めた。武満《たけみつ》さんからは「たしかに君は、そういう分岐点にあると思う」といわれた。友人の間では静かに受け止められていたんです。

そんなところに賞をもらった。まず、これでもう、小説をやめてどこかでひっそり暮らすなんてことはどうもできそうにない、と感じた。同時に滑稽《こっけい》な話ですが、この前もいったけれど、これで言葉を書き続けることで死ぬまでやっていけるだろうと思ったんです。すなわち、ノーベル賞というものの力によって、ベストセラーを書くわけじゃなくても、自分の書きたいものを書いて死ぬまで家族で生活する……そういう保証をしてもらったという感じがしました。

——この頃から大江さんの手書きの原稿を拝見する機会を持ちましたが、書き込み、削除、貼《は》り付けを繰り返された凄《すさ》まじい書き直しの跡にいつも感歎《かんたん》します。サイード氏流には「エラボレートする」、推敲《すいこう》するということでしょうか、そういうやり方で『宙返り』も最初三千六百枚あった本文を、最終的に千八百枚の上下巻に研ぎ澄まして行かれた。編集者の意見にも積極的に耳を傾けられる。何かがノーベル賞によって解放されたように、新しい文章のスタイルを求めてアグレッシヴに仕事をされていた印象が強い。

そうですね、小説をやめる、といったことがノーベル賞と重なって、国の内外でいろいろ批判されてきましたが、実際に前後三年間ほど何も書かずプリンストン大学で教えたりしていた時期が有効だった、と思っていますよ。

私の場合、永く小説家の生活をするうちに、結局小説を書くという仕事が一種の単純作業になっています。ある主題を考えて、ある時書き始める。そうすれば、毎日ある量だけ書く、そして小説が終わるまで続ける。それが行き詰まってしまうということはないんです。しかしそれはよくないのじゃないか、ということを、『宙返り』で小説を再開する際に考えた。そこで、やはり毎日書いてゆくのではあるけれども、一旦《いったん》書き上げたものを、できるだけ短期間にまとめて書き直す。書き直して、あらためてこまかく検討してゆく――それがエラボレーション、書き直しですね――という工程にした。それが現在に続いていますが。小説家の自己検討というのはやはり書き直しによって成立する、それは晩年に至るほどそうじゃないでしょうか。

――最終的には、「アレが来る」と呼んでいらっしゃる、ご自身のコントロールを超えた力がやってきて、小説は完成するのですね。

そうなんです。いまいった、毎日少しずつ進める、という連続的な作業に、ある段階で、非連続的なものが介入するんです。たいてい小説を書き進めて行くうちに、どの小説でも、それ自体の軌道が出来てきて、それに乗っかって書き続けて行くものなんですよ。ところがその軌道に乗って走るうちに、小説自体の力で、それまでの平面から離陸する瞬間がある。離陸すればそのまま飛んで行けばいい。その、離陸する瞬間がはっきり現われる、その自覚を、私は「アレが来る」と呼んできたわけです。

それはピョコンとやってくるんですよ。たとえば『個人的な体験』の場合だと、まず私の初めての子供が障害を持って生まれてくるということがあって、そのことに耐えるという意図もあってすぐ小説を書き始めた。鳥《バード》という青年が、頭部に畸型《きけい》を持って生まれて来た子供からなんとか逃げ出そうとアタフタしている。その青年が回心する。そこへ行くことは最初からきめているんだけれども、短かく確実にどう書くか。その回心の過程が、ある日、一瞬にきまった。いまの『個人的な体験』のテクストでいえば、子供をいかがわしい病院に放置して――実際には、そういうところはないでしょうが――、安酒場で酒を飲もうとする。鳥《バード》はウイスキーを吐く。《おれは赤んぼうの怪物から、恥しらずなことを無数につみ重ねて逃れながら、いったいなにをまもろうとしたのか？いったいどのようなおれ自身をまもりぬくべく試みたのか？　と鳥《バード》は考え、そして不意に愕然《がくぜん》としたのだった。答えは、ゼロだ。》

それが「アレ」が来た瞬間で、そこを逃さぬように書いて、書き終わった後、むしろ作者の自分が別のものになっているということを経験しました。

このように「アレ」が来て、小説が出来上がるということがこれまでほとんど常に起きてたんだけれど、今回の三部作の場合は、とにかく最初に大きな偶然があって、そこから少しずつ少しずつ、小説が出来上がっていった。小説を書き始めた頃は、これから小説家になっていくんだ、上り坂を登る苦労をしていくんだと思いながら、新しい人物や物語を書いていったのですが、それがいつのまにか平地を歩くようになって何十年かやってきた。そしてもう明らかに人生の衰退の道に入り込んでいる。六十五歳で『取り替え子《チェンジリング》』、二年後に『憂《うれ》い顔の童子』を書いて、もう明らかに自分が死に向かう道に精神的、肉体的に入り込んでいる、衰退の過程にある人物を書いている自分自身が、同じく衰退し、終わりに向かっているという実感なんですよ。そのようにして『さようなら、私の本よ！』に到《いた》りました。

——本当に衰退、でしょうか？　一九九〇年代の大長篇から、『取り替え子《チェンジリング》』では一転して短い長篇となります。もちろん文体も一新されて。わずかな期間でのこの変化の理由は、何だったのでしょう。やはり、伊丹《いたみ》さんの死、ということに……。

ええ、『取り替え子《チェンジリング》』を書くことになったのは、家内にとって一番大切な人間が自殺した、それは自分にもこれ以上ないひどい出来事だ、という思いに立ってでした。『燃えあがる緑の木』から『宙返り』と書いて、それまでの主題は終わり、なにかふっきれていた。自分の死が何でもなく思えるほど、徹底して身軽な気持だった。そこへ、ただ自分と家族が死者と向き合って赤裸《あかはだか》で苦しんでいるだけ、ということが起こった。そしてそれを書こうと考えた。

小説を書く作業は、その小説を書くことを通じて、自分の死生観を作り変えながら生きて行く、そういうことでもあります。とくに中期の仕事以後は。小説を書きながら、いつまでもはっきりするのではない自分の死生観に一つの決まった方向づけを作っていこうとすることです。それが「後期の仕事」というほかにない人生の時にあってのことですから、さらに自分の覚悟も別のものになります。『宙返り』までは、なお生きて行く人たちの死生観を書いていたと思う。生きて行く人たちの魂のことを書くために、死んで行く人たちのことも書いた。客観小説、三人称小説としてね。ところが身近な人間の死によって、私自身の死生観の問題として、まったく個人的な小説を書くことになった。そこで初めて、死んで行く人たちの魂のために、死んで行く人たちの死生観を書くことをした。『取り替え子《チェンジリング》』は、もう一度『個人的な体験』を書いたことになります。

長江古義人という語り手

――そのようにして「長江古義《ちょうこうこぎ》人《と》」という、ご自身の分身のような人物が語り手になったわけですね。

長江古義人という人物を作って、自分自身に重ねる。それからずっと子供の時からの友人で、義理の兄でもあった伊丹十三《じゅうぞう》をモデルにした人物、塙吾良《はなわごろう》を作る。そこから始めました。

そもそもの出来事は、九年前ですが、ある深夜……私は家の書庫のベッドに寝ているんですが、そこに家内が入ってきて「タケちゃんが自殺しやはった」といった。彼女が寝ている私を起こしに来たことはそれまで一度だけ、ケネディ大統領が暗殺されたときでしたが。京都弁になってしまっていたのは、子供時代の自分に還《かえ》ってるということなんですよ。私は、もう他人なんです。しかし同じ家にいるこの男に、自分が兄の身元確認に行かなきゃいけないと一応伝えてやる、という態度。それも寝ている光をそのままに、自分だけ出て行こうとして玄関に荷物をまとめている。障害のある息子まで、彼女の意識から消え去っている。彼女の一番愛していた兄と一緒に暮らした、京都時代の自分になってしまって……

私としても、あんなにびっくりしたことはありません。まったく予期していなかった。伊丹のような、早くから老成していて、立派な仕事を続けていた男が自殺するなんて。とにかくその出来事が起こって、私は、もちろんある時を置いてでないととりかかれないけれど、ひとつの小説を書かねばならない動機ができてしまった。

――一方で、長年の読者らは、また、奇妙な悲しみを味わったと思うのです。あの、四十年も前に書かれた『日常生活の冒険』の冒頭を思い出しながら、あの小説が、ついに「本当のこと」になってしまった、と。

〈あなたは、時には喧嘩《けんか》もしたとはいえ結局、永いあいだ心にかけてきたかけがえのない友人が、火星の一共和国かと思えるほど遠い、見しらぬ場所で、確たる理由もない不意の自殺をしたという手紙をうけとったときの辛《つら》さを空想してみたことがおありですか？　小さい獣どもの世界なら、たとえば巨《おお》きい獣に、自分の硬い頭をやわらかい蜜《みつ》菓子かなにかのようにかじられる体験といった苛《か》酷《こく》な体験があるかもしれないが、人間の世界では、これがもっとも辛い体験だと、いまのぼくは思っている。それというのも、ぼくの年少の友、斎木犀吉《さいきさち》が、北アフリカの独立したばかりのひとつの国の地方都市ブージーで、ホテルの浴室のシャワーの蛇口《じゃぐち》からつるしたベルトで首を吊《つ》って死んでしまったという短い手紙を、パリ経由でうけとったところだからだ。〉

伊丹という、子供の時から美しくて才能にみちていたこの人には、しかし、奥深いところに大きい decay といいますか、崩れたところがあるように、じつは私は感じていたと思います。それでいて、それがどういうところに由来しているのか、私にはわからないままだった。いまもそうです。その大きい崩れたところがかれの中で優勢を占めた場合は、何をするかわからない。しかし、もともと育ちのいい、心の柔らかな人ですからね、ダンテの『神曲』地獄篇に「自分自身に暴力をふるった罪」として、樹木にされている魂が出てきますが、人を倒すほかない時に、自分を殺すような人間ですよ。そういう大きいディケイがあった。その根本のところを探り当てたいと思った。これが伊丹のことを小説に書こうとしたなにより大きい動機です。自分のことを書こうとは、思っていなかった。

いつかそれを書き始めなければならないと思い続けているうち、カリフォルニア大学バークレイ校に講演の仕事で一週間滞在して、それまでに行われた講演の資料を渡されたんです。その中に絵本作家モーリス・センダックと、世界的に有名なシェイクスピア学者との対談があった。のちにベルリンの高等研究所で、偶然その『取り替え子《チェンジリング》』の成り立ちを話していた相手から、――もしかしたらそれは自分じゃないか、といわれたスティーヴン・グリーンブラットです。ともかくその時宿舎で対談を読むうち、一気にあの小説の構想が出来上がった。これも「アレ」が来た一例です。美しい子供がある日、悪い妖精《ようせい》ゴブリンの老人と取り替えられてしまう、チェンジリングという民話の類型。何度も言いますが、伊丹は本当にきれいな子供だった。それに嫉妬《しっと》する、あるいは単にその子をほしがる者がどこかからやってきて盗み取り、あとに顔かたちは似ているけれど、大きいディケイのある人物を置いていったと考えることで、すべてが納得できる気がした。そのように取り替えられた兄を時には不審に思いながら、しかしそのにせの兄を大切に保護して生きてきた妹。いつか奇怪な死に方をするのではないかという惧《おそ》れのようなものも持ってきた妹の千樫《ちかし》を考えることから、小説を書き始めました。

――人生における最も不幸な出来事が、一つの作品との出会いから、別の意味を持ち始めて、偶然のように大きな作品のきっかけが得られたのですね。

ええ、不幸な偶然のようにそれはやってきました。小説の出発点に、偶発事を手がかりにすることは心配じゃないかといわれるかもしれないけれど、もし作家に、ほかの人間とは違う才能があるとすると、それは実につまらない偶発事から、自分がその時書こうとしている小説の、一番根本的なものを創《つく》り出す、そのきっかけを感じ取る能力だと思いますよ。そのきっかけの有効性を信じて、不安があるにしてもそこへ向けてどんどん入り込んでしまう。そこからいろんな構想を広げて書いていく、その能力というものが作家の才能ではないでしょうか。

実例にそくして考えてみると、どんな作家でも、大きな作品を論理的な力でしっかり構想して、そのとおり完成させてやろうと努力して書いて成功した例は、文学史上めずらしいのじゃないかと私は思っています。トーマス・マンの『ファウスト博士』などは大きい例ですが。どうも小説というものは、何よりも偶発事にそそのかされるようにして書かれる場合が一般じゃないか。それがあるから人間が生きることの偶然性の面白さ、無意味さ、それでいて深い重さ、というようなものが小説のかたちで描き出されてきたのじゃないか、そう思っています。

――すると次の作品『憂い顔の童子』が生み出されたのも、偶然が大きく作用したのでしょうか。第一部『取り替え子《チェンジリング》』で十七歳の古義人と塙吾良が四国の高校生だった時、敗戦後の混乱の中で国粋主義的な集団と関わって深い傷を受けた、「アレ」と書かれている出来事が、――核心部分は読者の想像力にゆだねるようなかたちで千樫の語りで書かれていて、大きな論点にもなりました。そして、次のような「批評家の断定」も実際にあったわけです。

《僕は、この小説でのこの椿事《ちんじ》の描かれようから、作者は、わかる読者にはわかる仕方で、それが何かを告げていると思います。》

古義人はスタンドの光に近づけて雑誌を読みながら、それは「牛の生皮かぶせ」ということだろうけれど、あれは単に「事実」なのだ、と考えた。しかし真木彦さんも傍線を引いている批評家の断定は、古義人もビクリと戦《おのの》いたほどのものであったのだ。

《その事実とは、強姦《ごうかん》と密告です。つまり、僕の考えでは、十七歳の時、古義人と吾良は、ある事情から大黄《だいおう》さんの蹶起《けっき》計画に巻き込まれ、そこからずり落ちる過程で、大黄さんの手下の若者たちに腹いせ的に山でホモセクシャルな形で強姦を受け、心身とも「がたがたにな」ります。そして彼らは、ある心の動きから、それへの意趣返し、というか対抗として、大黄さん達の蹶起計画をその筋に密告し、その結果、大黄さんの蹶起計画は頓挫《とんざ》するのです（そのため、二人は後々、ひそかにつけ狙《ねら》われることになります）。二人が以後、四月二十八日の夜を唯一《ゆいいつ》の例外として、それから数年間の絶交状態に入る、という作中の経緯（＝作中事実A）は、作中の原事実（B）として、二人が、強姦で身を汚され、その恥辱から回復すべく、自ら身を汚す（＝密告する）という行為に出るという事実を勘定に入れることで、はじめて意味をなすものになっています。古義人と吾良は、あたかも日本の戦後の出発に見合うように、自らの手を汚すことで、新しい世界に向けて出発した。だからこそ、いつかこのことをそれぞれの作品で明らかにしようと考えた、という道筋が、この読みから浮かんでくるのです。》

古義人は矢庭《やにわ》に立ち上り、コッテージの奥に小さくついている電熱式のプレートに雑誌を載せた。それが煙を立て始めると、天井のセンサーが感応しないよう換気扇を作動させもした。やがて炎が立つと、燃えつきるまで古義人はその前に立っていた。燃え残りを流しに落して水をかけると、煙の臭《にお》いが部屋に満ちた。それを嗅《か》ぎながら、水音がしないようわずかな水量のシャワーを――冷たい水はいつまでも温かくならなかった――暗然とした思いで浴びもした。この読みから浮かんでくるのです。クソどもが、と古義人はいった。〉

現実世界で書かれた「批評」に対し、作中の古義人は焚書《ふんしょ》に及んだほど怒りました。

これは『取り替え子《チェンジリング》』を書いていくうち、私をモデルにした古義人と伊丹君をモデルにした吾良、その二人の関係の根本に、戦争直後に起こったある事件があったこと、その占領期の地方都市で暮した日々の出来事に根ざす傷跡があるのじゃないか、と考えたのに始まりました。これはさきに話した、小説を書く上での偶発的にやって来るプラスの力とは別ですが…… さて小説の中でやはり「アレ」と呼んでいる事件は、それがそのまま現実に起った、ということじゃないんです。フィクションなんです。私が小説を書きながら自分と伊丹君の松山での高校生活を思い出して、こういうことがあり得たとしたら、と設定し、それが次第に膨らんできたものです。けれどもいったん小説に書いてしまうと、それが自分の現実の過去の中にある動かし難い、ある分岐点のようなものとなってしまう。それそのままではないが、つまりひっくり返したり、またそれを逆転させたりしながらですが、小説に展開してみないわけにはいかないという気持ちになる。私はあまり好きじゃなくて、この言葉を自分にそくして使ったことはかって一度もないけれど、「小説家の業《ごう》」とでもいうものはやはりあるらしい。そうしたことが積み重なって、あの小説が出来上がったんです。

ちょうど新訳の『ドン・キホーテ』を読んで、書く立場、書かれる立場を自由に転換しながら小説を書いてゆく技法の面白さをあらためて感じていました。「おかしな二人組」という基本の枠組はその時出来て、ドン・キホーテとサンチョ・パンサの定型に、伊丹君と私をあてはめることも考えました。

――「おかしな二人組《スウード・カップル》」という、ご自身の作品を初期から現在まで貫く構造を自己発見、というより再確認されたのは、英訳版『宙返り』を批評したアメリカのフレドリック・ジェイムソン氏の指摘からだったそうですね。そこから自己批評されたことは、『取り替え子《チェンジリング》』『憂い顔の童子』『さようなら、私の本よ!』を「おかしな二人組《スウード・カップル》」三部作として箱入りの特装版にされた際の付録「長江古義人と小説作者の対話」で、異色の自己批評が展開されていて、複雑に入り組んだ「二人組」の関係について知りましたが。ズレと反復という大江小説の特徴も、この二人組があって生まれる……。

ええ。もともと二人組を設定してからでなければ、自分の小説は動き始めない。二人組というのは私の小説のすべての原型だと気づくことになりました。私の小説はいろいろなズレを介して展開する。同じような人物が相互にズレて関係しあうということで、新しい物語が生じるんです。この三部作で、第一部の死んだ吾良の残したカセットテープを「田亀《たがめ》」通信というものに組み上げて、死んだ人間である吾良と、古義人が熱心に話をする。それはひとつの典型ですね。第三部の終りで、生きた人間としての古義人と、建築家の椿繁《つばきしげる》の冒険はもう終わっていて、二人がまだ生きているのか、あちら側に行ってしまっているのか判然としないくらいだけれども、いつの間にか、ズレを含みながら静かに静かに二人組は動き始める……

考えてみれば、『芽むしり仔撃《こう》ち』の兄弟が「おかしな二人組」ですし、ギー兄さんと自分というのも「おかしな二人組」。繁の弟子の武とタケチャンという若い二人もそうです。小説から実人生に戻っても、伊丹君と私、渡辺一夫《かずお》さんと私、光と私、つねに私は「おかしな二人組」のひとりとして生きてきたような気がします。よりおかしいのはいつも私ですが(笑)。武満さんと私とも、まさにスゥード・カップル。私は子供の頃から、この人は自分にとって大切な人だ、友人だ、先生だということを発見する能力だけは、普通の子供より優れていたんじゃないかな。しかもいったんそのような人を選び取ってしまうと、死ぬほどしつこくその人の生徒であり、友人であり続けようとした。しかも、私はよく人と絶交する性格でもありますが……それでいて私はいつも自分から絶交して、絶交を向こうからこちらに言い渡されたことはなかった、幸福なことに。

——セリーヌの自伝的長篇『夜の果てへの旅』に登場する二人組、バルダミュとロバンソンに重ね合わせて、繁から「シゲとコギーの晩年の波乱万丈の冒険小説を合作しよう」と、古義人に持ちかけたりしますね。この二人組に当てはめれば、大江さんは生き延びる側としてのバルダミュですね。いえ、大江さんの才能が、結局は文学の力で、どんな相手にも勝って、生き延びたということかもしれない。

二人組の相棒を敵として戦って、という意識はありませんが、確かに私は大切な友人たちより生き延びてきました。それは才能というより、さきにいった「小説家の業」ですかね。そのかわり、とうとう私が死ぬ時、どうもそれはじつに苦しいこととなるのじゃないかな（笑）。作者セリーヌが、ほかならぬバルダミュ役だったように、まあ作家は作品を作る時、どうしても自己中心的にやるんだけれど。つまり作家というものは、小説を書き続ける間は、その小説のなかで何とかして生き延びるタイプなんですよ。しかし、芸術家や学者があるグループを作ると、その中での第一級の才能というのは作家じゃないな。私らの仲間で考えると、武満徹さんが第一級。伊丹君もじつに才能のある映画監督。建築家の原広司《ひろし》だって磯崎新《いそざきあらた》だって、私など及びもつかない。作家の才能というのは、この人は非常に優れた人だと観察する力じゃないのかな。他の人は気がつかなくても、自分として発見してしまう力。それが生き延びて作家になる人間の条件だと思います。

作家でも自分に本当に才能があることを知っていて、それでつまらないものは決して書かないでやっていく人がいる。かれらはしかし生き延びるタイプじゃなく、早く死んでしまう、ということがしばしばあるでしょう。フランツ・カフカがそうです。あの人に匹敵する小説家の才能は、二十世紀にはほかにないんじゃないかと思います。独創性においても、他のあらゆる面においても。ところがかれの友人は、二流の作家ですけど生き延びて、カフカの偉大さを世界に知らしめた。さらに猛烈に凄《すご》い二人組をいうと、哲学者ベンヤミンとユダヤ神秘思想史家ゲルショム・ショーレム。この二人ではショーレムがバルダミュの役割だった。

『二百年の子供』のファンタジー

――すると、「おかしな二人組《スウード・カップル》」の第二部と第三部の間に書かれた『二百年の子供』は、三人組だったという点で、大江作品としては異例の小説だったんですね。

「私の唯一のファンタジー」として、二〇〇三年一月から、読売新聞に毎週土曜日、一面全部をつかって掲載した連載小説の第一弾でした。設定は一九八〇年代前半。デプレッションの治療もかねて、小説家の父は母と共にアメリカに滞在している。そのひと夏の間、長男・真木《まき》と長女・アカリ、次男の朔《さく》ちゃんのきょうだい三人組は父の故郷、四国の村で過ごすのですが、そこで千年スダジイの木のうろが過去と未来、二百年を旅するタイムマシンになることを発見する。行く先は、『芽むしり仔撃ち』や

『同時代ゲーム』など、過去の作品世界への夢の旅でした。

ええ、この仕事はね、あなたにすっかり頼って書き続けることになりましたが、自分の文体のエラボレーションを尽くしたということで、いままでのところ『さようなら、私の本よ！』が大人の小説として、『二百年の子供』が子供たちのためのものとして、一番仕上りがいいと考えています。

――『二百年の子供』の担当者として、読者と作者である大江さんに、大変申し訳なく思っていることがあります。「おかしな二人組《スウード・カップル》」三部作の長男・アカリが、この作品では真木という名に、長女・真木がアカリという名になっています。連載の直前、男女逆の印象がある名前だと指摘を受け、小説を読みなれない読者のために再考をお願いしたのでした。すると、アカリと真木の名を取り替えられました。

そうでしたね。私には小説の人物の名前に対して、妙な趣味があるんです。私の小説に出てくるあらゆる人物の名前は、私の人間に対する好みと嫌悪《けんお》に照応するといっていいくらい、好みがはっきりあるわけです。とくに好きな人物については、この名前でなくてはならない、と考える。そうしますと、何度も同じ名前が出て来るということが、自然に起こってしまいます。

たとえば『懐《なつ》かしい年への手紙』の中で殺されてしまう女性と、『さようなら、私の本よ！』に出てくる建築家は、同じ「繁」という名前ですが、別に自分ではその二人をつなぎ合わせてイメージしているというのじゃないんです。ただ、子供の頃から好きな名前というのがあって、それを一つの小説に書くと、音をちょっと変えたり、文字を変えたりして、次の小説に、あるいはもっと後の小説にまた登場させるということをしてきた。ただ名前だけなんですけど。ですから私の小説に出てくる名前を書き抜いて、コンピュータかなにかで傾向を分析したら、あまり多くない、いくつかの原型となる名前、必要な音の響きというようなことがはっきりすると思いますね。

小説を書くのに、どうしてもその名前じゃないと人物が想像できない、ということが私にはあるんです。それは私の、小説家としての一番の固定観念かもしれないな。簡単に別の名前にすることはできないんですよ。『万延元年《まんえん》のフットボール』だったら、「鷹《たか》四《し》」という名前は初めから決めていた。逆に、自分にはなじみのない名前として、その兄の「蜜三郎《みつさぶろう》」というのを考えました。これは武田泰淳《たいじゅん》さんの小説で『風媒花《ふうばいか》』、そのなかに蜜枝という女性が出てきて、「蜜」というような字は日本人がまず名前に付けない、しかも非常に実在感のある名前だと感じていた。それを男の名にして使ったんです。ちょっと禍々《まがまが》しくてエロティックな気配もあるような、奇怪な名前、それを付けるのに特別な才能を持っていた人ですよ、武田泰淳は。

——今度の長江古義人という主人公の命名は、それ自体が話題になりましたね。その古めかしく律儀《りちぎ》な感じの命名が。

まあ副主人公みたいな、私自身に近い人物の名として、チョウコウ・コギトは出てきます。まず長江といえば揚子江《ようすこう》のことで、大江《たいこう》。私のスゥード・ネームとしてあり得るでしょう。古義人というのは、小説の中ではジョン万次郎にアメリカの風俗のことを習ったじいさんが、デカルトを聞きかじっていて、そのコギトと、私の地方では地主や商人が学んだ儒学者は伊藤仁斎《じんさい》の流れですから、仁斎の古く正しい道、儒学的な古義という言葉を一緒にして、変な和洋折衷的な名前を付けたんだとされている、というように書きました。しかしそれは後になって小説を書きながら屁理屈《へりくつ》を付けたのであって、最初はコギトという音自体が好きだったからです。千樫という女性の名前も、もう理屈ぬきにチカシという名前が好きなんです、あの漢字も。

ただ、デカルトのコギト・エルゴ・スムは私にとって若い時から重要な言葉でした。「我考ふ、故に我在り」。かなりうまい訳ですが、しかしもともとは、人間は考えるから独特なんだという意味じゃなく、つまり、私がいるから私は考えているというのでもなくて、この私が存在しているかどうか、それをいっても仕方がない、考えているという事実がある以上それは他人が考えているんじゃない、考えているのは私で、だから私はあるんだと……その基本的な定義をフランス人の先生から説明されて、私は感心したことがあるんですよ。

——塙吾良、ハナワ・ゴロウの場合は、無念の死を遂げた人の祟《たた》り、いわゆる御霊《ごりよう》信仰を連想させる名ですね。

私の生まれた村から川下の、あまり遠くない所に「五郎」という地名があります。私はそれを御霊だ、と受けとめています。吾良という名前を、伊丹君がモデルの人物にあたえたことで、『取り替え子《チエンジリング》』という小説は出来上がったようなものです。日本全国に曾我《そが》五郎伝説がありますね。私の村にも曾我五郎の首塚、というものがある。人間に危害を与える、復讐《ふくしゆう》する人としてのゴロウ。ご存知のように愛媛県には和霊《われい》神社というのがある。それはお家騒動があって殺された忠臣の、人に害を与える魂を鎮《しず》めるためにできたものです。日本の神様の中で一番歴史の新しいのが和霊神社の御神体だといわれている。つまりは、私の育ったのは御霊信仰的な伝統のある土地なのです。そこでいつかゴロウという名前を大切な人物に付けたいと考えていた。それからよくある五郎の

「郎」じゃなくて、吾良の「良」という字にも私としては意味があります。中国や沖縄の民話に出てくる三番目の賢く強い息子には、よく「良」が付けられている。特別な男としてね。京劇を見に行くと三良《サンラン》というのが活躍する。

――古義人は吾良や繁たちから「コギー」という愛称で呼ばれます。すると自然にギー兄さんの系譜を思い出しますね。『懐かしい年への手紙』のギー兄さんから、「核時代の森の隠遁《いんとん》者」の隠遁者ギー。『燃えあがる緑の木』の新しいギー兄さん、『宙返り』で次世代を象徴する少年のギー……。

そのように読みつないでいただくのは、うれしいですね。どうして「ギー」という名前が好きか、自分では理由がわからないんですけど、この音が好きで名前に付けたい。それで自分の小説に出てくるもっとも兄貴的なというか、中心的な人物としての「ギー」が出現したわけですね。一番最初に『万延元年のフットボール』に現われたのは、森の中に住んでて森の精みたいに枯木を全身にまとわせる格好をしていたために、お祭の時の焚《た》き火が燃え移って、焼け死んでしまう人でした。堀田《ほった》善衞《よしえ》さんから、「俺はギーが好きだった、無残に死なせるのはけしからん」と真面目《まじめ》に叱《しか》られたことがありましたよ。

小説のなかで、古義人が兄から、お前は小さい頃、自分で神話の世界を作っていて、自分の分身のコギーという子供と一緒に暮しているつもりだった、そのうちコギーはひとり森に昇って行ってしまった、とからかわれるシーンを書きました。実際、それが私自身の不思議な思い込みでした。それを書いていて、初めて自分でもギーとコギーの連関に気がついたんですよ。まずギーがあって、大きい役割をはたして、そしてコギーがいる……

どこからがフィクションか

――なるほど。ギー兄さんが中心的な役割を果たす『懐かしい年への手紙』に直接連なる作品としてこの三部作がある証明でもありますね。「ギー兄さん」に教えを受け続けた一人の人間が、老年に至ってようやく「コギー」と名乗ることを許された、というような。それともう一つ、この三部作でやっと理解されてきた、というか諦《あきら》めがついてきたことがあります。もはや大江小説においては、どこまでが実際にあったことで、どこからがフィクションか、などという観点は無駄だと知らなければならない――という、まあ当たり前のことですが。

『私という小説家の作り方』の中で、この点に言及されています。

〈『懐かしい年への手紙』への展開で、その後の私の小説の方法に重要な資産となったのは、自分の作ったフィクションが現実世界に入り込んで実際に生きた過去だと主張しはじめ、それが新しく基盤をなして次のフィクションが作られる複合的な構造が、私の小説のかたちとなったことである。この点において、私は日本の近代、現代の私小説を解体した人間と呼ばれていいかも知れない。〉

この間もフランスの「テレラマ」Téléramaという発行部数の大きい週刊誌のインタヴューを二日間受けました。外国人の質問は、まったく思いがけないようなことを聞かれることがあるから、自分を考えるために役に立つんですが、今度、答えているうちに新しく思ったことです。私は若いうちから小説を書き始めた。それも自分の人生に起ることを、私小説じゃなくてフィクションのかたちに置き換えながら小説に書いてきたわけです。ところがいつの間にか逆に、自分がフィクションとして作り出したものが、現実の人生に入り込んでくるという印象を持つことを繰り返してきた、と気がついた。小説で自分の実際の生活を誇張したり、ゆがめたり、ひっくり返したりして検討してみているうちに、何だか現実生活と小説のあいだの境目がおかしくなっている。そして突然、友人が自殺するような、あまり起こらないことが、自分の実際生活に入り込んでくる。そういうことがじつにしばしば起こった気がする、と私はインタヴュアーに答えました。
そのように、小説を書くことによって自分の人生のいろんな側面をむき出しにしてしまう……そのように「表現してしまう」ということに、現実との関係で問題点がある、という気がしています。自分の表現をもっと控えめにして、仕事に寡黙《かもく》に集中するという選択はあり、いろんな立派な人たちがそのようにしてきたのですが、私の場合は、自分の現実生活をフィクションの形で拡大、強調するということをむしろやってきた。実際、このところ真夜中に目が覚めて自分の過去について考えていて、小説に書いたことと現実の区別ができないことがあるくらい（笑）。そういうふうに、小説家の人生というものを、極端なかたちで生きてきたんですね、私は。

――いつでしたか、小説を実際に書いていく〝手つき〟についてのお話になって、実際にあったことはあっさりと、フィクションとして作った部分の描写はしっかりと書き込むことが肝心だ、というように話されたと思うんですが。それでフィクションとして丁寧に、描写の技術を傾けて書かれますと、先の「アレ」のようにもうリアルすぎて……。実際にあったことに間違いない、それは本当にひどい出来事だったのだ、と読者も批評家も想像力をたくましくしていく。私も誤読ばかりしていると思います。たとえば『憂い顔の童子』の中に出てくる古義人の母親の言葉。「ラグビー試合一八六〇」や「政治少年の死」「懐かしい年通信」などの著作を持つ作家である息子の生き方を、研究者に対して独特の言い方でかばうのですが、あれは強烈でした。〈……あなたがお調べになったかぎりでも、私どもの家の者らの来歴とされているものが、事実と食い違うそうですな？　それはそうやろうと思います。古義人は小説を書いておるのですから。ウソを作っておるんですから。それではなぜ、本当にあったこと、あるものとまぎらわしいところを交ぜるのか、と御不審ですか？　それはウソに力をあたえるためでしょうが！〉〈小説家もその歳《とし》になれば、このまま死んでよいものか、と考えるのでしょうな。ウソの山のアリジゴクの穴から、これは本当のことやと、紙を一枚差し出して見せるのでしょうか？　死ぬ歳になった小説家というものも、難儀なことですな！〉

本気で古義人に同情しましたよ。黒ぐろとした自虐《じぎやく》的なユーモアは、とくに三部作の『憂い顔の童子』の随所に出てきて、笑えぬほどでした。

自分らしい人物を、ある小説に書く。その場合も、現に当の小説を書いている自分とは違ってきます。現に生きている自分とは違う。しかし自分の生活に近いところに自分らしい人物を置いて、それをしっかり形としてとらえられるまで詰めた上で、一つのモデルに作っていく。それが「おかしな二人組《スウード・カップル》」三部作では古義人であって、かれは小説家らしいものとして作り出した私のモデルです。そのモデルには現実生活の自分の生活と当然に近いところがある。

そのようにして自分が造形したモデルである自分と、それを書いている自分とのズレ、自分の周辺にいるモデルになった人物たち、それに対応する様ざまな作中人物とのズレ、私はそれを書いていきます。そのズレこそが、しばしばリアルな一瞬を創《つく》り出すということが、現にあると思うからです。その場合、まずズレをそのまま書きます。書き直していくうちにそのズレも含みこんで、かれが新しいモデルとなって独自に活躍し始める。自分の生活のなかの人物をそのまま書いて小説のリアリティーを作るのではなくて、実際の生活から一つのモデルを作り出して、かれによるフィクションの行動を書く。それが私の小説のおもな制作手法になっています。だから古義人という人物は、結局私とは違った人間になります。武満さんのような人物としての篁《たかむら》さんも武満さんとは違うし、渡辺一夫さんだって六隅《むすみ》先生とは違う。もちろん吾良と伊丹十三だって厳密には別物です。

——それは十分承知の上ですが、「私小説」であるはずはないことを頭でわかっていてもなお、作者と古義人の影が近づき、寄り添い、重なってくるような、不気味なほどのリアルさがやはりある。たとえば『さようなら、私の本よ！』で、妻の千樫が古義人に向かって、〈あなたがいつの間にか、「私小説」の書き手と批評されるようになったでしょう？　それについて私は、自分をふくめての経験から、反論できると感じます。しかし、そういうレヴェルとは別に、あなたは自分が出会った人のことだけを、書いてきたのかもしれない〉などと言いますね。これも読者としては大いに惑乱させられる場面です。

いまのところ最新の、「おかしな二人組《スウード・カップル》」三部作の、三つの小説でも、私は家内や子供たちの私生活をそのまま書いてはいません。似ているようなことを書いている時でも、現実に生きているかれらとは違った人物として、モデルの作り直しをしていますから。千樫も、その娘の真木も。さらに実際のモデルからもっとも遠いものに私が成形している人物は誰かといえば、小説のなかではアカリという、頭部に障害を持って生まれてきた長男です。光が生まれた直後から、ずっとこのアカリに当たる人物のことをさまざまな名前のもとに書き続けてきましたけれど、新しい作品を書く度に、ある一時期のかれを他の作品からは独立したフィクションの人物に造形して、それをしっかりしたものにして現実生活の中に呼び戻す、そういうように書いてきた。ですから、作中のアカリは少しずつ時期によって変わって行く。ある作品のモデルとしてのアカリ、作品の人物としてのアカリというものがいて、それらは互いに違っているし、次つぎの作品ごと、おのおののモデルと人物のアカリたちは、それぞれ違っているということになります。

とくに『さようなら、私の本よ!』の椿繁という人物など、モデルとおぼしい人物が背後にいるにしろ、結局は、完全に私が作ったフィクションの人物です。それでいてやはり実際に、そのフィクションの人物の背後に、確実につかむことの出来る、現実生活で対応するモデルがいないと、どこかリアリティーに弱いところが残るという感じがすることも事実なんですね。

——私小説と読めるという評価が、けれども日本では決して批判ではないわけです。

そのことですけどね、日本の私小説的な伝統といういい方が、確立されたものとしてあるでしょう。若い頃とくに、私はそれ本当かな、と思った。小説は、書かれた瞬間、すべて客観的な小説になるのであって、私小説としての血脈を保ち続けるというのは、日本の小説家だけが持っている幻影に過ぎないのじゃないか……そういう気持ちを長年持っていました。しかしね、最近、いやそうじゃないようだ、とつくづく思うようになりました。それは日本の私小説家が「私」を書く場合に、モデルをフィクション化しないからです。

たとえば太宰治《だざいおさむ》にしても、太宰の書いた主人公はどれも、現実にそんな人間いたはずはないですよ。あれは太宰治が「太宰治」というフィクションの人物を作って、それを小説に書いていったわけです。かれのどんな小説を例にとってもいいけれども、その最後の方の作品の『人間失格』。あのなかでかれは本当に太宰治的な人物を、フィクションとして完成させている。ところがそれでいて、どこかで律儀《りちぎ》に現実の自分という人物と辻褄《つじつま》を合わせている感じがある。短篇『桜桃《おうとう》』なども、自分と主人公の間に直接のつながりを書きつけてやろう、それを書いておかなければならないという、まさに私小説的な律儀さがある。そうやって小説を書き続けていくと、現実の自分と書かれた太宰に、最終的な辻褄を合わせるには、結局、作家は自殺するほかないですよ！　そして、案の定、自殺してしまう。これでは自殺するほかない、と思い始めながら、それでもそういう小説を書き続けていく状態は、それは精神的に健康ではないです。誰かが太宰治に、「君が書いている作品と君の実生活は違うんだ」と確実に納得させて、かれを文壇から三年間隔離してやっていれば、太宰は死ぬ必要はなかったと私は思います。その後になって、自分が身辺のモデルからフィクションとして作った人物を、あらためて意識して採用した小説を書けば、中年以降の独特の作品が出来上がっただろうと思います。それは相当なものだったでしょう。

瀧井孝作《たきいこうさく》とか、志賀直哉《なおや》でも尾崎一雄《かずお》でもいいですが、こういう人たちは、現実の自分と、自分が書く人物を、かたく結び付けなければならないという律儀さに駆られていたと思いますね。こうした私小説家はもとより、私小説家ではないと目されている人の作品にも、やはりかれ自身に似た人物が出てくると、それは書かれた自分としての「私」からハミ出さない場合が多い。その点が、日本人の作家一般の私小説性ということを、外国人の文学研究者が確信する理由だと、私はみています。

それに、たいていの私小説家は、どこかナルシスト的なところがある。それ相応に魅力的な人物として書かれた主人公に、作家自身が陶酔しているようなところがある。太宰はずっとそうだったでしょう。ところが私の書いている古義人という人物には、魅力がありません。それでかれに陶酔することは、作者としてもできない。

――大江さんは、ご自作にも、決して「陶酔」のそぶりをお見せにならない。一番冷徹な読者であり批評家です。それでもこの三部作を完成された満足感は、格別なものではなかったのかなと思います。

この三部作を書き終えたことで、私がサイードのいう「後期の仕事」、レイト・ワークのなかにしっかり入っている、と実感したことは確かです。そしていま何か静かな気持ちでいる。何だかこれまでとは違う新しいところへ、自分が押し出されてきているのを感じています。なにが違うのだろう、と考えますとね、こういう気持がある。いままで小説家の私に重なるところのある主人公の小説を書いてきて、書き終わると小説の時間と現実の私の時間は、だいたい現時点で同調しました。ところが、今度は自分の生活の時間とシンクロナイズして進行していた小説の時間が、自分の実人生より一年か二年先まで行ってしまっているんです。

私自身、『さようなら、私の本よ！』を「おかしな二人組《スウード・カップル》」の箱に入ったかたちでゆっくり読み返してみて気がついたんですけどね、この奇妙な二人組の古義人と椿繁、その二人の老人はもう死んでいるんじゃないか……小説の中の二人は生き残って不思議な状態にいますけれども、じつはもうかれらの生涯は終わっている。その死生観の行き着いたところを最終章で書いている。自分でいうのもおかしいけれど、私の実力のすべてにおいて、できるだけ平明な文体に昇華させて、あのように展開した。あそこは作品の主題と自分の問題、それから自分の属している時代のある瞬間がかなりよく書けているのじゃないか。そして作中のかれらがいうとおり、この世界か、あの世界かというのは問題じゃない。死んだ人間であるわれわれは、《静かに静かに動き始めなければならない》。書き終わってから、本当にそのような気持ちでいるんですよ。

――ご自身の死生観の変化という意味でも、ですか？

この小説を書いたことの、自分自身にとっての効果は、確かに死生観が変わったことです。とくに第三部を書くうちに変わって行ったように思う。生と死に対する執着のようなものが、いまは希薄になっている。死ぬことに対する恐れが、かつてなく少ない。私は若い時から死をとても怖がってた人間なんです。それが、なにやら今はとらえやすいものとしての死の概念がある。同時に、死が軽いように、生が軽い感じにもなっている。年齢ということがおおいに力を及ぼしていますが、やがて死んでいく人間として、死と生との過程を、あまり抵抗感なしに受け止めることができるような気がしている。とにかくこの三部作を書くことによって、それが自分にもたらされたと感じています。

聖性と静かさ

――第一部『取り替え子《チエンジリング》』が二〇〇〇年に出た直後、大江さんご本人も出席された「すばる」の座談会で井上ひさしさんが、「大江さんは『新しい信仰』を興《おこ》されたのではないでしょうか」と発言されていましたが、私も同感なんです。古義人も、彼の妻の千樫もその息子のアカリも、自殺した吾良も、何か聖性を帯びた人々に感じられるのです。

それは、どうでしょうかね。いまいったようなことを、書き終えて感じていることは本当ですが、やはり私は書いている間はあいかわらずで、晩年に至ってもいろいろな問題があって苦しむ人間を書いているわけです。そういいながらも老年を迎えた人間一般として、ある静かさのようなもの、それはエリオットの言葉を使えば quiet じゃなくて still ですけれども、静かに存在している、そういう、もうひとつの生き方というものが見えてくる。そういうところに少なくとも作中の古義人たちはいる。これからも私は生きていくわけですからね。何か書くとは思うけれど、いま、この小説を書いたことでかちえている達成感は、生きているか死んでいるかわからないような状態で静かに静かに動いている、そうした老年を構想できるようになっているということです。私くらいの年齢の読者が、同じように静かな読後感を持って下されば、なによりありがたいと思います。

――とはいえ、あの二人は日本の、東京のカタストロフを本気で企《たく》んでいた、若者以上に過激で意欲旺盛《おうせい》な、危険な二人組ではないですか。『さようなら、私の本よ！』では、これまでの作品を超える深度で「悪」が想定されているとも思いました。第二部『憂い顔の童子』の結末、「老いたるニホンの会」のデモ行進で頭部に重傷を負った古義人は、幼い頃から「手ごわい」友人だった椿繁と北軽井沢の別荘に滞在するうち、建築家である繁から、東京都心のビルの破壊計画——爆弾テロですね、それを持ちかけられ、引きずり込まれます。

〈長江古義人にテロ待望論を期待する、というのじゃないよ。吾良さんがこちら側に帰って来て、その椅子《いす》に座っていると仮定するならば、六隅先生もやはりそのあたりにいられると、きみが感じることはありうるからね。きみが六隅先生のユマニスムに背反してみせられるわけがない！

しかし、大患後きみの感じとっているところでは、老作家の自分に、その統制に服さないが、やはり自分にはちがいない若者がとりついてるというんだろう？ そのおかしなところのあるやつに、おれの考えをコメントさせてみないか？

ウラジーミルがヴィデオカメラをがっしりと肩に載せて位置につき、その動きのままに清清が古義人へマイクを突き出した。古義人は話した。

——シゲのいうとおり、この国にいままで無かった煽動《せんどう》家が現われて、かれのもとに、やはりかつてなかったタイプの若者が集結するということになれば、とぼくも考えずにはいられないよ……とくにおかしなところのある若いやつに、自分のなかからせっつかれるとね。そいつに揺さぶられて目をさましては、寝酒をやり直しながら、考えずにはいられないだろう。〉

〈——コギー、きみの受けとめはそういうものだったのか？ 現に9・11がニューヨークで起った後で、東京でもそれに準じる大勝負が企てられることはない・そういうことは起りえない、とあぐらをかいてる知識人として、きみはおれの話を聞いてたのか？

まさにそういう大勝負を考えている、そしてそのために準備を行なっている連中がいるんだよ。こういう連中のことは一切考えてみない、それほどのレヴェルに、コギー、きみの想像力は衰えたのか？〉

このように、何度も揺さぶりをかけられるうちに。

繁というのは相当の悪人ではないですか？　国際的な文学賞を受賞した古義人の名声と、アメリカの大学で教えた若者たちを巻き込むことに、大した呵責《かしやく》もない。9・11で刺激された繁の暴力的なものへの加担の意志というのは、むしろ国籍不明の根無し草的なインテリの、個人的欲望のように感じられて、そこがとても恐ろしかった。経済的な損得はそれなりに勘案しながら、右にも左にも、東にも西にも、善にも悪にも、もう自在に動いてしまえるような罪悪感のなさ。そういう人が、人間の想像力の最も野蛮なところを刺激するビルの破壊計画を作りあげて、巨大暴力への対抗だという旗印のもとに若い人を引き入れてしまうなんて。自分の学識を利用して……。

私らの感じる罪悪感が何から来るかですが、一般的には宗教的な感情にそれは根ざすでしょう。宗教的な感情の上にその人間の基本的な倫理観があって、そこに罪悪感も含まれている。とくに知識人がいまの社会のなかで、どのような心と頭と肉体の動きをなし得るかにつきつけながら、罪悪感について考えてみることは大切だと思います。きわめて優秀な知識人がその気になれば、一つの都市のある部分を吹っ飛ばしてしまう方策を実現しかねないという、今日の現実があります。しかもそのようなことを実現し得る人たちが、どんな倫理観によっても制約されていないのじゃないかと疑われるのも、この時代の現実です。たとえば私らが北朝鮮に対して不安な感じを持っているのは、金正日《キムジョンイル》氏には宗教がないから倫理観もないのじゃないか、核兵器も使うのじゃないかという方向に考えが及ぶからでしょう。ところが、キリスト教にこりかたまっているブッシュ氏にも同じことを感じている。自分たちの宗教的な信条によって世界の権力者に、核を持つことへの罪悪感をつきつけることのできる人がいるかというと、それはいません。ローマ法王をふくめて、いま、宗教界の人々が核兵器の拡散、巨大暴力の肥大に反対する積極的な行動に出て行くことはない。そうすると繁のような人物を制止できる人間は、権力を持つ者らのなかにはじつはいない。

——繁は〈巨大暴力に対する、小さな暴力による蜂起《ほうき》〉をしきりに若者たちに吹き込みますね。これは、個人的、と言ってもいいレベルでの小集団によるテロが頻発する、そんな予感があってのことでしたか？

もちろん私は、たとえば広島、長崎の被爆者の、いわば下方からの、ねばり強い核体制への抗議にいくらかなりと加わりたいと考えて、もっとも無力な者の努力はしてきました。しかし今日の現実世界の最大の問題は、動かしがたい核兵器という大きい暴力構造が出来上がってしまっていて、アメリカが独占する形になっていることです。それとの相関のなかに金正日氏のゲリラ的行動もあります。それはすでにブッシュ大統領という個人の性格によって、さらに危険な方向に向かう、あるいは後戻りするというレヴェルの事ではないと思う。ブッシュ抜きでもああいう核構造という大きな暴力構造それ自体の論理、力によって、アメリカの世界制覇は進んで行くでしょう。そうである以上、今後はその巨大な暴力構造に対して、個人規模の暴力単位による抵抗が、確たる展望もなしに世界各地で起こる……そういうことが続くほかないのではないかと思いますね。

9・11が起きてしまった以上、もう元には戻らない。あの翌日から、同じような大小のテロが各地で続けて起こるとさえ、私は考えていました。しかしそれを抑えているのは、アメリカがアルカイダとは比較にならない暴力を備えているからですね。しかしイラクではその炎がなおおさまる気配もない。いろんな側面で世界全体が瓦解《がかい》しつつあるという感じを、さまざまなところで私は受けとめています。すぐにも日本の経済力、政治力は世界史のなかで、あるいはアジアの動きのなかでどんな決定的な要因でもなくなるだろうとも思います。それでいて、悪い方向のディケイを経験することにおいては、日本が前走り的な役割をさせられてしまうのではないかとも。自分がいま静かな気持でいる、といったことと矛盾しますが……

——作中の、高層ビルの何ヶ所かの部屋を占拠して、そこに爆発物を仕掛け、最小の力でビル全体を倒壊させるという劇的な爆弾テロのプラン、あのアイディアはご自身のものですか?

そうです。友人の優秀な、大きい展望をもつ建築家たちは……原広司さんも磯崎新さんも、私が質問しても何も答えてくれませんが……それは可能なはずだと私は想像します。私は『宙返り』で書いた、市民が核兵器を簡単に作り出すキットのことも、しばしば考えます。私がいま、最も恐怖を持って想像するのは、世界各地の原子力発電所が、あらゆる側面でしだいに劣化して、事故を連続して起し始めること、そして小規模な核兵器を実際に作動させてしまう連中が出てくることで、そうなると、もうその時点からこの世界がディケイに向かう速度は一気に高まると思う。それは暴力の大国アメリカも防ぐことができないいんじゃないか。

自爆テロについて

――『洪水はわが魂に及び』の「自由航海団」が、そのような計画をすでに持っていましたね。あの作品で三十代の大木勇魚はみずから応戦して四人の若者を救おうとする。しかし今回、結局は古義人と繁は悠々と生き残り、青年らから犠牲者が出てしまいます。一九五五年の戯曲「火山」から一貫してアンチ・クライマクスを重ねてきたとも言われる大江作品において、『さようなら、私の本よ！』は、新たな形を示しているのではないでしょうか。三部作全体としても、自殺、自滅的なデモ行進、自爆テロ……、みずからを破壊する衝動のヴァリエーションが荒々しく展開していきます。

その、私の小説につねに入り込むアンチ・クライマクス、主人公たちが荒々しい死に向かうのじゃない終わり方に、この小説を読む若い人の、なんだ、また、また！　という不満はあるのじゃないかと思いますけどね。古義人は自分の別荘をテロ計画の実習用に提供して、もうまともな社会からは信頼されない位置に自分を格下げしたけれども、ともかくなお生きていて、同じく格下げされた建築家、椿繁とひそひそ話し合っている、その終わり方への不満。この結末は自分の仕事としては納得できる書き方を探してのことだし、技術的な手当もそれなりにしながら書きましたが……いまの質問には、現にパレスチナやバグダッドで自爆死を遂げている人たちへの、かれらをどう見るかという問題も含まれているでしょう。私は自爆テロを否定しますが、それがいまなお、あのように続いている、ということはつねに頭にあります。

――亡《な》くなったサイード氏と、自爆テロについての議論は重ねられたのではありませんか？

サイードさんと最後にそれを話したのは、ニューヨークででしたが、親しい友人が集った小規模のパーティーで、たまたまかれが新聞に書いた文章が問題にされていた時でした。イスラエルで、まだ十八か十九のパレスチナ人の女子大生が、イスラエル人の経営するレストランを自爆攻撃して、十数人を殺したり負傷させたりした事件がありました。サイードはそれに対し、「自分は若者の自爆攻撃を認めない、しかしこの事件がなかったとしたら、いま、ニューヨークで、パリで東京で、このようにパレスチナの悲劇が続いていることを、人びとが強く意識する、ということはなかった」と書いて、批判されていた。

私は、「あなたは若者の自爆攻撃は絶対に許容できないというけれども、小説で老人のそれを書くことはどうだろう」といった。そこはサイードさんのこと、実に穏やかで、しかし真面目《まじめ》な強い目で私をじっと見て、何もいわなかった。それから強く握手してくれて、別れました。それが最後の出会いです。

私は老人の自分がテロリズムに引きつけられることがあるのを、小説の世界では書く……現実にテロを許容するような発言を知識人としてすることはありませんし、個人的にそれを指向するのでもありません。自爆といってもテロはテロで、自分だけが死ぬのじゃない、他人を殺すのだから。しかし、小説家として考えることは別の問題です。小説家としてはあらゆる奇怪さを含み込む仕方で考える、そういうイマジネーションの全面的な自由を、自分にあたえています。

その点でいまの問題……非常に単純化すれば、世界を制覇している強大な国が、強大な権力が、核兵器をふくめて巨大な暴力を独占している。そういう時に一人の絶望した老人がどういうことを思い立つかを考えるのも、私は文学の主題たりうると思っています。そこで、静かな境地にいたっている、といいながら、私はいままで書かなかったような架空の設定で、まさに私のような老人を自由に振るまわせてはどうだろう、とも考えることがありますよ。

――その最後の対話、大江さんの発案にサイード氏が握手を求められたというのは、自爆テロには絶対共感できないけれど、大江さんの蛮勇——などと言ったら失礼ですが、「この人は本気で文学で戦うつもりだな」というその姿勢への敬意、共感のしるし、だったのでしょうね。

私はそのように握手した時、そこがたまたま共通の友人ジーン・スタイン……ニューヨークで名高いジャーナリスト、そして社会的存在《ソーシャル・フィギュア》ですが……の、初めてサイードが白血病の治療をして退院したのを祝った部屋で、その時サイードは恐しいほど弱い握手をして、"I fight." といったことを思い出していたのですが……　あの後、サイードさんと会うことはできなかった最後の数年、いつもこちらのお正月、むこうの年の暮には、ジーンたちと食事をしているサイードさんから電話がありましたが……　日本の映画人の作った『エドワード・サイード　OUT OF PLACE』というドキュメンタリー映画では、病状が悪くなるのと反比例するように、サイードは「意志的な楽観主義」を示すようになった、そういう幾人もの証言がありますから、小説家の妄想とは無縁だったでしょうけれども……小説家の想像力というのは、ある部分つねに非合理で奇怪なものですよ。七十を越えた作家なんて、いつ自分の過去について人を驚かす告白をするか、自他への暴力的なことをしてしまうかまったくわからないものじゃない。それに時代がいまどのように奇怪なことになっているか。どのように反人間的な人物が世界と日本を支配することになり得るか……　しかしそれを文学で最も鋭く表現しうるのは、私のように民主主義者の看板を下ろさずに死のうと思ってるような人間ではありません。それをやれるのは毒に満ちた人間観、政治論を押し出している作家、やはりジョルジュ・バタイユとか、モーリス・ブランショとか、シュール・レアリスムが解き放った知的な全否定、全面破壊の力を持った人たちだと思いますね。

――ドイツでは、一九九九年にノーベル賞を受賞したギュンター・グラス氏が自伝『タマネギの皮を剝《む》きながら』で初めて明らかにした経歴に、非難の声も挙がりました。自伝と報道によると、第二次世界大戦下、十七歳のグラス氏が入隊したのは、これまで公表してきた「対空砲火の予備隊」ではなく、「ナチスの武装親衛隊」であった……と。ミラン・クンデラ氏も、フランスに亡命する前にチェコで戦争に加担したという報道が一部でされています。少し上の世代の、戦争を直接引き受けた世代、戦争から深い傷を負ったという意味では同世代の、しかもご友人でもある作家たちに対しては、どのような思いを抱かれますか。

二人とも敬愛する友人です。とくにグラスさんとは古くからつきあいがあります。クンデラさんについてはかれのチェコ時代の、スターリン主義下での男女の学生たちのなんとも切実な、しかも物語の芯《しん》になっているのが「冗談」だったという、すごい小説が翻訳された時から注目していた。それで一年前に私が久しぶりにパリに行った時、何となく会うことになって、そして話し始めるともう時間が足りないというか、どんどん過ぎ去っていく時間をお互いに惜しみながら話し合いました。

いまや老いたギュンター・グラス、老いたミラン・クンデラの、いきいきしたユーモアと悲痛なような沈思の表情、そうしたことをしばしば思います。大きい時代の傷を負っている、偉大な二人。この世界の様々な場所でわれわれは一緒の時代を生きていた。それぞれ別々の場所で少年期を過ごし、青年、中年、壮年、老年と仕事をしてきた。このように生きていく中で、自分の心に受けた傷を肉体の上にもしっかりと刻んでいるのが小説家じゃないだろうか、あの人たちがどれだけ苦しいものを内蔵しているか、と私は想像するんです。

ミラン・クンデラは若い時、精悍《せいかん》なハンサムだった大きい人で、現在もとにかく体の大きい元気な老人という感じですが、かれはいまチェコの体制が変わったにもかかわらず、パリから帰らない。亡命したままでいようと決意している、複雑かつ筋の通った、大きい傷を生きていることを、しみじみその姿から悟らせる人でした。

そして、ストックホルムで会ったギュンターや、そのミランが私を見る眼には、日本の全体主義の時代に子供だった、成長してからは障害を持った子供と生き始めて、それを文学の主題にするほかない生き方をしてきたやつだという感じがある。やはり私も傷を負って、その傷と一緒に生きてきた、それを肉体にも刻むように生きてきた人間だ、とかれらの眼に映っている気がしました。

ほかの私の親しい作家、たとえばナイジェリアのウォーレ・ショインカ、コロンビアのガブリエル・ガルシア＝マルケスだってそうです。皆、この第二次世界大戦後の六十年間――ヨーロッパでいえばスターリン主義とその崩壊、中南米だと大きいクーデター、そういうものがあった時代をずっと生きてきた。そして優れた小説を書きながら、かれら自身その傷をすっかり表にさらすような感じで生き続けている人間と、私は前後してノーベル賞をもらった同僚の作家たちを眺めています。

――生きている同時代の作家たちを、大江さんは同じ視点から見つめ返し、対話されてきたのですね。

私がいつも怖いと思うのは、たとえば目の前でみるギュンター・グラスが、この人が鬱病《うつびょう》になってしまったらどんなに大変だろう、と思うような人であることなんです。それからクンデラも、私が訪ねた時、夫人はご病気でしたが、このアトリエのように大きい仕事場にかれがひとり残されたら、これはもう、どうしようもないだろうなあ、と思いました。私自身だって、老人性鬱病になってしまったら、そこから立ち直れるとして、大変な大仕事でしょうし、立ち直った私はもう仕事はできないでしょう。そういうふうに、普通より奇怪な体験をしたり、思い詰めた、誇張したような考え方、生き方をしながら、しかし小説家というのはそれでも何となく生き延びてきた、生きていく人間なんじゃないかな、とは思いますけれど。

グラスが今度の自伝の発表で様ざまに批判されている、ナチスにかかわる少年兵士として生きたことなども、すべてかれが体と精神に担《にな》い込んで生きてきたもの、それらの総体が小説家としてのグラス自身であって、それらすべてを含み込んでかれの小説はある、と思います。そしてその点を私は全面的に評価します。私自身、戦争中は軍国主義時代の絶対天皇崇拝の少年ですよ。戦争に行って死ぬことを夢見ていた。それが戦後、民主主義の社会に心から入れ込んでしまう。それこそ右に左にヴァシレーションする。そうやって極端に揺れながら生きてきた自分というものがあって、それはすべて小説家としての自分を構成している。そういう矛盾に満ちた人間として生きて、老年になっているのが私たちの現状。私らの小説をゆっくり読んでくれる読者がいれば、それを理解してもらえるのではないかと思います。〝Ecce homo〟などという壮大なレヴェルじゃないが、「ここに、やはりこの人間はいた」ということを。

――しかし小説家に対して社会は、学者らと同様に知識人として、現実的、実際的な発言や行動を求めがちです。

小説家として生きている上では、どんな矛盾をさらけ出して暮らしても、それはそれでいいわけなんです。ところがまあ知識人として、たとえば新聞で、社会に向けて意見を述べたりもするとなると、その時、その時に自分の態度を整合させなければならない。「私はこのように考え、このように生きている」と。そして、それまでの人生を統合してみせることもしなければ、相手にされない。

グラスさんがいまドイツで浴びているのは、自分がナチスにかかわっていたことを伏せて、軍隊から離脱した少年兵たちの名誉回復のための署名運動などを……私も参加しましたが……積極的にすすめてきた、それが格好良すぎたんじゃないかという批判でしょう。しかし私は、グラスさんが社会的な発言をする知識人としても、きわめて複雑に入り組んだ過去を黙って抱えながら生きてきたことを恥じる必要はないと思います。もう一度、かれに会ってゆっくりその思いを伝えたい。とくに二十世紀後半は、そういう多様な大きい傷を作家に与えた。しかもその傷と共に作家は生き延びて仕事をした時代だったし、自分もその一人だったとつくづく自覚しますから。

——以前、サルトルが発信した「飢えた子供たちの前で文学は可能か?」という問いに、今の大江さんならどのように答えられますか?

もちろんサルトルのように文学をやることと、世界、社会への積極的な働きかけをまっすぐ結ぼうとした意志は、様ざまなかたちでそうした現代の文学者にも生きています。私は若い頃、「飢えた子供たちの前で文学は可能か?」という、そのサルトルの問いかけを日本の文学界に、また自分自身に向けてみようとした文章を書きました。それは私のなかでいまも生きています。たとえば光とずっと一緒に生きて、その共生自体を自分の文学にしようとしたのも、それとつながっています。同時に、「飢えた子供たち」に向けて何もできないままだ、という世界認識はますます強く大きくなっています。その認識自体も私らの担う傷ですが、それを忘れずにいよう、とはいつも考えています。

——これから年月が経《た》つほど、大江さんの仕事、作品と社会に対しての発言、両方の歴史的意義は、明らかになっていくでしょう。

私の書いた小説が、印刷されている以上、残っているいくらかの本が、未来の少数者にこれは面白いと熱中してもらえることはあるかもしれない。その時に私はお化けになって出て、「そうです。私は面白いことを書きました!」といってやろうと思ってるところはあります。長江古義人などという風変りな人物を主人公にして三巻の連作を書く、そうした作家はこの国にほかにいなかったはず。あんな人物を小説に作るために悪戦苦闘してきた私というのは……　まあ、面白い人生でしたよ。

しかし私にはいま、世界的に大きい読者は居ないし、この国でも同じ。同時代の純文学では、読み継がれていくだろうという作家は他にいます。安部公房がそうでしょう。亡くなってからあまり大きい波はまだ起こっていないけれど、見事な全集はあるし、あと二十年のうちには世界最大の作家の一人として再認識されるだろうと思います。カフカとかウィリアム・フォークナーとかと同じようにね。安部さんはそういうスケールの作家です。私はやはり本を読んでは頭で考える小説家なんです。何もかも自分の頭の中で考えて、作りあげる小説家。奇跡のようにポコッと凄い作品がやってきた作家じゃない。大規模に自分が読み返されるとは思いません。

若い小説家たちへ

――しかしいま、物質的に一応満たされて平和が続く日本において、大きい才能が育つことは困難だという見方もあります。また、若い小説家が二十世紀の作家たちの生きた時代、歴史をどこまで継承しているのか。その点についての懸念《けねん》を大江さんは、二〇〇六年十月にフランクフルトのブックフェアで行われた講演で、かなり強く示されていますね。「若い世代の小説家のなかから、年齢とともに成熟を示す者たちが現れることも、目下のところありそうにありません」。文学ジャーナリズムが力を注いでいるのは「年少の口語的なスタイルの持主を発掘すること」だと批判的です。

こうした状況下、二〇〇七年五月には第一回「大江健三郎賞」が決定します。お一人で賞を選考され、受賞者と公開討論を行い、受賞作は海外の出版社に託して翻訳出版されるというユニークな賞ですが、選考は順調ですか？

この一年、若い作家たちの小説を沢山《たくさん》読んで、はじめて日本語の文体が地すべり的に変っていること……それは、明治の言文一致体の出現以来の大変化じゃないでしょうか……、小説に表現される人物像もすっかり様変りしていることを知りました。私がそのようにして読んで選ぶ作品は、あなた方をふくめみんながすでに今年読んでいられる小説です。私は、誰も知らなかったような大発見ができるとは思いません。ただ、一見地味なような作品でも、文体、人物像、そしてゆったり表われている社会観など、外国語に翻訳して、これが日本人の現在の「文学の言葉」だと説得してゆく……それをしたいとねがっています。

——どこまで柔らかくなるのかしれない、ブログの時代の〝口語体文学〟については、私などにも懸念があります。すでに新聞の文章ですら「難しい」と言われるほど、文章の軽薄短小化、プラス軟化が進んでいるのですから。

若い人が自由な文体を作っていく、それも口語体の文体で書く小説はもっともっと柔らかくなり、インターネットのブログのような文章がさらに広がっていくでしょう。しかしそれがきわめて洗練されれば、初期のエリオットのような面白い文体が達成されるかも知れません。私は、ある書店の一画で開いた「大江健三郎書店」コーナーの、手書きポップにはこう書きました。「知的修練／文学修業のどちらにも、ブログの文章をエラボレイトしよう」。ブログに自分で書いたものをプリントアウトして、何度も書き直しを重ねていくのが自分をきたえるのに有効だと思いますよ。私に関連する読者のブログも読んで面白い発見はありましたが、ブログという形式の欠点は、まだ生煮えの状態でインターネットに乗せられてしまう、という点じゃないでしょうか。

考えてみますとね、いまから六十年前の戦後文学の始まりは言文一致体の流れの、しかし文語調のものだった。野間宏《ひろし》にしても武田泰淳、堀田善衞、大岡昇平、皆すばらしい作家ですが、やはり書き言葉、文語調といえるものでやっていた。近代中国の文学の場合、雅文調という古めかしい文体が、一九二〇年代の魯迅《ろじん》たちの、時にはふざけたようなくだけた文体が出てきて、すっかり変わりました。日本は一九七〇年代の終りに村上春樹さん、八〇年代に吉本ばななさんが出てきて、たちまち世界中にその翻訳作品が受け入れられた。あの二人の力は大きいし、かれらの口語調の文体はさらに世界的に前に押し出されていく……その意味で日本文学はいまや世界に広がっていく可能性を持っています。

——しかし、村上春樹さん、ばななさん、それから小川洋子さんや多和田葉子《たわだようこ》さん。この方々はすでに、「日本文学」というよりもっと、あらゆる言語に翻訳されても芯のところはそのまま伝わるような……いわゆるグローバルな作品を生み出されているようにも思われるのですが。

私はそれこそが望ましいことだったと思います。村上春樹さんの小説はうまく書かれた文章で、翻訳しやすいということもあるかもしれませんが、英語、フランス語の翻訳者は非常に注意を払っていて、いい翻訳を作っています。翻訳賞を選ぶ仕事をやっていたので、十年ほど何種類か読みましたが、それらがフランス語、英語の文学として受け止められていることは確実で、それは安部公房さんも三島由紀夫さんも、そして私もできなかったことです。日本文学始まって以来のことなんです、村上さんの仕事の受け入れられ方は。この国でどんなに評価されても、されすぎということはありません。ノーベル賞の授賞も十分ありうるでしょう。その際、日本的かどうかということは私たちが心配することではなくて（笑）、世界の読者が考えることでしょう。

そこで私の思うことですが、日本語で書く、日本語で書いてあるってことは根本的なことで、日本語というものが持っている独自の力はあるんです。「祖国とは自分の国の言葉だ」といういい方がありますね。私にはその意識が薄くて、文壇にある日本語からエグザイルするというか、なんとか脱出して自分の新しい言葉で文学を作りたい、っていう気持ちもあったんですが。そして国際的に読まれる小説を書きながら、村上さんにも自分は日本語で書いているという意識が根本にあると思います。いまの私がそうであるように。その場合、それらはやはり「日本文学」なんです、明らかに。

私自身はつくづく二十世紀の作家だったと思いますが、二十一世紀の村上さんたちの仕事を眺めていて、今世紀の最初の三分の一は、日本文学にとって世界的に評価されるいいチャンスじゃないかと思い、その時期は始まっている、と強く感じますね。この国で、純文学で後に残る作品を生み出すことはいっそう難しくなるかもしれませんが、しかし純文学を作り、純文学を読もうとする人間だけが、本当の文学を読む力を身につける。知的な創造への力を得られるんです。

やはり、あらゆる芸術の根幹にあるのは言葉です。そしてその言葉を究極までみがいていけば到達点は詩の言葉で、それも昔のように歌う言葉ではなく、限りなく散文に近づいたエッセンスのようなものが、私は文学の言葉の最後のものとして再興するだろうと思います。それに対して危険なのは、本当の文学じゃない文学を作ろうと平気でめざす新作家がいかにも多いことです。それを書くこと、読むことが小説に関わることではない、それは作り手にも、読み手にも、本当の文学に到る努力じゃない。そのことに気づいてもらうために、私は売れなくても余裕のあるような顔をして、純文学としての小説を書き続けています。

――この時代に小説を書いていくことを選んだ、果敢な若い小説家に求めたいこと、励ましはありますか。

本当の小説家になることをめざす若い人たちの抱える問題は、どういう文体を作るか、があいかわらず第一ですが、たいていの才能のある人は初めにこの課題を自然にクリアしているものです。それからの問題は、どういう主題を書くか、どういう人間を書くかということです。若い作家がたとえば四十歳まで書き続けて、どういう作家になるか。最初ちょっと面白いものを書くとして受け止められる、それはいい。その上で、しかし何年も何年も、自分の人生の仕事、人生の習慣として小説を書いて行くことで、かれは、彼女は本当の作家になるんです。そして四十歳、五十歳の働き盛りを迎える。その時に自分が作家として何を書いてきたのか、何を書いていくのかを考える。同時に社会的に注目されている人間として、知識人としてどのように生きるか、自分はどのような人間かを表明する必要も出てくる。その時のために自分自身を作りあげてゆく、鍛えてゆくということを最初から考えていた方がいい。これから作家になっていく人たちへの、それが私の期待です。

まず口語的に面白いものをくり広げていくと同時に、自分が作家として、知識人として、どのように将来生きていくのかを考える人が何人かはいてもらいたい。そういう人がたとえば戦後派の文学者たち、大岡昇平さんや安部公房さんが作られたもの、私などの世代がそれに続けて書いているもの、その文学のつながりを生かしてもらいたい。その時、本当の新しい作家、しかも長持ちする小説家として活躍する道は開けてくるだろうと思います。文学は年々更新されていくし、作品も更新されていく。しかしその動きを十年、十五年と見ていくと、「ここに本当の作家がいる」と皆が認める、そういう作家が必ず出てくる。それが同時代の文学情況というものなんです。

――この一連のインタヴューの一番はじめに申し上げましたように、一九五七年の

『奇妙な仕事』から五十年です。どの時期にも創作と現実生活、それぞれにおいて困難が途絶えたことはない。しかし確実に乗り越え、それぞれの時期のピークとなる作品を残してこられた。「私はあまりに早く小説家としての人生を始めてしまった」と、悔恨を述べられることもありました。しかし、短距離走者に終わらず、長距離走者の走法をみごと身につけ、現在も走り続けていらっしゃる。ときに鋭い批評の矢を浴びながら。世界的にみても、これほど息長く、最前線で現役生活を続行した作家はあまり存在しないのではないでしょうか。日本の第二次世界大戦後は、大江さんという作家とその作品の中にそっくり在る、そんな言い方だってできるでしょう。

小説家は、それも私など手書きで四百字詰め原稿用紙をうずめてゆく、というのが、毎日の現実です。それも作品ごとに新しいところへ出てゆくほかなくて、過去の経験はあまり役に立たない。これがどういう作品になる、という見通しもはっきりしない状態で一枚一枚、書き連ねていくのが小説家の生活なんです。それを五十年間やってきたというのは、本当によくやったと自分にいいたいくらいのものですよ(笑)。

五十年間、初期は別として、中期以後は、多くの読者を得るということもなくやってきたわけですが、ともかく書き続けることは出来た。そして自分である水準をみたしていると思う作品を、何冊か作ることもできた。そして自分に内発するもの以外によって文学の方向転換をするということはなしに、自分のコンパスによって進む形で仕事をしてこられた。文学出版は難しい事態になっていますが、そのありがたさが自分にはいまも続いていると感じます。

光との共生には、たしかに苦しい局面はいくらもありました。けれども、光がもし健常児に生まれ、普通に成人して会社に勤めるかしていたら、もう私からは離れていて、老年になったいまも毎日、光の言葉やしぐさを通じて笑うことができる、家内と私の生活はなかったでしょう。光と一緒に生きてきたことはずっと喜びでしたし、いまも喜びです。

小説家という職業とはまた別に、知識人としての自分、というものを考えますが、その人生がいいものだったか無意味だったか、その判断は、日本の戦後の民主主義、いまの憲法を軸にした民主主義体制をどう評価するかに立って、私らに続く世代が定めてくれるでしょう。

私としては、現在までこのように生きてきたことを、自分としてまあ怠けはしなかったといっていいだろう、と考えています。それが五十年たっての、自己評価です。六十年たって……はない、と思います。

――ありがとうございました。

第7章

『美しいアナベル・リイ』
『水死』
『晩年様式集《イン・レイト・スタイル》』

大江健三郎氏が四年ぶりとなる新たな長篇小説『晩年様式集《イン・レイト・スタイル》』を刊行した。ノーベル文学賞の受賞から十九年。同じ年に生まれ、長年親交を深めた批評家エドワード・W・サイードの死から十年。そして、東日本大震災と福島第一原発の事故から未《い》だ《ま》続くカタストロフィー。これらを経て大江氏の文学と思考は、どのように変化したのだろう。二〇一三年の秋、3・11後初めてのロング・インタヴューが実現した。

震災ですべてが変わった

——震災と福島の原発事故が起こらなければ、今回の『晩年様式集《イン・レイト・スタイル》』は生まれなかったのではないでしょうか。それ以前に書き進められていた作品があったはずですが。

あなたにやっていただいた、この前の長いインタヴュー(『大江健三郎 作家自身を語る』新潮社、二〇〇七)の後、私は『臈《ら》たしアナベル・リイ 総毛立ちつ身まかりつ』(新潮文庫版は『美しいアナベル・リイ』)という中篇と、長篇『水死』を書きました。後者は長江古義人《ちょうこうこぎと》を主人公にする長篇三部作に続くもので、それで長篇小説の仕事は終った、という気持ちでいた。その後は、二十二歳の時、小説を書き始めた際の短篇がそうだった滑稽《こっけい》な味のするものに戻った幾つかを書いて、ひとつかふたつ中篇をそれにあわせた一冊を作る考えでいました。

長篇小説からはもう解放されたという感じがありながら、一方でほぼ同年輩のエドワード・サイードや井上ひさしはじめ大切な友だちが去って行くたび、遠くないこととして、自分の死について考えずにはいられない。端的に八十歳という、自分には昔から「定点」と感じられてた時が近付いている……そうしたら、大震災と福島原発の事故が起こりました。

――二〇一一年三月十一日の午後から、大江さんの日常は、様相が変わりました。『晩年様式集《イン・レイト・スタイル》』の連載が二〇一二年一月号の「群像」誌上で始まって、その冒頭に出て来た場面――東京・成城《せいじょう》の自宅で〈二階へ上って行く途中、階段半ばの踊り場に立ちどまった私は、子供の時分に魯迅《ろじん》の短編の翻訳で覚えた「ウーウー声をあげて泣く」ことになった〉という文章を読んで、私たち読者は胸を衝《つ》かれました。福島第一原発の事故で拡散した放射性物質の追跡調査を報じるNHKのドキュメンタリー番組を見た主人公の「私」＝長江古義人が、〈われわれのと括《くく》ることができれば、それをわれわれの同時代の人間はやってしまった。われわれの生きている間に恢復《かいふく》させることはできない……　この思いに圧倒されて、私は、衰えた泣き声をあげていたのだ〉と。事態の深刻さに私たちもあらためて震撼《しんかん》しました。古義人の涕泣《ていきゅう》は、震災後百日経《た》った頃の出来事でした。

3・11の当日から、テレビの昼間のニュースや現地からの報告を、そしてルポルタージュとその再放送をずっと見続けていたのです。それらが深夜三時頃終るとBBCのラジオを聞く。実際には、海外の友人から寄せられる見舞いの電話（サイード未亡人が第一号でした）や、「ル・モンド」「ニューヨーカー」などの取材依頼のファクスに返答したり、あれこれやっていたのですが、ともかくテレビとラジオに集中していたというのが実感です。

そうしているうちに、自分の書いていた小説にまったく関心がなくなりました。新しい国内、海外の小説を買いためておいたのも読まない。まず本を読んでという落ちつきがない。どうにも現実から逃れられないから、それならとにかく膝《ひざ》に載せた画板に、いま差し迫った気持ちでいることを書こうと思った。なんの見通しも持たないまま始めたものがどうなるか、なにより福島の問題自体がどうなるかわからないけれども、こういう危機の中で晩年を生きて、感じたり考えたりすることを書いて、毎月発表していこうと決めて、「群像」に載せてもらうことにしたのです。原発事故が幾らかでも見通しがつくまで生き続けられるか危ないのですから、途中で終ってしまうかも知れないと「前口上」で断りをいれました。そしてともかく十七回連載して終え、一冊の本にしました。

――もっと長い連載になるのでは、と予想していたのですけど、そこで区切られた理由があったのですか。

書き方を小説ということにしたので、それ全体のかたちを定めたんです。これは小説家の本能みたいなものです。状況は本質的には変わらない。いわば未解決が延引されているだけで、悪いまま続いています。福島第一原発の四基ある原子炉の一基は、メルトダウンした核燃料の状態を確認できないまま、二年半が経過した。ほかの原子炉も毎日、大量の水で冷却することが必要で、その汚染した冷却水は大きいタンクに入れて保存してきたわけですが、いつまでこの状態が続けられるかという問題がある上に、タンクの状態の悪化と汚染水漏れは連日報道されている通りです。こちらが沈静しないうちに、各地で起きる別の大事故を私は恐れます。それは社会全体を覆《おお》う危機としてずっと続いていく。その危機感のなかに宙ぶらりんのまま、老年の人間が自分の死について考える。あわせて自分の小説で未解決だった課題を解いて行くということをこれまでの仕事の続きとしてやって連載を終りました。

――反原発運動は、これからも続けて行かれますか。震災の前年に井上さんはこの世を去られ、同じ「九条の会」のメンバーだった加藤周一さんも五年前に逝《ゆ》かれました。いよいよ大江さんが活動の前面に立たれたように映ります。

「九条の会」は長く続けて来ましたが、大切な働き手を次つぎに喪《うしな》って、かつ安倍政権は憲法改正を表面に押し出して、危機は緊急なものとなっています。原発に反対する一千万人署名の会の方も、呼びかけ人として集会に声をかけられれば全部出て話してきました。それはこれからも続けるつもりです。今年三月のデモに加わったときは過労で倒れてしまいましたが。『晩年様式集《イン・レイト・スタイル》』にも、それなりにデモに参加したこと、話した内容に触れています。新聞には一応顔を知られた私の写真がしばしば出ますが、「九条の会」の小森陽一《ようい ち》さんや署名の会の鎌田慧《かまたさとし》さんのように、長年仕事をされて来た方に助けられてのことで、私が活動の前面に立ってというのではありません。

——震災直後の六月、三十三人の識者による論考を集めて緊急出版された岩波新書『大震災のなかで』（内橋克人《かつと》編）の巻頭には、大江さんの文章が収録されましたね。震災発生から一週間のうちに「ル・モンド」紙に載った原文です。「ニューヨーカー」誌にも転載されました。〈いま現実のものとなり、激烈に進行中の福島第一原発の危機が、すでに予告されている悲劇の、最小規模にまで押さえ込まれることを、もとより私は願います。しかし、どのような結果となるにしても（その間の大きい人間的努力に敬意を抱きつついいますが）核とはどういうものかという危機の国民的実感において、これまでのあいまいな日本が続くことはありえません。日本の現代史は、明確に新局面にいたっています〉。これが日本の知識人から世界への、事実上の第一声だったと思います。

人生の主題としての「忍耐」

フランスの批評家で作家のフィリップ・フォレストさん——かれは私の小説をこれまで仏訳と英訳で読んで批評してくれた人ですが、かれからも震災の後、質問状が届き、私はファクスで返答しました。その対話とさらにそれを引用しながら書かれたフォレストさんの文章は、二〇一二年三月にフランスで出た「La Nouvelle Revue Française」、ガリマール書店から出ている代表的な雑誌ですね、その六百号記念号「日本特集」に収録されています。〈私は、自分の深まる晩年と結んで、サイードから前もって手渡されていたカタストロフィーの主題を考えざるを得なくなっていた時、「福島」の破局に出会いました。いま私は、さらにも深刻な個人・国家・世界について拡《ひろ》がるカタストロフィーについて考えつつ生きています〉。これがフォレストさんから送られてきた最初の質問への答えです。

私はサイードの遺稿集『晩年のスタイル』（『On Late Style』はパンテオン刊。日本語訳は岩波書店刊）で挙げている、それぞれの晩年のカタストロフィーから重要な仕事を成し遂げた人々の例――アドルノやトーマス・マン、リヒャルト・シュトラウスの列に、自分を参加させるつもりじゃありません。ただ長い人生の晩年に至って社会的にも個人的にもカタストロフィーに直面する一人の作家として、この課題を手探りしている、と言いたいだけです。しかし、フォレストさんからの質問に応じることで、自分にも次第にわかってきたことがありました。『水死』を書き上げて、自分の「私小説」的だともいわれる一連の長篇小説の仕事はもう終ったという思いもあったのが、なぜ「福島」のあともう一度、書くことになったのか。

――そこのところを教えてください。二〇〇三年の九月に亡《な》くなったサイード氏は英語訳の『懐《なつ》かしい年への手紙』を読んで、大江さん本人は自覚されていなかった「晩年のカタストロフィー」に到達する可能性、資質を発見し、大江作品の今後の展開に強い関心を寄せた批評家でした。サイード氏が『晩年のスタイル』第一章で注視しているベートーヴェンの晩年の作品群のように、調和とも和解とも無縁で、逆説的なかたちを取りながらも新しさの核心に位置している――そういう作品を生み出すために、大江さんはずっと小説と格闘され、その結果生まれたのが『さようなら、私の本よ!』から『﨟《らふ》たしアナベル・リイ 総毛立ちつ身まかりつ』(『美しいアナベル・リイ』)、『水死』だったと思います。その個人的な「晩年のカタストロフィー」の最初の段階が展開したと自覚された直後、震災と原発事故というカタストロフィーが外部から襲いかかった、というようなことだったのでしょうか。

外部から。まさに、そうですね……　思えば私は、もう自分の小説は終ったと何度か言ってきました。若い時から小説を書いてきて、自分の表現が反復、繰り返しに陥っていると感じることがあって、他の仕事を始める決心をするよりほかない気持ちに何度もなったからでした。そして、幾年かただ本を読むだけの暮らしを続けたのですが、いつのまにか新しい小説を書く敷居の前に立っているのを発見する――そういうことになるのが常だったというのが正直なところです。それも「新しい小説」とはいえ、全く新しいというのではない、何度も耕やした場所をもう一度掘り返すことから始まる。私が次第に読者を失っていったのは当然だと思いますね。しかも新しい小説を始めると、もう読者のことを考える余裕はないほど、再び掘り始めたことに熱中する。それは「ズレを含んだ繰り返し」、あるいは「ズレを含んだ書き直し」で、この前のパリの図書市で、聴衆からの質問への回答を仏語訳してくれたコリーヌ・カンタンさんは、réitération ou répétition、繰り返しであるけれども、意識的な、本当のものを求めての反復によって新しい作品ができる、と補足してくれました。

ともかくも私からの回答を踏まえて、フォレストさんは「大江の小説で、反復されたズレが絡《から》み合うと、それが本当の出来事だったのか、そうじゃなかったのかがあいまいになる」と述べている。こういう出来事が起こった、本当に起こったことはこれだと、どの作品でもまず読者に信じさせる、それでいて、さまざまな人物が別のことを言い出す、時には先の人物当人がそれをやる。そうした大江の小説の書き方では何が本当のことなのか、それを特定することは難しいと……

従来、日本の作家が書いてきた私小説は、一人称の「私」を語り手として、何度繰り返して書いても同じことを言うオータンティシテ(authenticite)、すなわち「本当に起こったことはこれだ」という実生活と小説は一致している。その書き方によって日本の私小説は成立してきた。しかし大江は違う。同じような「私」、または「私」に近い主人公を用いながら、常にズレを含んだ、違ったところのある反復、繰り返しによって小説を書いてきたのだと。

大江が「自分の小説はもう終った」ということを言うのは、確かにそれを書いた段階でかれにとってはもう終っているのだ、とフォレストさんはいうんです。しかし、何年か経つと大江はもう一度、それを書き直したい気持ちになって次の小説を書く。つまりズレを含んだ繰り返しという手法は、やめるといってもう一回始めることに直接つながっている。それがかれの小説の展開だった、とフォレストさんは批評しているわけです。

しかし、『水死』を書き終えたとき、私は今度こそ自分の長篇小説作家としての仕事は終ったと確信していたように思います。

——たしかに、これまで最大の謎《なぞ》であり続けてきた「父の死」がついに明かされたという手応《てごた》えがありました。完成時に大江さんは、「こういう父親と最後に小説の中でめぐり会うために、僕は五十年以上も小説を書いてきた」と言われたし、古義人の父の教えを受けた「錬成道場」の古老、大黄《だいおう》は、〈あなたの書いておられることは、あなたの空想がどれだけ入っておっても、やっぱり本当のことの匂《にお》いがします〉と作中で古義人を労《ねぎら》います。ご自身、「事実をいくら書いても、もはやそれは本当の僕の歴史ではない。自分の作品全体で再構成するように生き方を作り、偽りの自伝を生きるのが小説家の運命。最初に書いた小説から、そのような仕方でのみ一貫した脈絡は続く。それが僕の人生でした」と完成形で語られました。

そうでした。とくに私は初期の『みずから我が涙をぬぐいたまう日』から何度も書き直し続けてきた父の肖像を、ついに完成させることが出来て、これで私の生涯におよぶ主題が解決された、自分の活動の終りが来たと実感しました。『水死』では、終戦前年の私の父の死の背後にあったもの、それは母が死ぬまで隠し続けて、子供の私が垣間見《かいまみ》するようにであれ現場を見たと主張しても、事実じゃないと言い張り続けて死んで行ったものです。そうしたいくつもの出来事の生き証人となる大黄という人物が何十年もたって現れる。そしてこれまで曖昧《あいまい》に語られ、書かれてきた父親の死の真相は、父親がみずから望んで果たした水死だったと告げる。父親は谷間の村の小さな川が洪水になった夜、小舟で漕《こ》ぎ出して死んでしまった……　そのように死んで行く父親を何もしないで見送ってしまった罪悪感が私にはずっとあって、どうしても本当のこと、オータンティシテのあることは書けなかった。それが今度初めて、これは意識的に行われた自殺で、父親には父親としての意味付けがあったということを書くことができた。父親の死の経過がはっきりすると、もうこれまで別の物語をのべ続けて来た長江古義人に居場所はないでしょう?

——最終章「殉死」で、ついに「正義」のためにピストルを撃った大黄は、まだ夜の明けない暗闇《くらやみ》の豪雨の中、森へと突き進む。見送る古義人は、その上での大黄の水死を確信します。これはアンチ・クライマクスではなく、大江作品として例外的に、クライマクスに達した作品であったと思います。

さまざまな観点から、『水死』は、『取り替え子《チェンジリング》』から始まった、長江古義人が主人公となるシリーズにおいて集大成と言い得る作品だったと納得します。小説の文章としても最終的な技術の到達点だと挙げたくなる見事な部分がいろいろとありました。

十歳で迎えた敗戦の日の記憶をたどる七十四歳の古義人、その密度濃い回想の文章などはここに書き抜きたくなります。

〈あの日の昼前、国民学校裏の坂道を、谷間の子供らは高台の村長の屋敷に向かう行列を作った。子供らは屋敷内に入れてもらえなかったから、生垣の周りに群れをなしていた。空は晴れ上り、森は輝やき、蟬《せみ》の声が四囲《しい》を埋めていた。屋敷内で大人の男らのどよめきが起り、村長の演説がそれを静めた後、女たちの泣き声が高まった。そして国民学校の教師二名が門の脇《わき》の潜り戸《くぐど》から現れて、天皇陛下のラジオ放送は終った、谷間に降りて行け、と指令を発した。私らは裸足《はだし》に熱い坂道を群れて歩きながら、年長の者らから戦争に敗れたと聞かされた。（中略）私は自分のやることを決めていた。私はミョート岩に打ち当る激しい流れに向けて泳ぎ、岩を通り越したところで、流れに身をまかせた。そのまま流れてミョート岩に身体《からだ》を寄せる。私はそれからの手足の動かし方を熟知していた。胸に渦を作る水をくすぐったく感じながら移動し、空を向いて大きく息をつくと真っすぐ潜《もぐ》った。私は狙《ねら》った岩の裂け目に頭を差し入れていた。こちら側の、すでに暗い青さの水の向こうに、陽の光が斜めにさしている。その空間に、数十尾のウグイが力にみちて静止している。その下の黒ぐろと翳《かげ》る深みに大きい男の裸の身体が横になっている。水の底の流れにゆっくり動く父親。私は、その身のこなしを真似《まね》ようとしている。

そして私は、想起のなかで英単語だったままにルビを付けてカードに書くのだが、父親を絶望的《デスペレイトリー》なほどに愛している……〉
この場面が後半に紹介されるエリオットの詩句、深瀬基寛《もとひろ》訳の一節と響き合うことにもなります。〈海底の潮の流れが／ささやきながらその骨を拾った。浮きつ沈みつ／齢と若さのさまざまの段階を通り過ぎ／やがて渦巻にまき込まれた。〉
フォレストさんの日本論は、私の初期の『個人的な体験』の最後の段落を引用して始まっています。〈鳥《バード》は、赤んぼうを囲んでなおも熱中して話しあいながらかれらに追いついてくる女たちを待ちうけ、妻の腕にまもられた息子の顔を覗《のぞ》きこんだ。鳥《バード》は赤んぼうの瞳《ひとみ》に、自分の顔をうつしてみようと思ったのだった。赤んぼうの眼の鏡は、澄みわたった深いにび色をして鳥《バード》をうつしだしたが、それはあまりにも微細で、鳥《バード》は自分の新しい顔を確かめることができなかった。家にかえりついたならまず鏡をみよう、と鳥《バード》は考えた。それから鳥《バード》は、本国送還になったデルチェフさんが、扉に《忍耐》という言葉を書いて贈ってくれたバルカン半島の小さな国の辞書で、最初に《希望》という言葉をひいてみるつもりだった。〉
この「忍耐」（patience）という言葉を、私が最近の、『取り替え子《チェンジリング》』でも使っていると、フォレストさんは指摘している。たしかにそうだった。伊丹《いたみ》監督をモデルにした塙《はなわ》吾良《ごろう》と長江古義人が、高校時代にもっとも好きだったアルチュール・ランボーの詩句として、それは出ていました。〈そして、暁に、熱い忍耐で武装して、私たちは輝かしい都市に入城するだろう〉。『地獄の一季節』に収められている「別れ（Adieu）」という詩。私たちは小林秀雄訳で読んでいたんだけれど、「おまえはもう仏文に行くんだから、フランス語で読まなければいけない」と伊丹は言った。“d'une ardente patience”だったかな。熱情によって支えられたパシャーンス。辱《はずかし》めを耐え忍ぶという忍辱《にんにく》。苦難を乗り越えてパシャーンスを保ったことを自分の冠《かんむり》とする、それをいただいて新しい都市に入城していくだろう。

『個人的な体験』にあった「忍耐」という言葉が『取り替え子《チェンジリング》』に再出してフォレストさんを面白いと思わせた。つまり、大江の人生の若い時からの主題としてパシャーンスがあって、それはずっと内的な忍耐だったのが、今度、日本人全体が担《にな》わなければならない忍耐という問題に展開している。そこに新しいものが感じられるとかれは考えているようです。実際、私は今度の『晩年様式集《イン・レイト・スタイル》』にも「忍耐」という言葉をフォレストさんの指摘どおりに書き付けています。

——その発見は重要ですね。フォレスト氏の読みは実に深い。

そうなんです。しかしそれでも、こういうふうにひとつの言葉を繰り返して小説の主題に置く、しかも一人称で書き続けるのは、ヨーロッパの小説ではまともなやり方でないと私も知っています。そういうことはまず小説の慣例から外れているし、ああ、またかと読み手に面白くないでしょう。やはり『水死』が、しっかり作った小説としては最後の作品で、『晩年様式集《イン・レイト・スタイル》』と名付けて今度発表したものを、私としてはこれが小説だと主張する気持ちは半分半分です。「前口上」のなかでも、これは私の作ってみる私家版の雑誌、『「晩年様式集《イン・レイト・スタイル》」+α』だと念を押してるのが正直なところ。本当に晩年を迎えた人間がどのように文章を書き、どのようにして残りの人生を生きようとするか。それもこの特別な時に、と自分にあるものを伝達したい、その気持ちで書いたわけです。そうした日記的なもののなかに、過去の小説に書いた人物の本当の顔というか、かれについての最後の描写というべきものが、ある完結を示しているのが、自分でも不思議です。伊丹君がモデルの人物がとくにそうです。

——『取り替え子《チェンジリング》』の中で自殺した塙吾良監督ですね。

私はかれが自殺したのではないと、その死を伝えられた時から考えていました。自分の事務所があるマンションのエレベーターで屋上に上がって飛び降りる……思いつけば五分で実行できるようなビルディング屋上からの投身というのは、私は自殺じゃないと思う。それは心の事故です。もののはずみで死んでしまったんです。

――『晩年様式集《イン・レイト・スタイル》』には確かに、これまで書かれてきた作品のその後の展開があちこちで顔を出しています。なかでも、『懐かしい年への手紙』で死んでいったギー兄さんの息子のギー・ジュニアという人物にはちょっと驚きました。彼はトリックスターみたいに登場して、古義人の娘、真木《まき》と一緒になる決意を固める。そこまで古義人の生活に入り込んでくる。

実を言いますとね、私はこの小説がほとんど終っても、それぞれ独自な役割を担っているこの二人が結婚するという、その兆候に気がつかないで書き進めていたんです。谷間の村で生まれたギー・ジュニアは、小学校に入ってまもなく母親とアメリカへ行き、学部でフランス文学を学んだ後、大学院で日本文化研究を選んだという青年で、作家長江を批判的に研究するために日本に戻ってくる。そしてかなり年上の真木を最初から呼び捨てにする。それも端的にいえば、こういう半分は英語圏の人間の、話しぶりをリアルにする必要からでしたが。そんなギー兄さんの息子と古義人の娘が婚約するのは、幕切れのハプニングです。この夏、書き直しを進めているうちに、ふと、二人のそうした可能性に思い当たったわけなんです。そうか、そういうことだったのか、と。

――過去の作品に出てきた人物が自分の力で成長して、古義人に会うために戻ってくる。そして新しい家族を作ろうとしている。全く別の作品であるのに、そんな継続可能の自在な世界を持っている小説家は、大江健三郎以外に存在していないんじゃないですか。中年に達した長男のアカリはすっかり古義人から精神的な自立を果たしたようでもあり、四国の森の家では作曲を再開する契機を得ます。それなのに語り手の古義人は鬱々《うつうつ》とカタストロフィーの渦中に沈み込んでいる。その上、娘の真木、妹のアサ、妻の千樫《ちかし》は、その家族関係のまま古義人の小説に取り込まれることで抱いてきた積年の不満、小説に書かれる出来事の、半分は事実であるが、その残り半分をなす本当のことを、私家版の「三人の女たちによる別の話」として編集されるものに表現します。作中人物から実作者への復讐《ふくしゅう》劇です。どうして彼女たちの怒りはそれほどまでに強いのでしょう?

『さようなら、私の本よ!』で長江古義人三部作を書き終えた後、私がそれに至る、「私小説」の変形としての自分の作品をすべて読み返して、長江古義人＝私のノンキ坊《ぼう》主《ず》ぶりに、われながらヘキエキすることがあった、その反省とでもいうものが『晩年《イン・》様式集《レイト・スタイル》』に反映していますよ。

『個人的な体験』の結びで、障害児と共生してゆく自分の将来を考えて、若い父親が《忍耐》という言葉を思い浮かべる。しかしあれからの五十年（いま光《ひかり》は五十歳です）、もっとも《忍耐》したのは家内で、それ以上に光自身だった……それに思い至ったのは、自分の死の遠くないことを考えるようになってだ、と私はいわねばなりません。そうしたことを考えれば、「三人の女たち」は古義人に対して、むしろ寛容である、というべきじゃないでしょうか？

――連載を読んでいて私は、この「三人の女たちによる別の話」とは大江さんの発明だなあ、と勝手に楽しんでもいたのです。全作品を外側から批評するように登場する、こう題された部分のさらに外側に、長年の読者なら、自分の私家版「別の話」を書いて参加することもできる――そんな想像まで呼び起こす〝様式〟。ここまで開放された構造の小説は、ちょっと思い出せません。そしてもう一つ、『晩年様式集《イン・レイト・スタイル》』で意外だったのが、最後に置かれた「形見の歌」と題された詩です。

あれは八年前、初めての孫が生まれた後に書いた詩です。それをノートから清書したのは二〇〇五年、モーツァルト生誕二百五十年を記念した『レクイエム』コンサートに朗読する詩を依頼されたことがきっかけです。その詩を一、二語変えただけで小説に再録しました。自分は遠からずいなくなるが、しかも人間は生き直すことができると確信する感じ、いや、いまそれを確信しようとして書くなら、こういう詩になるだろう、という思いがします。七十歳だった自分から、今の私への手紙のように思います。

――この『晩年様式集《イン・レイト・スタイル》』がいずれ英語や仏語に訳されれば、フォレスト氏はこの詩の最後のスタンザを大切にされるのではないでしょうか。〈私のなかで／母親の言葉が、／はじめて　謎でなくなる。／小さなものらに、老人は答えたい、／私は生き直すことができない。しかし／私らは生き直すことができる。〉

暴行という最大の恐怖

――この詩を書き上げた後に着手され、二〇〇七年に刊行された作品が『﨟《らふ》たしアナベル・リイ　総毛立ちつ身まかりつ』（『美しいアナベル・リイ』）です。この作品には引き続き韻文《いんぶん》の気配が濃厚で、他のどの小説とも異質な、新しい華やぎのようなものが感じられてならないのですが、作者としてはどうでしょうか。

私も数年前読み返してみて、私の晩年の仕事のなかで独立した生き生きしたところを感じました。長さも中篇小説のものだし、分量からいっても、あまりしっかりした仕事にはならなかったかもしれないと不安もありましたが、文体も人間観もそれまでと違っていて、後半はともかく、前半は明るい。あの小説は、これまで私が書いた本の、主人公にはならなかった人たちのことを一つの小説にするという、そんな書き方ができるかどうか、試してみようと思って書いた作品だったかも知れない。『水死』によって、自分の小説家としての仕事は終った、という気持ちのなかで、これからなお書き続けるなら、と試みたような気がします。『水死』のあと、3・11が起こるまでの間、短篇や、中篇を夢想することがあった、といいましたが、それらはつまり『アナベル・リイ』につながる小説、となったかも知れません。この作品のあとに『水死』を書いたのに、私の頭のなかでは順番が入れ替わっていて（笑）、『アナベル・リイ』のほうが『水死』より「私」がさらに完全に、小説の本筋から消え去って小説が終っているからでしょう。

――『アナベル・リイ』の「私」は、映画女優の〈大きく暗い水たまりのような目〉をしたサクラ・オギ・マガーシャックに魅了されています。戦争で家族を失った彼女は、戦後、進駐してきたアメリカの軍人の養女となり、その軍人と結婚後、国際的な女優としても成功しますが、少女の頃、自分の身に起きた何か、がわからないまま、その記憶に怯《おび》え続けている人です。そんなサクラさんを主役にして、ドイツの作家クライストの生誕二百年に際した大がかりな映画を実現しようと画策しているのが、「私」と大学の同級だった木守有《こもりたもつ》。この計画は三十年前に一旦頓挫《とんざ》したはずだったのに、木守はもう一度、「私」の前に現れます。

サクラさんと「私」の距離感が洒落《しゃれ》ています。同時に、文庫版のカバーには「不敵なる大江版『ロリータ』」と書かれているように、どうしてもナボコフを思い出さずにはいられない。サクラさんは少女の自分が無意識の状態で陵辱《りようじよく》されたフィルムを見てしまい、精神の危機に瀕《ひん》します。そして『水死』でも、古義人と良好な関係を築く、やはり女優で演出家でもあるウナイコは、高校生の頃に伯父《おじ》から関係を強要され、妊娠するという体験を抱え込んでいます。こうした性的暴力の問題が、繰り返し扱われるのはなぜでしょうか。

さっき、前半は明るいといったけれど、それどころじゃないな…… ともかく私が人間について考える時の、大きな問題として、この性的暴力のことがあるからでしょう。たしかに原爆、放射能の問題は中心的な、根本的な問題としてあります。ところが女性に対する暴行という問題はそれとはまた別に深く人間が担っているものだと、少年時から考えてきました。まだ小学校の頃、故郷の村で、ある父親と息子が山道で女の人を暴行したという噂話《うわさばなし》が広まって、ある日、親子二人とも捕まった。徹底的に心も身体も打ちのめされた親子が警察に連れて行かれるところを見ました。暴行ということがよくわからないのに、つまり私にリアリティーがあったのは被害者の女性じゃなく、加害者の男たちのみであったのに、それがどんなに恐ろしいものか、人間が人間に対してやることで最も恐ろしいだろうと、私は心底怯えて想像した。

――ロシア・東欧文学者の沼野充義《みつよし》さんは、『水死』について独創的な読みを示されました。3・11直後の五月五日、新宿の紀伊國屋《きのくにや》サザンシアターで開催された「大江健三郎シンポジウム」――この時は日本だけでなく中国からも作家、研究者、批評家らが合わせて二十人も集まって、貴重な論点が一斉に発表される機会となりましたが――、その時に沼野さんは、ウナイコが高校生の時に伯父から暴行を受け、そして大人になり、自分の意志で行動できるようになったにもかかわらず、もう一度同じ人間からの暴行を受け容《い》れてしまう。この二つの出来事は何を意味しているのか、について推察されました。高校生の時に一方的に被《こうむ》った暴力は広島、長崎に落とされた原爆、再度、同じ暴力を許してしまったのは福島の原発事故のメタファーと考えることができるのではないか、と。私はすっかり説得されてしまったのですが。

沼野さんはそう読んでくださいましたね。私は核兵器の問題としての暗喩《あんゆ》、メタファーにまでつなぐことはしていなかった。教えられました。きわめて知的な女性の中にも、『ロリータ』を書いたウラジーミル・ナボコフを絶対許さないという人がいることを知っています。すでに話した、あの米原万里《よねはらまり》さんがそうでした。

私は、自分が書いた女性像で『アナベル・リイ』のサクラさんが一番いいと思っています。最後四国の村で、完璧《かんぺき》に仕込んだ「口説《くど》き」を語るシーンは明るく書けている。でも、小説に登場するときにサクラさんはすでにかなり年配の女性として出てくるわけで、私は若い娘さんを魅力的に書いたりしたことは一度もないと思うな。

――一九七〇年代の出来事が中心におかれた『アナベル・リイ』は、古義人がまだ三十代だったこの当時に生じて、その後解決が持ち越されたままだった問題をさまざまに想起させる作品です。サクラさんとの出会いは七五年の春、韓国で逮捕された詩人の金芝河《キムジハ》の無罪釈放をもとめるハンストが行われていた、数寄屋橋《すきやばし》の公園に設営されたテントの下。岩波新書『沖縄ノート』が出版されたのは一九七〇年……。この『アナベル・リイ』に着手された頃、沖縄戦の集団自決をめぐる名誉棄損訴訟が、『沖縄ノート』著者の大江さんと版元の岩波書店に対して起こされました。二〇一一年四月まで六年間にわたって最高裁まで争われたこの訴訟については、すでに岩波書店編

『記録・沖縄「集団自決」裁判』に詳しくまとめられていますが、裁判に要された大江さんの七十代における労力は膨大なものだったと思います。

沖縄の裁判で最高裁の棄却が決まる直前、大震災と福島原発の事故が起きました。その時、広島と沖縄と福島がひと続きの問題として、私のなかでつながったという思いを持ちました。二十代の初めから小説を書き始めた私は、そのうちエッセイやルポルタージュを書くために旅行させてもらえるようになって、最初に引き受けた仕事からの作品が『ヒロシマ・ノート』です。その次に沖縄に何度も出かけて、三十五歳の時、『沖縄ノート』を出版した。広島と沖縄で友人になった人たちとはその後もずっと、お会いしてきました。

福島原発の事故が起きた時、まず広島から続いてきた問題が強く凝縮した形で私らの上に現れた、と感じた。広島の問題が福島の問題として続いているように、沖縄の問題は、私にとっては戦後新しい憲法ができた際の経験とひと続きの問題としてある、と考えもした。それは、あの時点でそのように考えた、というのではなく、あの時点に出発点を置いて考え続けることになり、いまの地点に至っている、ということです。

民主的な憲法ができた、講和条約で独立したと喜んでいた、その通り少年の自分は経験した。しかし、よく自覚していなかった問題が、何度も沖縄を訪ねるうちに見えてきた。端的に、沖縄に米軍の基地があるから、自分たちが独立した国の人間として軍備を持たないで生きている。広島があってその延長の上に「核の傘」体制がある。いま私は、その延長の向こうに核体制による世界の終りがありうる、それはまずアジアの最大の危機として現われるだろう、と惧《おそ》れています。その予兆として「フクシマ」が起こってしまったのではないか？

私が『沖縄ノート』に書いた、旧日本軍の命令によって、住民たちの集団自決が行われたという歴史的事実が社会科の教科書から取りのぞかれてしまう……その勢いのなかで、『沖縄ノート』が旧日本軍の守備隊長と遺族の名誉を棄損しているとして裁判にかけられることになった。当然私は引き下がることはなかった。それで六年かかり、最高裁が上告を棄却して私らの勝訴が確定するまで闘うことになりました。

裁判のための準備調書が沢山《たくさん》送られてきます。調書だけを読む日というのを決めて、一週間に一日はそれに充《あ》ててきた。それだけでほぼ一年分、沖縄の裁判に費やしたことになります。大阪地裁に証人として出向いたのは一度だけでしたが、六年間、胸のうちでは常にそれが引っかかっていた。裁判は終ったけれど、これも当然に沖縄の問題が終ったわけではない。これから憲法改正も露骨な政治問題になってゆく。私はそれが進行するなかで死んでゆく年齢を迎える。そこで『晩年様式集《イン・レイト・スタイル》』には、これらの問題も一緒に書いていきます。子供の頃、自分に影響を与えてくれた人たちのことも、障害を持つ息子のことも、ずっと宿題だった自分のこれまで生きて来た課題を、それぞれに……つまりいろんな様式で、ということです。

——言われたとおり、広島にしても沖縄にしても持続した問題としてあります。それを示すことが可能なのは、「大江健三郎」という同時代の作家の体験を背負った「私」が作品の中に一貫して存在してきたからですね。『アナベル・リイ』を書き終えられたのは大阪地裁の証言台に立たれた直後でもあり、その時（二〇〇七年十一月）、こうもおっしゃっていました。「私の生涯の社会的関心として、広島と沖縄の問題はあり続ける。しかし、その関心と小説は別のところにある」「一人の少女が遭遇した辱めといった、具体的だけれど小さな出来事をとらえることから始めるのが小説家。当事者を告発するのではなく、そこから人間の、大きな罪を考えていきます」と。

二〇〇九年末、『水死』を出版された際にはこう話されました。「古義人は、時代のある局面に焦点を結ぶ役割を、全身で引き受けてきた」「小説家として生きることは、その時代がその人間に集結すること」だと。

こういうと厄介な本のようですが、そうでもないのじゃないか、つまり小説家は誰もが自分は今こういう窮状を生きていると、それぞれに書き続けるしかないんです。

『晩年様式集《イン・レイト・スタイル》』はとくに晩年の小説家の「人生の習慣」にしたがって、何度も同じ所を掘りながら、一段深いところへ到達しようとしています。今年の春、私の人生でもっとも魅《ひ》き付けられて来た画家フランシス・ベーコンの大きな展覧会が日本で開かれた。それを特集するテレビ番組に出ました。三十年前にベーコンの展覧会があった時もテレビでしゃべったものですが、かれこそ「ズレを含んだ繰り返し」の手法で人間の肖像を描く人です。そのズレということがどのように人間を表現するか。あらためて今度よくわかった。ベーコンの絵には、背骨が出てくる。人間は背骨が中心だと彼は言っているけれど、確かにそれは黒々とした棒みたいなもので、かれが絵を描くことの中心にある。私の場合、繰り返して書かざるを得ないのは障害を持つ子供のこと、それから地方の森の中で育った人間だということ。それが自分という作家の背骨です。

――その背骨にしみ込んだ特別な体験として、とくに『水死』で明かされた大水《おおみず》の夜と父親の死があったのだと思います。実際に大江さんが九歳の時、内子町《うちこちょう》の小田《おだ》川は氾濫《はんらん》を起こしている。しかし大水の記憶＝「洪水伝説」というのは、J・G・フレイザーが集めたように、世界中に物語が伝わる普遍的な、人間の精神の根幹を揺るがす出来事でもありますね。そして興味深いことに、二〇〇五年以降、大江さんが親しく対話されたフランスのル・クレジオ氏、中国の莫言《モーイエン》氏、ノーベル賞を獲得した両作家がやはり幼少期に洪水という天災を体験して、作家になる啓示を受けていたことを知りました。

ル・クレジオさんは十二歳で『大洪水』という小説を着想する体験を持った、と私との対話でもいっていました。かれは戦争が終った後も父親がアフリカで行方《ゆくえ》不明になったまま大人になった人で、父の不在という体験も私らはほぼ同じ世代として共有した。二〇〇九年に中国を旅行した時に莫言さんが生まれた村まで訪ねる機会があったのですが、青島《チンタオ》から陸地へ一時間くらい入った所にあるその村の、かれの少年時のままの家の離れからは近くの川が見えました。通訳を介して莫言さんは「ほら、あの川を自分は子供の頃から見て育った、あそこがあふれて洪水になったことがあって、こんな恐ろしいものはないと考えた。それが自分の一生で一番怖かったことだ」と話してくれた。私は、「川の洪水から、自分も世界とはどのように恐ろしいことが起こり得るかを初めて考えた」と応えました。T・S・エリオットは、子供の頃ベッドで聞いたミシシッピ川のリズムへの思いをのべている。多様な作家、詩人に、大きい川の流れ……とくに幼時、その水音を聞いたことが、深い意味を持っている。

——それは偶然ではありませんね。個人的な体験の衝撃の深さが、神話的な記憶の層にまで達してしまうからなのでしょうか。『水死』にはフレイザーの『金枝篇《きんしへん》』が出てきますから、やはり『万延《まんえん》元年のフットボール』から続く「神話と土俗」という観点で読解しようとする人もいるでしょう。〈彼は現代人を人類史全体のなかに位置づけて考へてゐるから、登場人物がおのづから神話的に見えてしまふのだ〉と、ノーベル賞受賞の直後、大江文学の構えの大きさを評したのは丸谷《まるや》才一《さいいち》さんでした。（初出は一九九四年十月二十八日号「週刊朝日」掲載「慶事を喜ぶ」）丸谷さんは昨秋、また、やはりよく意見交換された文化人類学者の山口昌男《まさお》さんはこの三月、相次いで逝去されました。

丸谷才一さんは大学で一世代上で、その周りには、私の知るかぎりでも英・仏文学の優れた研究者が集まっていられ、その全体に私は敬意を持っていました。なかでもジョイスの専門家で、かつその教養が小説の文章に生きている作家が丸谷さんでした。山口昌男は私の同世代ですが、文化人類学を読書のフィールドできわめたというべき人で、私の四十代はかれに導かれた新しい分野の本に熱中して過ごしました。

いま私が落ち込んで不眠の夜を過ごすのは、自分と同じ頃に各分野で出発して、友人になることもできた優れた人たちが先に逝ってしまわれていることを思いつつです。

――でも、一方で新しい命も生まれている。それは作中でも。『晩年様式集《イン・レイト・スタイル》』には、塙吾良監督の最後の交際相手で、その後、同世代の男性との間に子供をもうけたシマ浦さんが、『取り替え子《チェンジリング》』以来、久しぶりに現れて（彼女はドイツで看護師の資格を得て、判断力の確かな大人の女性に成長していますが）、その出産の時世話になった千樫の看病を引き受けます。非常に興味深いなりゆきですが、シマ浦が看護師として登場するのには、特別な意味が込められているのでしょうか。

『晩年様式集《イン・レイト・スタイル》』を書き進めてゆくうちに、時を置いて再会するシマ浦という女性を看護師として書くことになった。それにはまさに理由があります。この小説は、3・11後わずかな時をおいて毎月文芸誌に連載した。つまり大震災後その時どきの、自分の感じ方を反映させることにしたのですが、シマ浦について書く直前、私は日本医療マネジメント学会という、医師や看護師の方々によって組織された学会の総会で講演をしたのです。その際に陸前高田《りくぜんたかた》の被災地を訪ねました。

県立高田病院も津波に襲われたけれど、院長さんが入院患者たちを屋上に避難させて、二百人以上の人たちを助けるという大きい仕事をされた場所。スタッフが力を合わせて、それをやりとげられた。大変な寒さだった夜が明けて自分たちの家も流されているのですが、そのまま活動を続けようという提案を、まっさきに女性の看護師さんたちがなさった。そして医師たちと彼女たちがあれだけの惨害にさらされた市の医療を支えられたんです。学会のパーティーでその看護師さんたちの中心にいられた方々にお会いし話をうかがって、強く感銘しました。そして私は、シマ浦を、「看護師という仕事につくことを思い立って、ずっとやり続けている人物として作り出したい」と考えたわけです。

——そうでしたか。シマ浦は日本人ですが、外国で育ち、そのままドイツで暮らすことを選んだ人です。三十代前半のギー・ジュニアも、やはりアメリカで教育を受けて成人した日本人。しかし、3・11後、彼らは日本に戻り、カタストロフィーに際してそれぞれ自分なりの行動を実践し始めます。彼らが国内で育っていたら、あれほど積極的な態度、行動を取り得る人物になっていたでしょうか。

どんな時代のどんな国でも、ふだんはあまり国のことを考えないというのが少年、青年の実態でしょう。私は戦中の子供で、戦後の混乱のなかで育つ経験をしました。そこで国の態様について、一般的なところを越えていた、とも思いますが……　その私も、成人してから初めて沖縄に行き、少年でいながら戦場に引き出された同世代について知りました。それに続く、外国軍隊の基地の島でのかれらの永年の暮し方についても。私はむしろいま、3・11の後で若い人たちが国のことを考え始めているように思います。

その方向とは逆に向けて安倍首相がナショナリズムを持ち出して来るなかで、ということです。私なども先にいわれた通り、憲法九条を守るということで、また反・原発ということで、集会をし、デモにも加わりますが、もっと若い層の、新しいタイプの集会とデモがあるのに強く関心を寄せています。

現代文学の担い手たちに

——若い人たちについてよくご存じなのは、二〇〇六年に創設されて、今年で七回目になる大江健三郎賞の選考や受賞者との対話を通じて、ということもあるでしょう。第一回の長嶋有《ながしまゆう》さんから岡田利規《としき》、安藤礼二《れいじ》、中村文則《ふみのり》、星野智幸《ともゆき》、綿矢《わたや》りささんと続いてきた受賞者はそれぞれ自信を与えられ、受賞後の活躍がめざましい。今年は本《もと》谷有希子《やゆきこ》さんの短篇集『嵐《あらし》のピクニック』で、あの中の「パプリカ次郎」なんて愉快な話を大江さんが楽しまれたかと思うと、それもかなり愉快な話です。

私は青年時から老年の今まで、内外の小説を読み続けて来た人間です。その経験に立って、本当にいいシーン、いい一行を見つけることについては、自分の能力を疑いません。この小説の書き手は優れた人だと目をつけていると、その後しっかりした仕事をされるのを見て来た。ありがたいことに、大江賞の場合もそう。たとえば『わたしたちに許された特別な時間の終わり』の書き手は劇作家で、私はこの作品の他にかれの小説を読んだことはなかったけれど、あんなに批評性のある小説の文章を書ける人はあまりいない。その点で新しい人。新しい小説と感じとらせることが、基本的な現代文学の条件です！

昨年春、パリで「サロン・デュ・リーヴル」の日本年の催しに招かれた時、島田雅彦《まさひこ》さん、平野啓一郎《けいいちろう》さん、堀江敏幸《としゆき》さんたちと一緒で、ゆっくりお話しできました。かれらはじつに新しい作家たちそのものでした。それは愉快な経験でした。

――文学が存在する意義については、もっと作家が積極的に主張していかなければならない時代だと痛感します。一方で、インターネットがますます隆盛になる環境が、文学に有利に働いている側面も確実にあると思います。大江さんのファンクラブや読書案内のサイト、読者によるブログやツイッターの内容はとても充実していて、大江作品とネットは意外に相性がいいのでは、と感じます。

私はインターネットに接続する手段を持っていなくて、悲観する能力も楽観するそれもないけれど（笑）。この間、「早稲田文学6」に「大江健三郎（ほぼ）全小説解題」という特集が載っていて、熟読しました。四十何人かの若い方たちがそれぞれに私の作品を選んで批評されています。そこでの私の小説からの引用が、じつに注意深く選ばれていました。私がよくそれらの文章を覚えていて、というのではないんです。しかしこの二行、三行を二十代の終り、三十代の初めに書いていたのなら、やはり、小説家になって正解だと思った。厚い雑誌を一晩かかって読んで、明け方に茫然《ぼうぜん》として、「ああ、こういうふうだったのか」と……あわせて、この感じをうまく表現している、海外の作家の一行を読んだことがある、と思った。そして考えてると、ディケンズの"Bleak House"、『荒涼館』でした。

この長い小説は文体から何から二分されてできている、長大なものですが、その一方に娘の語り手がいる。子供の時、怪我《けが》をして顔に大きい傷が生じた。それ以後、自分は醜いと思いながら、そのことで性格を歪《ゆが》めることもなく生きてくる。ディケンズらしい多事多難の半生ですが、それも次つぎに片付いて、良い人と結婚して生まれた子供がすばらしい。こんなに美しい子供なのは不思議だと彼女が言うと、「いや、聞かれないから言ったことがないけれども、君は美しいんだ」と夫が言う。それを聞いて彼女は even supposing……「もしかしたらそうかも知れない」と思う。

私は二十代の初めに小説家になって以来、思い返してみると、自分で書きたいことを書くだけで、広い読者に面白いと思われそうな小説を書こうという気持ちは特別にないままで来た。老年になっては、さらにそうです。私のたびたびいう「人生の経験」としてそうだった。しかし今、いろんな時期の小説のこの二行、三行を面白いものとして記憶してくださってる人がいる。そうすると、自分も小説家としてそれなりの工夫を、ある年齢ごと、その時々の読み手に向けてしてきたのかもしれない、と感じます。『晩年様式集《イン・レイト・スタイル》』が、七十代終りの仕事として、やはりそうであったら、と思っています。even supposing ですが（笑）。

大江健三郎、106の質問に立ち向かう+α

大江健三郎、106の質問に立ち向かう

1、一番好きな季節、お天気は？

初冬、晴。

2、一番好きな花、樹木は？

花ならメキシコシティのブーゲンビレア、家内が作るイングリッシュ・ローズ。樹木なら、村の谷間から見上げたモミ、カリフォルニア大学バークレイ校、ファカリティー・クラブのヴァレイ・オーク。

3、一日で一番好きなひとときは？

朝早くの戸外と深夜の室内。

4、朝食は何時頃、何を召し上がりますか。

いわゆるナチュラルミネラルウオーターを飲むだけで仕事を始め、午後になって、家内の作った何でもイソイソと食べます。

5、ごく普通の一日の過ごし方を教えてください。

朝、六時～七時に起きて水を飲み、仕事を始め、午後二時くらいまでやります。朝・昼食一緒にして、たまっている郵便物を片づけ（外国語の通信への返事には時間がかかります）、本を読み始めます。七時～八時ころ光《ひかり》と夕食をして、その後、本を読みつづけるか仕事をするかし、十時～十一時ころ酒を飲んで、光が起きてトイレに行ったあとのベッドを整えてから寝ます。昼間、客があることはたまにあります。

6、健康維持のためにされていることはありますか。

ずっとクラブのプールで泳いでいましたが、老人の裸は人目にどうか、と七十歳をすぎて止《や》めています。光の歩行訓練について歩くくらい。

7、応援されているスポーツ、チームはありますか。

光と家内の熱情にしたがって、野球「広島カープ」。

8、お酒はどれくらい、イケますか。

私の生涯ずっと、お酒は眠る準備のものでした。したがって、たまに酒場に行ったりパーティーに出たりすると、眠るための酔いが行動的な酔いに転化して、とめどなく飲むことになりました。三度ほど文壇の先輩と派手な喧嘩《けんか》をして酒場に行かなくなり、いまは深夜、ウィスキーの普通のタンブラーにアイリッシュ・シングル・モルトの良いもの（日本に来たシェイマス・ヒーニーに差し入れて喜ばれました）を一杯、ヱビス・ビールの三五〇ミリリットルを四罐《かん》チェイサーにして時間をかけて飲み、ベッドに入ります。（二〇一三年現在、お酒は止めています。残り時間がなくなったと自覚して。）

9、小説の設定や筋は、たとえばどのような時にひらめくのでしょう。

深夜、一杯飲む、その始めの三十分ほどにひらめくことがあります。それをカードにとりますが、たいてい役に立ちません。やはり毎日仕事をする、その持続性の上につみ重ねられ、しかも何度も作り直して大筋ができます。それを毎日、書き続け、書き直し続けることで小説は作られます。

10、執筆のための儀式（おまじない）は何かありますか。

ありません。家内は、この半世紀、私がソファに横になれば本を読み始め、画板を膝《ひざ》に椅子《いす》に座れば、小説を書き始める、といっています。

11、創作に欠かせない小道具は？

訂正するためのハサミ、ノリです。書き直しの段階では、ドイツLYRAの太目の色鉛筆。

12、万年筆で原稿をお書きですが、銘柄等にこだわりはありますか。

モンブランMeisterstuck、ペリカンSouveränで統一してきました。たいていエッセイや評論を前者、小説は後者です。万年筆の胴に、インクをおさめる装置が壊れやすいのが、いつになっても悩みの種です。

13、一文字も書かれない日は一年に何日くらいありますか。

皆無です。つねにカードかノートは書きますから。

14、面白い本は、どうやってお探しですか。

たいてい三年単位でひとつの主題を続けます。渡辺一夫さんに教わって、四十年以上続けています。その積み重ねで面白い本が浮び上ってきます。その定まった主題より他では、外国の新聞の書評をよく読み、信頼する同世代の研究者の友人に教わります。ところが、運命のようにポカンと、なにより大切な本が手に入ることがあるのです。

15、一番好きな本屋さんはどこですか。

四十年以上、神田神保町《かんだじんぼうちょう》の北沢書店でした。残念なことに、いまや見るかげもありません。「アマゾン」に侵略されてしまいました。

16、読書は傍線を引きながらですか。メモを書き込まれますか。

傍線を引き、辞書で引いたことを書き込みます。メモのようなものを欄外に書き込みます。

17、読書カードは取り続けていらっしゃいますか。何枚ぐらい、たまりましたか。

一冊読み終ってB５のカードに書きます。コレヒオ・デ・メヒコで教師をした帰りに、空港でサルトル関係のカード二十年分を入れた特製トランクを盗まれました。それ以来、ある主題で本を三年読んで、なにかそこに根ざす仕事をすると、使ったカードを保存することには熱心でありません。

18、日本の古典文学で、一番影響を受けた作品は？

私はまったくの素人《しろうと》ですが、長篇小説では『源氏物語』、中篇小説（フランス語ならレシですね）なら、西鶴《さいかく》の『好色五人女』、そして短篇小説なら、――そうかな？　と思われるでしょうが、『枕草子《まくらのそうし》』です。私はずっと前に出た『新潮日本古典集成』をベッドのなかや電車で愛読しました。

19、小説家と学歴は関係ありますか。

私が知っている小説家で（読者として、知っているものをふくめ）もっとも学問をした人は、トーマス・マンですが、かれは大学に行きませんでした。大学に行き、卒業しても秘書、教師のような仕事について学びつつ小説を準備した人はサミュエル・ベケットですが、しかしかれは学歴とは無関係だったように感じます。私の場合、大学院に行かなかったので、自分の学歴は、東大のフランス文学科で、フランス語と英語の本を独学者流に読む力をつけたということだけ、と考えています。その限りでは、大いに役に立っています。

20、日記をつけていらっしゃるのは本当ですか。いつごろからでしょう。

日記として書いているのは、カード（Ｂ６）だったり、布装のノート（Ａ４）だったりします。おもに小説を準備するノートと、読書カードとして書くものに、短い日記的な記述と感想が書いてあります。渡辺一夫さんから、日記を書くのは良いがある期間がたてば焼き棄《す》てるように、といわれそうしています。いま残っているのは、一九九九年から二〇〇六年いっぱいまでのもので、娘に贈られたスウェーデン製のA4判のノート、十五冊です。『取り替え子《チェンジリング》』を書く上での、カリフォルニア大学バークレイ校で見つけたヒントに始まり、『さようなら、私の本よ！』を終えての、もっぱら読書カードに類するものまで。私はこれらのカード、ノートを小説かエッセイ、講演に書くので、後にのこしても意味はなく、原則として、渡辺さんのいわれたとおりに、焼いてしまったのは正解だったと思います。

21、日記を公開されるご予定はありますか。

いまいったように死ぬまでに残りも焼き棄てます。私は小説とエッセイだけでも、あまりに書き過ぎました。これ以上、日記まで印刷する必要はありません。一体、誰のために？

22、卓抜な記憶力をお持ちですが、何か訓練法はあるのですか。

子供の時、起ったこと、本で読んだことを、誰かに聞かれて、はっきり答えられなければ、なにも体験しない・なにも読まないのと同じ、と母親に叱《しか》られて、紙に書きつけておくことにしました。また、あいまいな知識に気がつくと、食事をしながらでも、人と話していてでも、すぐ立ち上って辞書や本で確かめることにしました。それが役に立っていると思います。しかし私は小説家（話を作る人）ですからね、記憶しているようで、ドンドン自分で作って話しているのかも知れません。豊富でも正確な記憶力というのじゃありません。

23、伊丹十三《いたみじゆうぞう》さんと高校の世界史の時間に二行ずつ交互に詩を合作されたとか。ご記憶の部分はありますか。

伊丹さんが書いた文章に、――森は暗い輝きに満ち、という引用があります。それは確かに私のものですが、他には覚えていません。その場でただ楽しむだけのものだったからでしょう。私は、短かい詩はもとより短歌でも俳句でも、現代で後に残していいものは絶対的に少ない、と考えています。私など論外です。伊丹さんはやはり高校生の時、上級生がトロリーバスを見ていったという、――悪魔のごとき柔軟性、という表現も覚えている、そういう人でした。

24、もし、戻れるなら、何歳に？

二十二歳に。小説を書き始めないで、語学力をしっかりつけて、渡辺一夫さんのもとで専門勉強をします。その後でなら、いつだって小説を書き始められたでしょうから。

25、この先、四国の故郷に戻られる計画はあるのでしょうか。

ありません。母親が亡《な》くなって、私に故郷はなくなりました。

26、インターネットで、ご自身のホームページを開設される予定はありますか。

ありません。ホームページという呼び名自体、自他についてそうナレナレしくしてどうなる、と思います。

27、「大江健三郎文学館」開設のご予定は？

絶対にありません。この間、「吉行淳之介《よしゆきじゆんのすけ》文学館」というところから、そこにある私の吉行さんあての葉書を雑誌に発表するといわれ、原稿もすべて焼くといってられた、あれだけの人が、と驚きました。

28、小説の執筆にかかりきりの時期、社会的生活に支障をきたすことはありますか。

ありません。小説を毎日八時間書いてる時でも（ジェームズ・ボールドウィンだったかが、一日二十五時間書いてる時でも、といっていたのを思いますが）、あと何時間か本を読み、食事をし酒を飲んで眠る、ということはできますし、最少の社会的生活に時間をさくこともできてきたように思います。しかし結婚後の恋愛にまでは時間をあてることはできないわけですから、私が面白くない人生を送った理由は明瞭《めいりょう》です。それを残念にも思いません。

29、ご自身を長篇作家と思われますか。

私は若い時、なかなか良い短篇小説の書き手でした。それと対比して、しっかり書けた長篇があるかどうか、自信をこめていうことができません。しかし、ある時期から短篇をやめて、長篇を書くように自分を訓練しました。いまも訓練中というべきかも知れません。

30、短篇小説を書く愉《たの》しみは？

私が愉しみとともに書いたのは、短篇連作です。『「雨の木《レイン・ツリー》」を聴く女たち』『新しい人よ眼ざめよ』など、連作として書いていると、一作か二作、本当にうまく書けることがあります。そしてそれは、まさに短篇を書く愉しみを自分にあじわわせる経験です。

31、詩人マイ・ベスト3を。

T・S・エリオット、イエーツ、ブレイク。

32、翻訳家マイ・ベスト3を。

マイというのは畏《おそ》れ多いけれど渡辺一夫、西脇順三郎《にしわきじゅんざぶろう》、深瀬基寛《もとひろ》。

33、井上ひさしさんと仲がよろしいのはなぜでしょう。

あの人は天才であって、しかも相手を気づまりにしない友人ですから。武満徹《たけみつとおる》、そして建築家原広司《ひろし》がそうであるように。

34、安部公房《こうぼう》さんと一時期絶交されたというのは本当ですか。

大学闘争の時期、安部さんから電話があって、朝日新聞で学生たちを批判する対談を準備した、ともちかけられました。私がそれはしない、と答えると、――それじゃ、きみと友人でいても仕方がないな、といわれ、――クソッタレ！　と私が応じて絶交しました。それから、本気で仲直りすることがあった、とは思いません。あの人は友人にしてもらうより、天才としてその作品を読んでいることで幸いでした。

35、川端康成《やすなり》氏との交流で印象に残っているのは？

川端康成さんのノーベル賞の、東京でのお祝いの会に行きましたら、会場の床の一段高くなってる（しかし、床ではある）ところに、並んで腰をかけるよういってくださって、――私はもうアキアキしましたよ！　といわれました。後年、私はその教訓にしたがい、お祝いの会を辞退しました。ガブリエル・ガルシア＝マルケスから川端さんの『眠れる美女』のモデル（むしろ『片腕』のモデル）に紹介してくれ、と手紙をもらい、ことわりました。ガブリエルの『わが悲しき娼婦《しょうふ》たちの思い出』を読んで、自分が正しかった、と思いました。

その川端さんにペンクラブで紹介された芹沢光治良《せりざわこうじろう》さんは、そのユマニスムと、それよりも色濃い、なんとも暗いところ、そしてフランス小説の通としての、手練《てだ》れの短篇に、いつも魅《ひ》かれていました。私のお会いした日本の文壇人屈指の知識人だったことを思います。

36、作家の自殺はアリでしょうか。または許されないものでしょうか。

私がこの人の自殺は（実際はアルコールを飲みすぎての事故のようですが）いたしかたなかった、と心から思うのは『活火山の下で　Under the Volcano』のマルカム・ラウリーだけです。私はダンテの「地獄篇第十三曲」の、自己に暴力をふるった者、という自殺者の定義に同意します。私は他人にも自分にも暴力をふるいたくありません。酒場での暴力沙汰《ざた》を恥じています。

37、作家は多数、同時代の批評家は少数という現状をどうごらんになりますか。

批評家という看板をあげていない、しかし本当の批評家は、注意深く目を開き、耳をかたむけていれば、いくらでも立派な仕事をされているのが発見できますよ。

38、作家志望は多数、読者は少数という純文学ジャンルの不均衡をどう思われますか。

「本当の読者」はいつの時代にも少ないものです。メルヴィルの『白鯨《はくげい》』の読者（本を買ってくれた人）がどんなに少なかったか！　私の本は、いまやよく売れませんが、私が本気でそれを嘆くことはありません。「本当の作家」に自分はなる、という人ならどんなに多数いられても、私はまず尊重します。

39、作家になって、トクをしたことは？

私にいえることは、ソンをしたことはない、ということです。私はかなり苦しい人生の経験もしてきましたが、ソンをしたとは思わず、なにか良いことがあったら、ただそれを心から受けとめるだけで、トクをしたとも思いません。そして、そのような性格の私が、たまたま作家になった、という人生で、ソントクを超えて、ありがたかったと思います。

40、大学の文学部は何を学ぶところでしょう。

外国語と、この国の古典の言葉を読む力をつけるところです。

41、デモ行進をたびたびお書きですが、実効性はどのくらいあるとお考えですか。

ありません。しかし、私はデモ行進ができる、ということ自体に意味を見出《みいだ》しています。憲法を作り直す、という動きがこの国をおおいつくすことになれば、デモの人間的意味をはっきり示してやるつもりです。

42、ミステリーをお読みになることはありますか。

大学受験の二年間（一年浪人しました）、私の英語を読む力は、ペンギン・ブックスグリーン版でつけました。ディクスン・カーの『Burning Court』、アガサ・クリスティーの『Ten Little Niggers』などを楽しみました。

43、一番好きなご自作の登場人物は？

最近では『さようなら、私の本よ！』のネイオ、『憂《うれ》い顔の童子』の真木《まき》（作家の、時どきメランコリアになる娘）、『取り替え子《チェンジリング》』の浦さん。私はこれらの娘さんたちのひとりとなら、誰とでも、もう一度生き直します。

44、「嫌いな人間のタイプ」として反射的に浮かぶのは、どんな人ですか。

あいつ（何とも比べる他者のいない、あいつ）。

45、精霊、幽霊、霊魂。多少はその存在を信じるものは？

『取り替え子《チェンジリング》』の、人間のきれいな赤んぼうを、自分らの種族の老人と取り替えに来るゴブリン。

46、夢でうなされることはありますか。

あります。母親と家内が、ただひとりの女性（もう年老いている）に合一《ごういつ》して、私らの家の食堂の椅子《いす》に坐《すわ》って外を眺めている（私に一言あるのらしい）、という光景を見て……

47、眠れない夜は、どうされますか。

あまり疲れていない時は、外国語の、自分でよく知っている詩を、紙にうつして、訳してみる。もっと疲れてその気力もないと、紙に自分の文章を書く。それをやっている間は、なんとなく時間をやりすごせるから。七十歳を過ぎてからは、眠れない自分に興味をなくしてなにも考えなくなるうち、眠っています。

48、光さんから最近、何か不満を訴えられたことはありますか。

私の声が大きい、という。なにか面白い（と自分の思う）ことを食卓で話す時、私はつい夢中になり、その音量が光の許容範囲を越えるのらしい。かれは音楽もしだいに低い音で再生するようになったので、それにふさわしい機械、スピーカーに換えています。逆に賞《ほ》めてもらうのは、鼻をかむ、ということのできないかれのために、探していた鼻水吸引器の良いのをついに見つけ、毎日それを使ってやる時です。

49、決まって受け持たれている家事は何か……。

力仕事。自分が書きちらす、また読みちらす原稿紙や内外の新聞、雑誌を燃えるゴミに出すこと。故障した電気、水道、下水道の修理。家全体の本の始末。深夜、トイレに立つ光をベッドを直して待ちうけ、毛布でくるむこと（四十年、家にいれば毎夜やっています）。

50、ノーベル賞を受賞されて困ったことはありましたか。

ありません。それで困らなくなったこともありません。

51、ノーベル賞の受賞後に、不自由になったことは？

ありません。それで自由になったこともありません。

52、今でも電車に乗ってお出かけのことはありますか。

車に乗ると本が読めないので、原則として電車に乗ります。光の散髪、コンサートそのほか、かれとの外出にも。

53、脅迫めいたことは、今でもあるのでしょうか。

あります。中国について新聞に文章を書くと、かならず。また、無意味な質問状に、答えだけ書き込んで返したのが無礼だと、三年以上近所の家に中傷のビラを配り、家に直接来て娘をおどかした元ジャーナリストもありました。

54、大江家オリジナルの年中行事は何ですか。

これは人気者の女性エッセイストに〝いやらしい、わざとらしい〟と書かれましたが、家族の誕生日に、B5の読書カードに絵と文章を書いたのを、祝われる人よりほかはみんなで、居間のドアにはりつけます。それよりほか光に気持をつたえられなかったころに始まり四十年続いています。

55、ご夫妻で買い物などに行かれることは？

いまは家内が疲れやすくなったので、私が自転車で買い物にゆきますが、家内、光、私で歩いて駅前のスーパーに行く際は、荷物を全部（！）運ぶ役としてついて行きます。

56、いつも大変おしゃれですが、ご自身で服を選ばれるのですか。

私が選んだことは、一度もありません。私は自分の服装、髪型そのほかに一切関心がありませんし、家内は伊丹十三の妹で、あれだけのコーディネーターがほかにありうるとは思いません。

57、お孫さんが小説家になりたいと言われたらどうされますか。

ならないでください、と頼みます。良い読み手になってください、と。人生をより広く、より深く選ぶためにも。もしなったとしたら、私の辞書をすべて遺《のこ》します。

58、もし、一億円ありましたら、何をされますか。

スウィーディッシュ・アカデミーから一億円もらった時、『ヒロシマ・ノート』以来の友人の編集者安江良介《やすえりようすけ》に使い方を託したところ、きみには二度とこれだけの金は入らない、と返却されました。これまで手の出なかった本を全部買う、山荘を建てかえる、ということをしましたが、ほかには何をする、ということもとくにないまま、十年で消えてゆきました。もう二度と、もしはありませんから、何をしようとも考えたことはありません。私は自分の人生に必要な金は手に入れてきたように思います。

59、北朝鮮の拉致《らち》事件、地球温暖化、憲法改正。一番関心のある社会問題は？

憲法を守りうるかどうか、ということ。すべての根幹にそれを置いて考えています。

60、一番好きな政治家は？

ダンテが煉獄《れんごく》の島の番人にした、ウティカのカトー。

61、お好きな俳優、歌手などはいらっしゃいますか。

井上ひさしさんの新作が出るたびに、そこで光り輝やく一人ないし二人に夢中になります。しかし、気が弱いので、直接にお話をしたことは一度もありません。

62、大衆文化については素養がない、と発言されていますが、本当ですか。

外国の大学に行って、デューク・エリントンの三〇年代から五〇年代くらいまでのビグ・バンドの演奏家・歌手について話しヒケをとったことは（海賊版が沢山《たくさん》出ていた北欧の教授たちは強敵ですが）ありません。

63、赤塚不二夫《ふじお》さんを評価された発言がかつてありましたが、漫画をお読みになることはありますか。

赤塚さんの作品に出てくる、本当に「無垢《むく》の innocent」キャラクターが好きでした。漫画ということをひろげるなら、私はやはり似顔で唯一《ゆいいつ》無二の天才、和田誠のカルトゥーンを楽しみにしています。

64、映画を見に行かれることはありますか。ＤＶＤをご覧になることは？

私は若い時から二時間暗闇《くらやみ》でいることを恐怖する（その間、本をチラリとでものぞけないから）人間で、武満徹さんの友人でいながら、かれと一度も映画を見に行ったことはありませんでした。ヴィデオの時代になって、はじめて映画に入門したようなものです。

DVDでオペラを観《み》ますが、映画はかぎられたものを、何度もくりかえして見るほか、のんびり楽しむことはありません。

65、コンサートや観劇には、年に何回ぐらい行かれますか。

武満徹さんの曲の演奏と光が好きな演奏家のコンサート、井上ひさしさんの芝居、それらを中心に十回は越えないと思います。大きい数の人々のなかに座っていると緊張して、たいてい奇態《きたい》なことをしてしまうので（あるいは、してしまいそうになるので）あまり出かけないのです。

66、クラシックで一番好きな作曲家は？

武満徹、バッハ、そして「第九」よりほかの晩年の作品におけるベートーヴェン。ヴェルディ。

67、ジャズにお詳しいそうですが。

さきにいったデューク・エリントンのほかにも、CD時代になって集めやすくなったジャンゴ・ラインハルトならば詳しいです。米国アカデミーの名誉会員になった時（ジャズ演奏家もやはり名誉会員にしかなれないということで）オーネット・コールマンと同時に選ばれたのですが、かれの介添人《かいぞえにん》としてやってきたマックス・ローチとその黄金時代の話を心ゆくまでしました。プリンストンで教えた時、マッコイ・タイナーにクラブの舞台から声をかけられて、光の音楽の話をしました。ジョン・ルイスのピアノの入ったＬＰはすべて集めていた、という時期もあります。

68、毎日食べても飽きないというほどの好物はありますか。

家内の作るもの、すべて。（まれに食べる好きなものなら、私自身の作るオックステイル・シチュー）

69、東京で一番お好きな場所はどこでしょう。

光と音楽を聞きながら仕事をしている居間。

70、一番好きな外国の都市は？

ベルリン。大きい木立に囲まれた高等研究所の大きいアパートにひとりで暮していたという条件もありますが……

71、アメリカという国のイメージを教えてください。

ニューヨークの最良の住居に、フォークナーの恋人として最後の人だった女性が、エドワード・サイード・ルームという美しい部屋を作って、そこにその名の友とともにしばしば招いてくれ、最もすばらしい人たちと話せた国。しかも世界でもっとも暴力的な核権力の国。

72、フランスという国のイメージは?

エク＝サン＝プロヴァンスで、実際に十年もかけて準備した〝本の祭り〟に招いてくれた女性の国、そこで最良の通訳をしてくれたやはり女性の日本文学研究者のいる国。

73、英語とフランス語、どちらがお得意ですか。

なんとか自分の意見を話すことができる、という点では英語。相手の話を、聞きとるということが不思議なくらいやさしい点ではフランス語(大学の先生のおかげ)。読む、ということでは同じ、と考えています。

74、語学の勉強で大切なことは?

辞書をていねいに引くこと。本当に自分に大切に思える文章(詩でも)は、カードにうつして覚えてしまうこと。赤線を引いた本を、時をへだてては何度も読みかえすこと。

わかりにくい文章（詩でも）は、自分の日本語に訳してみること。二つの外国語でひとつの作品を読み合わせる習慣を作ること。

75、国語辞典、英語の辞書は何種類ぐらいお持ちですか。

いまの書庫の二十分の一は、辞書です。

76、美術と音楽と科学、関心の深い順に並べてください。

（本当にはよくわからないのに夢中になる、という意味もこめて）科学、音楽、美術。

（よくわかる、と信じられることが多い点で）美術、音楽、科学。

77、一番お薦めの武満徹さんの曲は？

すべて。とくに後期のピアノ曲。高橋アキさんがいい。

78、ご自作の映画化、演劇化を許可されることはあるのでしょうか。

ほとんどありません。私の仕事はやはり「文章」による本質のものです。試みてくださる人たちが、たいてい成功されないのが苦しいし。

79、生まれ変わったら男性と女性、どちらがいいですか。理由もひと言。

生まれ変らないことをねがいます。どうしてもそうなる、としても、私は女性に生まれ変わる勇気はありません。どんなに困難な生だろう、と怯《おび》えてしまいます。

80、作品から、大柄な女性がお好きではないかと想像するのですが。

武満さんは、大木のような女性に蟬《せみ》のようにとまりたい、という夢を語ったものです。小さい人も好きで、つまりは、私はある距離さえおければたいていの女性が好きです。――いや、厳密な好き嫌いがあるじゃないか、といわれそうですが、そこが、ある距離さえおければということです。

81、蔵書の整理などはよくなさいますか。

毎日している、と家内はいっています。理想的には、さらにいまの十分の一にしたい、そしておしまいの日々、それらすべてを苦労せず見あげられる場所にベッドを置きたいとねがいます。

82、事務のための秘書は置かれないのですか。

私は自分のために女性を使う、ということがイヤです（結果的にご迷惑をかけている方たちはあるはずですが）。男の秘書などを思うと恐しいですし。事務はつねに自分でやってきました。外国の版権のことでは、Sakai Agencyという最良の専門家に救われてきましたが。

83、重要な手紙や書類は保管されていますか。

小さな箱いくつかに、しかし本当に大切なものを。そのほかの多くの手紙、書類は、まず始末するというのが、本の処理とともに私の生活の必要事です。

84、今、一番用心していらっしゃることは？

渡辺一夫さんの言葉「自分の思い込みの機械になる」こと。老年とは、まさにその方向に向けて下降することのようですから。

85、大江作品を研究する大学院生、学者からの相談に応じられる用意はありますか。

いま、その余裕が私にないのです。もしやり始めるなら、私は講演やインタヴューの記録を全面的に直してしまう（知ってる人は知っていられる）性格で、深入りしないではいられないでしょうから。やはり私はまだあと数年、「現役の」小説家として生きたいのです。

86、努力、集中力、忍耐力。小説家に最も必要な資質はどれでしょう。

それらすべてについて、注意深く
それをやる、ということだと思います。

87、自負、好奇心、負けん気。ご自身の性格としてこの中で最も自覚されるのは？

負けん気。

88、一番再会したい故人はどなたですか。

ああ、渡辺一夫！

89、今でもお父様、お母様をよく思い出されますか。

父のことはいちども夢に見たことがありません。老人になって、ひとり書庫のベッドで朝早く目ざめて、やがて階下で音がしはじめると、――あ、母だ！　と思います。それが夢とまじりあっていて、私は家内がその母とひとりの人物になってそこにいるのを（また眠り直しながら）階段を降りて見に行く……

90、血液型と人間の性質には関連があると思われますか。ちなみに何型ですか。
関連はない、というはっきりした証明がなされている、と最近なにかで読みました。私もないと思います。A型です。

91、お好きな雑誌（海外も含む）はありますか。
いまは、一冊の本になったものを読む時間と興味は十分ありますから、雑誌は読まなくなりました。

92、ご自作の本の装丁は細かく注文されるほうですか。
装丁者を心から熱中して選びます。そして私の選んだ方は、じつに注意深く、私の口に出さない（出す能力のない）ねがいを読みとってくださいます。

93、絵を描かれることはありますか。
ありません。私の家族は、家内をつうじてみんな絵に才能がありますが……音楽をやっている光も、じつはもっとも愉快な個性は絵に示しています。

94、大病をされたことはありましたか。

ありません。私はずっと健康でした。森のなかの子供だったからでしょう。

95、これまでに傑作だと思われた「定義」は何でしょう。

山荘に来た犬「ベーコン」のことを、光が妹に定義しました。なにを食べますか？　ベーコン。なにを飲みますか？　水。さわると柔らかいですか？　夏のようなものです。馬のからだと同じです。

96、今、街を眺めていて、何か心配な兆候はありますか。

都市としての全体が、その兆候そのものだと感じます。

97、新聞やテレビの日本語で、これはやめて欲しい、という言葉やいい方はありますか。

やめて欲しい、の、欲しいというのは関西のいい方だとなにかで読み、私はして欲しい、やめて欲しいといったことがありません。それでも「美しい国」「凛《りん》とした」「鳥肌がたつ」「〜力《りょく》」などがイヤです。

98、小さな子供と話したり、遊ぶのはお好きでしょうか。

好きです、しかも恐しい。

99、一番好きな動物は？　ペットは飼っていらっしゃいますか。

庭に来る野鳥の、ヒヨドリと鳩《はと》と烏《からす》よりほかはすべて好きです。自分としては、いかなるペットとも無縁でいたいと思ってきました。とくに犬については、その散歩をさせている婦人が、素手で歩いている私に（つまりそれとして考えることのある他人に）話しかけようとされる時、カッとなるくらい嫌いです（犬がでなく、犬を飼う人が）。

100、芥川賞候補になった村上春樹さんの「風の歌を聴け」を評価されなかったのはなぜでしょう。

私はあのしばらく前、カート・ヴォネガット（ジュニアといっていた頃）をよく読んでいたので、その口語的な言葉のくせが直接日本語に移されているのを評価できませんでした。私は、そうした表層的なものの奥の村上さんの実力を見ぬく力を持った批評家ではありませんでした。

101、生まれ変わっても小説家に？

生まれ変わらぬことをねがっています。しかし、もし生まれ変っても、私にはもう小説に書くことはないでしょう。この生涯において、才能とかそのスケール、高さなどはいわぬとして、とにかく私は小説家として怠けず働いたと、生まれ変わりをつかさどる役の存在がいたら、申したてるつもりです。

102、知らない土地で途方に暮れた経験はお持ちですか。

いまもここで。その気持が吹っ切れていません。

103、心理学、精神分析からの批評のアプローチをどう思われますか。

私はユングだけは出色《しゅっしょく》の人だと考えています。しかも、そのユングの批評性のあいまいさ、不徹底こそを、かれの出色であるゆえんだとも思っています。たいていのその種のアプローチの主には、——きみは、きみ自身にそれを適用して、いくらかでも面白い成果があったか？　といいたい気がします。

104、今、一番の願いごとは？

東アジアの非核化。あいつ（複数）の消滅。

105、ゲームやギャンブルには全く興味をお持ちでないというのは本当ですか。

本当です。小説家としては、ゲームに興味がないことは、弱点。ギャンブルに興味がないことは、人生に時間が少ない以上、当然なことだと思います。ドストエフスキーはどうだ、といわれるなら、あの人のことを論ずるのにそんな卑小なことを持ち出すのか？と反問します。

106、無人島に一冊だけ本を持って行けるとしたら、何を選ばれますか。

その時点で最大の（手に持てる範囲で）太陽電池式の電子辞書。

大江健三郎、再び質問に立ち向かう（２０１３）

1、一流の作家と二流の作家。どこが違いますか。

作家はもとよりいかなる芸術家、学者であっても、たまたま自分が幾らかなりとお近付きをえた人たちについて、一流、二流という感じとり方はしません。知らない人たちについてはなおさらです。そしてある人たちについて、この人にお会いできたことはじつに特別なことであった、という思いを抱いています。

2、大江健三郎賞の受賞者に共通する資質はありますか。

彼女たちかれらがすべて〝確かな小説家〟であることです。そして私も（こういうことをいえばヤユ的な反応はあるでしょうが）〝確かな小説家〟としての自分を作りあげることはしたと考えています。

それは資質の問題であると共に、それを越えた問題でもあると思います。私はこの賞に関われたことを幸いに感じます。

3、半世紀余りを経て、再び戯曲を書かれるお気持ちはありませんか。

私がいま『晩年様式集《イン・レイト・スタイル》』を終えて、これから後の作品を夢想する時、それは書きうる時間としては、二年間、書く形式としては対話を基本において（あるいは、独白をそれにあてて）ということが多く、つまりは戯曲のかたちです。しかしその模範として思い浮かべるのは、ベケットの後期の作品とエリオットの『四つの四重奏曲』ですから、〝似て非なるもの〟〝似てすらいないもの〟を手探りすることで終るでしょう。ただ、それをやっている間、私はベケットとエリオットをもっとも手ごたえのある仕方で再読三読するでしょうから、退屈する暇はないはず。むしろ、いつそれを始めるか、に私の残された時間の質はかかってくるのかも知れません。

4、若い人が世界を知るために読むべき古典を五作、挙げるとしたら？

若い人が世界を知るためには、まず今現在の世界が作り出している本を読むことで、そこに古典が入り込んで来るのも拒否しないことです。そして自分の読んだ本を新旧を問わず（その気になればすぐにも）読みかえすことです。私が老年になって新鮮に経験しているのは、若い時にあまり自覚もなく読む進み行きになった古典が、いまや切実な力を私のなかで発揮することです。たとえば田中美知太郎《みちたろう》編『ギリシア劇集』（新潮社）。

5、ご自身でも想定外だった七十代の新たな展開は？

私にとって同年生まれのエドワード・W・サイードの二〇〇三年の死が自分の七十代の経験の先触れだった、という気がします。私はサイードの最晩年の仕事を集めて本となった『On Late Style』の出版にあたって文章を書き、その邦訳に向けても強い感情を抱きました。私はサイードが作家、芸術家のある者らの円熟とは逆行する、カタストロフィーに自身をおとしいれかねない表現についての諸論文に、まさに同時代的に影響を受けました。白血病と闘いながらかれが執筆を進めるのを見ていたし、かれの死の後、それらをまとめて読みかえすことを続けています。そして自分の〝晩年のスタイル〟の生と作品について考え始めるなかで七十代を迎え、そして七十六歳で〝フクシマ〟に正面から向かわざるをえないことになった。いまなお〝フクシマ〟は継続しています。それがなんらかの積極的な展開を世界と私個人にもたらすか、大きい規模で私らをカタストロフィーへ衝《つ》き出すのみか、なにもかも〝想定外〟だったすべてが進行中です。

6、井上ひさしさんが最後に読まれた小説は『水死』だとうかがいました。今、井上さんに一番伝えたいことは？

井上ひさしという、根本的な批評の人が、最後の病床で『水死』を読んでくださって、そこに書いた光との不和について、〝圧倒的なアカリくんの存在／真に人間的なことがら以外では和解しない〟と書きつけていられました。私はこの課題を考え続けて『晩年様式集《イン・レイト・スタイル》』にもあつかいました。そしてこの本のオビに、思いを死んだ友人に伝えたい、と書きもしていますが、じつは本当の師匠や友人が亡くなった後、かれらの言葉はエリオットの詩句のように電撃として伝わって来るけれど、こちらがその人たちに向ける言葉は、自分に戻って来るのみだ、ということをしみじみ感じています。それでも、あの人たちに向けていま、自分は訴えかけ続けている、と気が付くことがしばしばあるのです。そのような人たちに出会えた、という幸いを確認したがっているのだと思います。

あとがき

東京・世田谷《せたがや》区成城《せいじょう》、こんもりと庭木の繁《しげ》った奥ゆかしいたたずまいの一角。木製の両開きの門の前からチャイムを鳴らすと、ゆかり夫人が朗らかに迎えてくださる。前庭には丹精された薔薇《ばら》の花々が揺れているが、その日の目的に気を取られて、観賞するゆとりを持てたことはほとんどない。

玄関から左側の居間に通されると、一段高くなった奥の食堂のステレオの前で、低く流れる音楽に全身を浸して聴き入る光《ひかり》さんの姿がある。南側の窓を背にして置かれた、年季の入った焦《こ》げ茶《ちゃ》の肱掛椅子《ひじかけいす》が大江さんのいつもの場所で、今しがたまで画板の上で原稿を書かれていたのだろう、その余韻を空気の中に感じ、「静かな生活」を乱す闖入《ちんにゅう》者《しゃ》は、身の引きしまる思いがする。

それでも脇《わき》のソファに腰を降ろすと、たちまち会話に引きこまれ、別の時間が流れ始める。ここは現実の世界だろうか。それともこの家の主《あるじ》の小説世界と地続きの空間だろうか。「もはやどれが事実でどれがそうでないか、自分が書いたものなのに見分けがつかなくなりました」。冗談めかして語る作家につられ、ここに座ると、不意に虚実の境界が揺らぐ瞬間がたしかに、ある……。

長年接してきた人々は皆、知っていることだが、作家・大江健三郎さんとは、それほど魅力的な語り手であるのだ。こうした会見を読売新聞文化部の担当記者としてこの十五年、何十回も重ねてきた。その多くは新作小説の発表を機としたインタヴューであり、ノーベル賞の受賞前後の取材のことも、連載小説「二百年の子供」やエッセイなどの原稿をいただくために訪れることもあった。

そしてある時から、同時代に数多くこの作家と作品についての批評が著《あらわ》され続けているし、また、すぐれた作家がすぐれた批評家であるのは当然でもあるけれど、これほどまでに的確で痛烈で執拗《しつよう》な、「大江健三郎」に対する批評家は作家自身しかいない——そう確信するにいたった。

何とかして大江さんの語りを丸ごと記録しておきたい。だが、氏の頭の中は「次の小説」のことで常にいっぱいであることは痛いほど伝わってくる。長々とお邪魔をする勇気は持てないまま。そんなところに二〇〇五年夏、「おかしな二人組《スウード・カップル》」三部作の完結を機として「新潮」編集長の矢野優氏からロング・インタヴューを行う場を与えられた。

この時、『さようなら、私の本よ!』の舞台を連想させる北軽井沢の山荘へも訪ね、初めて小説を書き始めた頃にまでさかのぼって話を聞かせていただいた。追って読売新聞・東京本社の映像部からCS放送の連続番組として、自作小説の連続講義のようなインタヴューの取材、収録をお願いすることになり、快諾を得た。理由は本書の冒頭にある通りだ。

二〇〇六年三月末から、毎月一回ずつ収録していく計画が具体化し、ほぼ十年ずつ五回に分けて主な作品を読み返し、それぞれの時期の氏の発言や出来事を調べていった。その上で各回ごとに約二十の質問の流れを提案し、返答の文章を書き入れてもらったものを台本として撮影に臨んだ。

本番になってカメラが回り始めると、大いにアドリブが加わり、収録は休憩も入れず二時間を超すこともあった。愛媛県内子町《うちこちょう》の大瀬《おおせ》中学校や、谷間の村を見渡す山の中腹でもロケを行ったが、大半はご自宅の書斎にカメラを据えての撮影。匍匐《ほふく》前進でおそるおそる発していた私の質問も、意欲的なスタッフに見守られ、回を重ねるごとに少しずつ勇ましさを増し、思わずゴシップ的興味から駆け出したり脱線したり。カメラの存在もいつしか忘れ、その場にいた全員が息を詰めてじっと聞き入る、という成り行きになった。あまり愉快でない質問も少なくなかったと思う。それでも「もう、このあたりで」と氏からストップが掛かることは、ただの一度もなかった。

この模様は、ご長男の光さんが作曲された音楽、のべ八十七曲を挿入し、作家の小澤《おざわ》征良《せいら》さんと俳優の小澤征悦《ゆきよし》氏ごきょうだいによる朗読を交えて、〇七年の元日から五夜連続、計五時間にわたって放映され、DVDも読売新聞社から発売された。

しかし、時間の都合から番組で割愛した部分も多く、入り組んだ内容の、初めて語られる数々のエピソード、それらの細部の面白さまで余さず伝え直すための工夫が必要になった。そこで単行本化にあたっては、新潮社出版部・鈴木力氏のアドバイスにそって、「新潮」のインタヴューも加えるなど全体を六章に再構成し、質問を大幅に追加してゲラの応酬を再開。それに対する大江さんの回答も、さらに各方向に過激なほど存分に伸び、あいまいな部分が除かれた。私の方で小説の本文からの引用を質問の中に埋め込んで行ったのは、五十年間にわたって幾度となく変貌《へんぼう》を遂げた文章の、その時々の切実な美しさをもう一度、思い出してもらう、あるいは若い読者に発見してもらう手がかりにしたいと考えたからだった。

一九九六年に新潮社から刊行された「大江健三郎小説」全十巻から主に引用したが、その月報をまとめた『私という小説家の作り方』に、質問のヒントを多く得ている。これは各作品と時代ごとの文学的格闘を振り返ったエッセイ集で、今回の連続インタヴューは、その印象深い氏の記述を「本当ですか?」と確認していったものだといえるかもしれない。

〈作品の総体が、この世界で生きる私のもうひとつの経験として積み重なることにもなった〉(『私という小説家の作り方』)という大江さん。極言をしてしまえば、氏は実人生と自作の小説世界、二つの人生を歩んでこられた。そして『懐《なつ》かしい年への手紙』以降、両者は分かちがたく交錯し、共鳴し続けている。やはり大江さんは、「日本の近代、現代の私小説を解体した人間」（同）と呼ばれるべき作家ではないだろうか。深く実感したことがある。それは氏の二つの人生を通しての究極の夢は、作家自身と光さんの魂が文学と音楽、二つの想像力の根を深く結び合わせることにある、との思いである。光さんとのRejoice、共生を脅《おびや》かす世界へのGriefの間に立ち、夢の実現をめざして大江さんの「静かな生活」は、日々、懸命にここまで持続されてきた。

そのような氏が健在であるから、尽きせぬ質問を発する力を与えられた。こちらの力量不足から、踏み込めなかった領域を多く残し、短篇小説や評論への言及も十分でなかったものの、「これを訊《き》いてみたかった」という読者や研究者の願いに報いる内容になっていれば、嬉《うれ》しい。

最後にもう一度、大江さんに対して心からお礼を申し上げたい。長い長い時間、取材に応じていただきまして、ありがとうございました。

二〇〇七年四月

尾崎真理子

文庫版のためのあとがき

単行本の刊行から六年半。『美しいアナベル・リイ』『水死』『晩年様式集《イン・レイト・スタイル》』、三つの長編小説がその間に完成し、今回の文庫化に際して再び、大江健三郎さんへの長いインタヴューが実現した。新たに加えることができた第7章から、これらの長編がどれほどかけがえない、重要な「後期の仕事《レイト・ワーク》」であるか、実感していただければ嬉《うれ》しい。

ノーベル文学賞の受賞後、二十年近くずっと、このように充実して危険な（!）作品を生み出した作家は、世界中を見渡しても前例が在るだろうか？　そんな質問には、「いや、僕などは……」とまともに応じてもらえない。歳《とし》を重ねるにつれ、いっそうご自身に対しては用心深くなられている。一方、時代のほうは引き続き大江さんに難題を突き付ける。福島第一原発事故を機とした反原発デモや集会への参加はこれからも続くだろう。

海外では二〇〇〇年代になって大江作品を読み始める人々が増えてきた。多数の言語で翻訳出版が加速しているからで、この夏、中国では早くも『水死』が刊行され、莫《モー》言《イエン》が古代の詩人、屈原《くつげん》を引いて書評を発表するなど、大いに話題になっている。このほかのノーベル賞作家たちも、大江さんと会うため、相次いで日本を訪れている。トルコのオルハン・パムク、ペルーのバルガス＝リョサ、フランスからはル・クレジオと中国から亡命した高行健《ガオシンジエン》……。

パリでは昨春、欧州最大級のブックフェア「サロン・デュ・リーヴル」が日本を招待国として開催され、東京から約二十人の作家や詩人らが現地へ飛んだ。そこで圧倒的な主役だったのがやはり大江さんで、ガリマール書店のサイン会では、現地のどの著作者より長い列ができた。会場の演壇で、原発事故によって耕地や海を失った福島の人々の窮状を訴え、「苦しい人生を理不尽に背負い、それでも乗り越えられると信じている、こうした具体的な人間一人一人のカタストロフを考え、これらの人々と同じ場所から、自分の文学をやっていく！」。堂々と宣言した丸いめがね、白髪の闘士を、フランスの聴衆は長く忘れないだろう。この『作家自身を語る』も、コリーヌ・カンタンさんによる仏語訳がピキエ書店から出版されることになっている。

小説を書き始めて六十年後の感想を語ることはおそらく「ない、と思います」。それが二〇〇六年の返答だった。しかし、大江さんはここに述べたような多忙さにもかかわらず、創作と個人生活の両面で、注意深くご自身の水準とペースを保っていられる。悲観的なジョークも口にされるけれど、この先も世界が、私たち一人一人が、それぞれの理不尽さに苦しむことがある限り、大江文学はずっと必要とされるはずだ。二階への階段の踊り場で立ち尽くし、涕泣《ていきゅう》する長江古義人たる「私」＝大江さん、「大丈夫ですよ！」と確信を込めて答えるアカリ＝音楽家の長男・光さん。明日を生き延びるための励ましを、私たちは繰り返し、その作品の中に求め続ける。

文庫化にあたっては、「新潮文庫」編集部、古浦郁さんのお世話になった。

大江健三郎さん、ゆかり夫人、光さん。ご厚意に感謝して、もう一度、深くお礼申し上げます。

尾崎真理子

二〇一三年十月

本書は二〇〇七年五月、新潮社より刊行された
『大江健三郎　作家自身を語る』を増補・改訂
したものです。

大江健三郎著
死者の奢り・飼育
芥川賞受賞
黒人兵と寒村の子供たちとの惨劇を描く「飼育」等6編。豊饒なイメージを駆使して、閉ざされた状況下の生を追究した初期作品集。

大江健三郎著
われらの時代
遍在する自殺の機会に見張られながら生きてゆかざるをえない〝われらの時代〟。若者の性を通して閉塞状況の打破を模索した野心作。

大江健三郎著
芽むしり仔撃ち
疫病の流行する山村に閉じこめられた非行少年たちの愛と友情にみちた共生感とその挫折。綿密な設定と新鮮なイメージで描かれた傑作。

大江健三郎著
性的人間
青年の性の渇望と行動を大胆に描いて波紋を投じた「性的人間」、政治少年の行動と心理を描いた「セヴンティーン」など問題作3編。

大江健三郎著
空の怪物アグイー
六〇年安保以後の不安な状況を背景に〝現代の恐怖と狂気〟を描く表題作ほか「不満足」「スパルタ教育」「敬老週間」「犬の世界」など。

大江健三郎著
見るまえに跳べ
処女作「奇妙な仕事」から3年後の「下降生活者」まで、時代の旗手としての名声と悪評の中で、充実した歩みを始めた時期の秀作10編。

大江健三郎著
われらの狂気を生き延びる道を教えよ
おそいくる時代の狂気と、自分の内部からあらわれてくる狂気にとらわれながら、核時代を生き延びる人間の絶望感と解放の道を描く。

大江健三郎著
個人的な体験
新潮社文学賞受賞
奇形に生れたわが子の死を願う青年の魂の遍歴と、絶望と背徳の日々。狂気の淵に瀕した現代人に再生の希望はあるのか？　力作長編。

大江健三郎著
ピンチランナー調書
地球の危機を救うべく「宇宙？」から派遣されたピンチランナー二人組！　内ゲバ殺人から右翼パトロンまでをユーモラスに描く快作。

大江健三郎著
同時代ゲーム
四国の山奥に創建された《村＝国家＝小宇宙》が、大日本帝国と全面戦争に突入した⁉　特異な構想力が産んだ現代文学の収穫。

大江健三郎
古井由吉著
文学の淵を渡る
私たちは、何を読みどう書いてきたか。半世紀を超えて小説の最前線を走り続けてきたふたりの作家が語る、文学の過去・現在・未来。

大江健三郎著
私という小説家の作り方
40年に及ぶ作家生活を経て、いまなお前進を続ける著者が、主要作品の創作過程と小説作法を詳細に語る「クリエイティヴな自伝」。

中村文則著
悪意の手記
いつまでもこの腕に絡みつく人を殺した感触。人はなぜ人を殺してはいけないのか。若き芥川賞・大江賞受賞作家が挑む衝撃の問題作。

中村文則著
土の中の子供
芥川賞受賞
親から捨てられ、殴る蹴るの暴行を受け続けた少年。彼の脳裏には土に埋められた記憶が焼き付いていた。新世代の芥川賞受賞作！

中村文則著
遮光
野間文芸新人賞受賞
黒ビニールに包まれた謎の瓶。私は「恋人」と片時も離れたくはなかった。純愛か、狂気か？ 芥川賞・大江賞受賞作家の衝撃の物語。

星野智幸著
俺俺
大江健三郎賞受賞
なりゆきでオレオレ詐欺をした俺は、気付くと別の俺になっていた。やがて俺は次々に増殖し……。ストレスフルな現代を笑う衝撃作。

本谷有希子著
生きてるだけで、愛。
25歳の寧子は鬱で無職。だが突如現れた同棲相手の元恋人に強引に自立を迫られ……。怒濤の展開で、新世代の〝愛〟を描く物語。

本谷有希子著
ぬるい毒
野間文芸新人賞受賞
魅力に溢れ、嘘つきで、人を侮辱することを何よりも愉しむ男。彼に絡めとられたある少女の、アイデンティティを賭けた闘い。

河合隼雄著
こころの処方箋
「耐える」だけが精神力ではない、「理解ある親」をもつ子はたまらない――など、疲弊した心に、真の勇気を起こし秘策を生みだす55章。

河合隼雄著
猫だましい
心の専門家カワイ先生は実は猫が大好き。古今東西の猫本の中から、オススメにゃんこを選んで、お話しいただきました。

村上春樹著
神の子どもたちはみな踊る
一九九五年一月、地震はすべてを壊滅させた。そして二月、人々の内なる廃墟が静かに共振する――。深い闇の中に光を放つ六つの物語。

村上春樹著
海辺のカフカ（上・下）
田村カフカは15歳の日に家出した。姉と並んだ写真を持って。世界でいちばんタフな少年になるために。ベストセラー、待望の文庫化。

吉本ばなな著
キッチン
海燕新人文学賞受賞
淋しさと優しさの交錯の中で、世界が不思議な調和にみちている――〈世界の吉本ばなな〉のすべてはここから始まった。定本決定版！

よしもとばなな著
どんぐり姉妹
姉はどん子、妹はぐり子。たわいない会話に命が輝く小さな相談サイトの物語。メールに祈りを乗せて、どんぐり姉妹は今日もゆく！

新潮文庫最新刊

宮木あや子著
手のひらの楽園
長崎県の離島で母子家庭に生まれ育った友麻。十七歳。ひた隠しにされた母の秘密に触れ、揺れ動く繊細な心を描く、感涙の青春小説。

中山祐次郎著
俺たちは神じゃない
—麻布中央病院外科—
生真面目な剣崎と陽気な関西人の松島。確かな腕と絶妙な呼吸で知られる中堅外科医コンビがロボット手術中に直面した危機とは。

梶尾真治著
おもいでマシン
—1話3分の超短編集—
クスッと笑える。思わずゾッとする。しみじみ泣ける——。3分で読める短いお話に喜怒哀楽が詰まった、玉手箱のような物語集。

彩藤アザミ著
エナ　メ　ル
—その謎は彼女の暇つぶし—
美少女で高飛車で天才探偵で寝たきりのメルとその助手兼彼氏のエナ。気まぐれで謎を解く二人の青春全否定・暗黒恋愛ミステリ。

百田尚樹著
成功は時間が10割
成功する人は「今やるべきことを今やる」。社会は「時間の売買」で成り立っている。人生を豊かにする、目からウロコの思考法。

穂村　弘
堀本裕樹著
短歌と俳句の五十番勝負
詩人、タレントから小学生までの多彩なお題で、短歌と俳句が真剣勝負。それぞれの歌と句を読み解く愉しみを綴るエッセイも収録。

大江健三郎《おおえけんざぶろう》　作家《さっか》自身《じしん》を語《かた》る

新潮文庫　お－9－23

平成二十五年十二月一日発行
令和四年六月二十五日三刷

著者　大《おお》江《え》健《けん》三《ざぶ》郎《ろう》
聞き手・構成　尾《お》崎《ざき》真《ま》理《り》子《こ》
発行者　佐藤隆信
発行所　株式会社新潮社

郵便番号　一六二―八七一一
東京都新宿区矢来町七一
電話　編集部(〇三)三二六六―五四四〇
読者係(〇三)三二六六―五一一一
http://www.shinchosha.co.jp

価格はカバーに表示してあります。
乱丁・落丁本は、ご面倒ですが小社読者係宛ご送付ください。送料小社負担にてお取替えいたします。

印刷・錦明印刷株式会社　製本・錦明印刷株式会社

ISBN978-4-10-112623-4　C0195